Wolf von Dohrenberg

Heldenburg
Band 3

Das Geheimnis des Burgschreibers

Über diese Romanreihe

Anfang des 17. Jahrhunderts wächst Konrad Gassner als Sohn einer Händlerfamilie in Wetzlar auf. Gerade 14 Jahre alt geworden, verschwindet plötzlich auf rätselhafte Weise sein Vater Robert auf einer Handelsreise: ein Trauma, das ihn nicht mehr loslässt. Nach der Lehre in einer Kunstgießerei im nahe gelegenen Hirzenhain wird Konrad als Söldner angeworben. Er durchlebt im Gefolge des großen Heerführers Tilly die Wirren des 30-jährigen Krieges. Als er nach vier langen Jahren die Gräueltaten nicht mehr erträgt, desertiert er. Auf der Flucht durch das Ilme- und Leinetal führt ihn sein Weg in den Flecken Salzderhelden und zur Heldenburg. Durch eine glückliche Fügung schlüpft Konrad in eine neue Identität als Burgschreiber. Zunächst froh, dem Albtraum Krieg entkommen zu sein, muss er einige packende Abenteuer bestehen und lernt seine große Liebe kennen.
In diesem dritten Band begibt sich Konrad auf die spannende Suche nach seinem verschollenen Vater. Noch einmal muss er seinen ganzen Mut zusammennehmen und viele heikle Situationen überstehen. Darüber hinaus muss sich sein Herz zwischen seiner Jugendfreundin und Johanna, seiner Liebe in Salzderhelden, entscheiden.
Es ist eine historische Romanreihe, die aufwendig recherchiert ist und seine Leser auf eine spannungsgeladene, lebendige Zeitreise

mitnimmt. Die fiktive Handlung orientiert sich an Originalschauplätzen im geschichtlichen Kontext.

Über den Autor

"Wolf von Dohrenberg" arbeitete 40 Jahre als Berufsschullehrer, 3D-Artist und Moderator. Im Jahr 2011 veröffentlichte er einen Film mit dem Titel "Die Heldenburg im Jahr 1652". Die Dokumentation macht durch fotorealistische 3D-Computeranimationen Geschichte lebendig. Bei dieser Arbeit entstand die Idee zu der Heldenburg Romanreihe.

Danksagung

Viele Menschen haben Anteil daran, dass diese Romanreihe entstehen konnte. Stellvertretend möchte ich folgende Personen nennen:
Meine Frau Brigitte und meine Freunde, die über viele Monate meine Fantasien "ertragen" mussten. Rabea Hartwig, Maik Bode und Steffen Döllerer, ohne die mein Cover blass geblieben wäre. Fabian Rehkopf, der sich um Logiklücken und sonstige Fehler gekümmert hat.

Bibliografische Information der Deutschen Nationalbibliothek: Die Deutsche Nationalbibliothek verzeichnet diese Publikation in
der Deutschen Nationalbibliografie; detaillierte bibliografische Daten sind im Internet über

dnb.dnb.de <http://dnb.dnb.de/> abrufbar.

© 2020 Eberhard Schmah

Herstellung und Verlag:

BoD – Books on Demand, Norderstedt

ISBN 9783741282508

Inhaltsverzeichnis

1.)	Aufbruch	6
2.	Rückblende	8
3.)	Überfall	16
4.)	Hirzenhain	30
5.)	Ankunft in Goslar	35
6.)	Suche im Harz	56
7.)	Heimkehr nach Wetzlar	104
8.)	Georg Michels Geheimnis	133
9.)	Im Gasthaus „Zum Salze"	146
10.)	Handelsreise	153
11.)	Rückkehr nach Salzderhelden	180
12.)	Glücksspiel	197
13.)	Aufklärung	222
14.)	Verhör	231
15.)	Hochzeit	272
Nachwort		278

Aufbruch

Herbst 1625

Es war ein kühler Oktobermorgen. Dunst stieg aus den Wiesen auf und hüllte das Leinetal in ein zartes Weiß. Nur die Rinder des Vorwerks der Burg ragten mit ihren Köpfen aus dem Bodennebel heraus. Es hatte den Anschein, als ob die vor sich hin dösenden Tiere mit ihren warmen, dampfenden Leibern in einem Wolkenmeer dahinschwebten.

Konrad hielt kurz inne und drehte sich noch einmal um. Wehmütig schweifte sein Blick hinauf zur Heldenburg. Der herzliche Abschied, den ihn die Burgbesatzung bereitet hatte, und nicht zuletzt Johannas feuchte Augen machten ihm sein Herz schwer. Er atmete tief durch, drückte seinem Rappen die Hacken in die Flanken und ließ ihn antraben. Die Suche nach seinem verschollenen Vater konnte beginnen.

Nach der Wegführung auf der Karte, die Konrad vom Amtmann bekommen hatte, ritt er zunächst über die Wiesen am Rand des Dohrenbergs entlang Richtung Norden und dann über ein paar bewaldete Hügel nach Osten, dem Harzgebirge entgegen. Das Ziel für den heutigen Tag, die sechs Meilen entfernt liegende alte Kaiserstadt Goslar, wollte er unbedingt vor der Dunkelheit erreichen. Als jedoch das erste

Teilstück gleich mit ein paar giftigen Anstiegen seinem Wallach die Beine schwer werden ließ, wurde Konrad nachdenklich. Die Ausdauer der Rösser aus dem Reisigenstall der Heldenburg war um nichts mit der seines Kavalleriepferdes, das ihn über vier Jahre treu durch viele Schlachten getragen hatte, zu vergleichen. So kam er nur mühselig voran. Hatte er einen Gipfel erklommen, schnaufte der durchaus imposant daher-kommende Rappe so gewaltig durch, als würde ihm im nächsten Moment die Luft wegbleiben.

Konrads Gedanken schweiften zurück in die Vergangenheit. Welch wilde, stürmische Attacken hatte er unter der Führung seines Fähnleinführers geritten. Unwillkürlich sah er Hauptmann Delgado vor sich. Er wurde in seinen Gedanken so lebendig, als würde er jeden Moment hoch zu Ross aus dem über den Weg ziehenden Nebel auftauchen. Dieser für ihn väterliche Freund, an dessen Seite er unzählige aufregende Abenteuer erlebte – nie würde er ihn vergessen. Er war der Mann, zu dem er lange aufsah, der ihm nicht nur das Kämpfen beibrachte, sondern mit dem er in einer waghalsigen Flucht aus seiner Heimatstadt Wetzlar in sein neues Leben aufgebrochen war.

Rückblende

Wetzlar 1621

Brigitta Gassner besuchte wie jeden Morgen die Frühmesse im Wetzlarer Dom, als der Bürgermeister begleitet von einem Unteroffizier und zwei mit Hellebarden bewaffneten Soldaten der spanischen Besatzungstruppen auf sie zueilte.
»Da seid Ihr ja. Wir haben Euch schon in Eurem Haus gesucht. Der Stadtkommandant, Oberstleutnant Marconi, will Euch unverzüglich sprechen.«

Brigitta stockte der Atem, als die Soldaten sie grob an den Oberarmen griffen und mit sich zogen.
»Aber was wollt ihr von mir?«, fragte sie angsterfüllt.

Der Bürgermeister versuchte sie zu beruhigen.
»Glaubt mir, ich bin selbst sprachlos, dass man Euch, eine unbescholtene Bürgerin unserer Stadt...«

Doch bevor er seinen Satz beenden konnte, fiel ihm der Unteroffizier ins Wort.
»Nun schwafelt mal hier nicht so rum. Der Oberstleutnant wird schon einen triftigen Grund haben diese Person vorführen zu lassen.«

Der Bürgermeister hob ratlos die Hände und sah den Unteroffizier an.
»Es kann sich nur um eine Verwechslung handeln. Glaubt mir, Herr Soldat, ich kenne die Frau.«

Dann wandte er sich wieder Brigitta zu.

»Macht Euch keine Sorgen, ich bleibe bei Euch. Es wird sich bestimmt schnell aufklären.«

Nur wenige Augenblicke später standen sie im Zimmer des Stadtkommandanten.

»Na, das ging ja mal schnell. Danke, Herr Unteroffizier, Ihr dürft Euch entfernen.«

Der Offizier stand auf und deutete mit beiden Händen auf die vor seinem Schreibtisch stehenden Stühle.

»Nehmt Platz. Wie ich sehe, habt Ihr Euch einen Beistand mitgebracht.«

Sofort poltere der Bürgermeister los.

»Ich muss schon sagen, ich bin erstaunt, dass man eine unbescholtene Bürgerin unserer Stadt wie eine Diebin mit Soldatengewalt zu Euch schleift.«

Der Oberstleutnant hob beschwichtigend seine Hände.

»Langsam, langsam Herr Bürgermeister. Es ist ja aller Ehren Wert, wie Ihr Euch für die Frau ins Zeug legt, aber es behauptet auch kein Mensch, dass sie eine Diebin ist.«

Er wandte sich Brigitta Gassner zu.

»Meine Soldaten sind nun mal keine Kavaliere. Darum verzeiht, wenn sie Euch ein wenig zu hart angegangen sind.«

»Aber warum bin ich denn überhaupt hier?«, schaute ihn Brigitta fragend an.

Der Offizier ging um den Schreibtisch herum und setzte sich vor ihr auf die Tischkante. Er beugte sich zu Brigitta vor und fixierte sie mit einem durchdringenden Blick.

»Warum ich Euch herbringen ließ, wollt Ihr wissen. Nun, mir ist zu Ohren gekommen, dass mein desertierter Hauptmann Delgado bei Euch Quartier bezogen und mit Euch das Bett geteilt hat und so könnt Ihr mir doch sicherlich etwas über seinen abrupten Aufbruch, ja vielleicht sogar über das Ziel seiner Reise erzählen.«

Brigitta sprang empört auf und rang nach Worten. »Das, das ist ja unerhört. Wer verbreitet über mich solche Lügen? Ich bin schließlich immer noch eine verheiratete Frau und solange nicht endgültig feststeht, dass mein verschollener Gemahl nicht mehr lebt, kommt mir kein Mann in meine Kammer, auch wenn er, wie Senior Delgado, noch so charmant daherkommt.«

»Das stimmt«, mischte sich der Bürgermeister ein, » Robert Gassner ist zwar nun schon seit vier Jahren verschwunden, aber seine Frau trägt dieses schwere Schicksal voller Demut und mit großer Würde und hält ihrem Robert die Treue.«

»Ja, ja die Sache mit Eurem Mann. Ich hörte davon. Bedaurlich, sehr bedaurlich.«

Der Oberstleutnant ging um den Tisch herum und setzte sich wieder auf seinen Stuhl.

»Ich kann Eure Erregung durchaus nachvollziehen, aber Ihr müsst auch mich verstehen. Dieser feine Senior Delgado hat sich als Dieb und Deserteur entpuppt.«

Seine Stimme wurde lauter, der Ton wurde schärfer. Der Offizier schlug vor Erregung auf den Tisch. »Nicht nur dass er die Anwerbekasse mitgenommen hat, nein er musste sich auch noch an unseren Rössern vergreifen und fast fünfzig Gäule samt Sattel und Zaumzeug entführen.«

Mit feuerrotem Kopf sprang er auf, warf dabei den Stuhl um, zog seinen Degen und schlug die Blankwaffe mit solcher Wucht auf den Tisch, dass Brigitta und der Bürgermeister ihn mit angsterfülltem Gesicht entsetzt ansahen.

»Und als ob das nicht schon genug wäre, beichten mir meine Hornochsen von Wachen, dass das Schlitzohr es auch noch geschafft hat, unbemerkt in das Gewölbe der Michaelskapelle einzudringen und mehrere Dutzend Waffen und Munition zu klauen.«

Der Oberstleutnant stürmte um den Tisch, griff Brigitta an den Armen und riss sie von ihrem Stuhl hoch.

»So – und nun kommt mir ja nicht mit dummen Ausreden. Wenn Ihr mir nicht auf der Stelle sagt, was Ihr wisst, dann werde ich Euch meinen Folterknechten vorwerfen und glaubt mir, die haben bisher aus jedem die Wahrheit herausgekitzelt.«

Fassungslos sprang der Bürgermeister auf. Der Schreck stand ihm ins Gesicht geschrieben.

»Herr Oberstleutnant, ich muss doch sehr bitten. Ich habe Euch als besonnenen Offizier kennengelernt. Sollte ich mich so in Euch getäuscht haben? Ich kann Euch nochmals versichern, wenn Brigitta Gassner etwas weiß, dann wird sie es Euch sagen.«

Ein giftiger Blick traf den Bürgermeister. »Möglicherweise bin ich ja bisher viel zu gutmütig gewesen. Es ist nun mal Krieg und ich habe hier in dieser Stadt meine Truppe zusammenzuhalten und kann auf keinen Fall so etwas durchgehen lassen.«

Schützend legte der Bürgermeister seine Arme um Konrads angsterfüllte Mutter. Sie war vor Entsetzen kreidebleich geworden.

»Herr Offizier, dass es sich bei Senior Delgado um einen solch hinterhältigen Menschen handelt, konnte ich doch nicht ahnen.«

Der Oberstleutnant ließ von ihr ab, schnaufte ein paar Mal kräftig durch, rückte seine Uniform zurecht und setzte sich wieder.

Brigitta vor Schreck noch etwas zitternd fing sich langsam wieder.

»Ihr müsst wissen – nicht nur der Hauptmann ist verschwunden, sondern auch mein Sohn. Ich habe den bösen Verdacht, dass dieser Unhold meinen Konrad verführt hat mit ihm zu gehen.«

»Wie kommt Ihr darauf? Was hat Euer Sohn damit zu tun?«, wollte der Oberstleutnant wissen.

»Nun, an dem Tag, als Konrad von seinem Lehrherren aus Hirzenhain zurück nach Hause kam, wollte ihn Senior Delgado am liebsten sofort als Soldat anwerben. Er machte ihm laufend Komplimente. Ein gescheiter junger Mann mit so einer kräftigen Figur – sagte er – der könne es beim Militär weit bringen.«

Brigitta schluchzte. Ihre Augen röteten sich.

»Zuerst wird mir mein Mann genommen und nun auch noch mein einziger Sohn.«

Der Offizier sah sie verwundert an.

»Was wollt Ihr damit sagen?«

»Ich bekam zufällig mit, wie er meinem Sohn von einem seiner Männer, den er als Informant ausgesandt hätte, erzählte. Käme der Soldat mit der erhofften Nachricht, würde sich auch für Konrad eine neue Zukunft auftun. Wenig später waren beide ohne mir ein Wort zu sagen einfach auf und davon.«

Der Oberstleutnant lehnte sich zurück, strich sich über seinen Spitzbart und fixierte Brigitta mit einem durchdringenden Blick.

»So, so, ein Informant sagt Ihr. Merkwürdig – was hat sich dieser gerissene Fuchs Delgado da nur ausgedacht? Und sonst habt Ihr weiter nichts aufgeschnappt?«

Brigitta zuckte immer noch verängstigt dahockend mit den Schultern.

»Glaubt mir, ich würde Euch alles sagen und das nicht zuletzt, um meinen Konrad wiederzubekommen.«

Der Kommandant erhob sich, verschränkte seine Arme hinter dem Rücken, stellt sich ans Fenster und blickte schweigend auf den Domplatz. Der Bürgermeister und Brigitta sahen sich fragend an. Nichts passierte, bis der Bürgermeister nach einigen Augenblicken mit einem Räuspern das Wort ergriff.

»Mit Verlaub, Herr Oberstleutnant, was gedenkt Ihr nun zu tun?«

Mit einem tiefen Seufzer drehte er sich um.

»Da meine Suchtrupps gestern Abend ergebnislos zurückgekehrt sind, bleibt mir nur zu hoffen, dass mir dieser Schurke irgendwann nochmal über den Weg läuft und ich ihn dann, wenn auch verspätet, zur Rechenschaft ziehen kann.«

Dann wandte er sich Brigitta zu.

»Euer Sohn ist bei Hauptmann Delgado in den besten Händen. Obwohl ich menschlich von meinem Offizier enttäuscht bin, so halte ich als Soldat von ihm eine ganze Menge.«

Er ging auf sie zu, reichte ihr die Hand und zog sie vom Stuhl hoch.

»Wenn mich meine Menschenkenntnis nicht täuscht, so scheint Ihr die Wahrheit zu sagen.«

Sein durchdringender Blick durchbohrte Brigitta. »Ihr könnt von Glück reden, dass Ihr mit mir einen kultivierten Offizier vor Euch habt und wir somit ohne schmerzhafter Tortur auskommen. Bedankt Euch bei Eurem Bürgermeister, der so für Euch eingestanden ist. Solltet Ihr jedoch von Eurem Sohn eine Nachricht erhalten, die auch nur ansatzweise darauf schließen lässt, wo sich der feine Herr Delgado aufhält, dann erwarte ich Euch unverzüglich zur Berichterstattung.«

Er fasste Brigitta ans Kinn und fixierte ihren Kopf.

»Haben wir uns verstanden?«

Brigitta sah ihn erleichtert an und mit einem schüchternen, zugleich erleichternden Lächeln haucht sie ihm ein „Ja" entgegen.

Überfall

Konrad hatte seinen Rappen nach dem vorerst letzten Anstieg nochmals durchschnaufen lassen und näherte sich nun im flotten Trap, unweit der Ortschaft Gandersheim, einem Gutshof.

Eine kleine Rast und etwas Wasser würden seinem Ross guttun – dachte Konrad –, als er nur wenige Pferdelängen vom Tor des Hofes entfernt Schreie wahrnahm.

Im nächsten Moment stürmte eine nur noch spärlich bekleidete junge Frau auf ihn zu. Sie war außer sich vor Angst und sank vor ihm mit flehenden Händen auf den Boden. Konrad sprang vom Pferd und richtete sie auf.

»Beruhigt Euch erstmal«, redete er ihr zu.

»Was ist Euch passiert?«

Mit tränenerstickter Stimme klammerte sich das verzweifelte Geschöpf an Konrad.

»Herr – Euch schickt der Himmel, Ihr müsst uns helfen«, flehte sie ihn an und sah sich verängstigt um.

Ihre Stimme überschlug sich.

»Eine, eine Räuberbande ist über uns hergefallen. Die schrecklichen Kerle wollten sich an mich vergreifen und Gustav, unser Knecht, hat sich dazwischengeworfen. Nun werden sie ihn bestimmt massakrieren.«

Kaum hatte die junge Frau den Satz ausgesprochen, stürmte plötzlich einer der Schurken durch das Tor auf sie zu. Als er Konrad sah, hielt er kurz inne und zog einen Degen aus der Scheide.

»Oh, das junge Fräulein hat einen Verehrer gefunden«, kam es spöttisch aus seinem mit faulen Zähnen bespickten Mund.

»Schwing dich auf deinen Gaul und verschwinde Bürschchen, wenn dir dein Leben lieb ist«, giftete er Konrad an.

»Die Kleine da, die gehört mir«, schob er grinsend nach und leckte sich genüsslich über seine Lippen.

Panisch zitternd klammerte sich die junge Frau fest an Konrads breite Brust.

»Ihr bleibt hier bei meinem Pferd. Keine Angst, ich bin gleich wieder bei Euch«, versuchte Konrad sie mit einem Lächeln zu beruhigen.

Der Schurke setzte seinen hochgewachsenen, klobigen Körper in Gang und steuerte auf Konrad zu.

»So, der edle Herr hat sich also fürs Sterben entschieden«, brüllte er mit anschwellender Stimme und grimmigen Gesichtszügen.

Konrad ließ sich nicht einschüchtern. Zu oft hatte er einem auf den ersten Blick starken Gegner gegenüber-gestanden. Doch in den vielen Schlachten und unzähligen Scharmützeln, die er an Hauptmann Delgados Seite überstanden hatte, war ihm kaum einer gewachsen. Bis auf ein paar kleinere Schnitt- und Stichwunden, Schwellungen und Blutergüssen musste er bisher nichts einstecken. Seine Kampftechnik war ausgereift und die Kraft und Ausdauer, die aus seinem muskulösen Körper kam, hatten nicht nur Hauptmann Delgado immer wieder beeindruckt.

Nur noch wenige Schritte trennten die Beiden. Erneut blieb der Schurke breitbeinig stehen und fuchtelte wild mit dem Degen umher.

»Letzte Gelegenheit abzuhauen, bevor ich dich aufschlitze!«, waren seine markigen Worte.

Und dann passierte alles sehr schnell. Zu schnell für den wild und ungelenk auf Konrad losstürmenden Angreifer. Konrad ließ seinen Umhang zur Seite schwingen, zog blitzschnell den Degen, machte einen Ausfallschritt und ließ seinen Gegner an sich vorbei ins Leere stürzen. Der hatte sich mit solcher Wucht in diesen Vorstoß begeben, dass er das Gleichgewicht verlor und sich auf dem Schotter des Weges die Nase aufschlug.

Laut fluchend schüttelte er sich und richtete sich auf. Schäumend vor Wut und mit einem „du Mistkerl, dir werd ich´s zeigen" setzte er zur nächsten Attacke an. Diesmal wirkte er zwar konzentrierter, aber an seinen plumpen, behäbigen Bewegungen hatte sich nichts geändert. Konrad ließ sich erneut nicht aus der Ruhe bringen, folgte den Bewegungen seines Gegners und erwartete mit wachen Augen den nächsten Angriff.

Ein lauter, kämpferischer Aufschrei, mit dem er den Degen nach Konrads Brust stoßend nach vorn stürzte, war der letzte Lebenslaut, den der Schurke von sich gab. Wieder war Konrad blitzschnell mit einer Oberkörperdrehung ausgewichen und hatte den Angreifer dabei in seine spitze Klinge laufen lassen. Das blanke Eisen bohrte sich tief in den massigen Körper und fällte den kräftigen Burschen wie einen Baum. Seine Beine versagten und mit weit aufgerissenen Augen sackte er ungläubig auf seine tödliche Wunde schauend zu Boden.

Konrad hatte in seiner Soldatenzeit so viel sterbende Menschen gesehen, dass ihn, anders als die junge Frau, die immer noch zitternd beim Pferd wartete, diese Szene nicht sonderlich berührte. Er nahm die Frau in seine kräftigen Arme und sprach ihr tröstend zu.

»Es ist zwar immer traurig, wenn ein Mensch sterben muss, aber wer mit einer Waffe auf mich losstürmt und mir nach dem Leben trachtet, der muss mit dem Schlimmsten rechnen. In diesem Fall hat es bestimmt nicht den Falschen getroffen, denn wenn ich nicht zufällig hier vorbeigekommen wäre, dann hätte Euch der Bursche nicht nur geschändet, sondern wahrscheinlich am Ende auch noch getötet.«

Nach einem tiefen Durchatmen huschte sogar ein kurzes Lächeln über ihr Gesicht.

»So, und nun wollen wir uns mal um die Anderen kümmern.«

»Oh Gott!«, rief sie erschrocken und bekreuzigte sich, »die hätte ich ja fast vergessen. Also zwei Kerle sind mit Gustav – unserem Viehknecht – im Stall und der Anführer der Bande ist mit einem weiteren Komplizen im Haupthaus und versucht herauszufinden, wo unser Herr Schmuck und Münzen versteckt hat.« »Dann sind es insgesamt noch vier Banditen.«

Die junge Frau hielt sich vor Schreck die Hand vor den Mund.

»Das sind ja viel zu viel. Dagegen könnt Ihr nicht ankommen.«

Konrad nahm ihre Hände und redete beruhigend auf sie ein.

»Einfach wird das sicher nicht, aber ich lasse Euch jetzt nicht im Stich und ich habe da auch schon eine Idee. Zeigt mir erstmal, wo sich die Zwei mit dem Knecht befinden, dann sehen wir weiter.«

Die junge Frau wollte geradewegs durch das Tor auf den Hof eilen, als Konrad sie zurückhielt.

»Halt, halt, das ist mir zu riskant. Gibt es denn nur diese eine Möglichkeit, um auf den Hof zu gelangen?«

»Ihr habt recht, da werden wir ja gleich gesehen. Kommt mit, wenn wir an der Mauer entlang zur

Rückseite laufen, dann gelangen wir zum Weidetor und von da aus kommen wir unauffällig zum Stall, in dem die Kerle Gustav festhalten.«

So marschierten sie mit eingezogenen Köpfen um das Grundstück herum, bis sie an der rückwärtigen Giebelwand des Stalls standen.

»Sagt, wie heißt Ihr eigentlich?«, fragte Konrad die Frau.

»Ich bin die Küchenmagd Clara. Die Hiltrud, unsere Köchin, und der Jacob sind gerade in Gandersheim auf dem Markt und die restlichen Knechte sind seit dem frühen Morgen auf dem Feld.«

»Also Clara – egal was auch passiert oder was Ihr hört, Ihr bleibt auf jeden Fall hier hinten in der Deckung, bis ich Euch hole. Sollte ich nicht wieder zu Euch kommen, dann rennt Ihr so schnell Ihr könnt ins nächste Dorf und holt Hilfe.«

Die Magd nickte, bekreuzigte sich, faltete die Hände zum Gebet und hockte sich an die Stallmauer.

Konrad tastete sich an der Wand entlang, bis er an ein kleines Fenster kam. Um ins Gebäude zu schauen, nahm er seinen Hut ab und hob vorsichtig den Kopf. Obwohl es recht dunkel im Inneren war, führten die lauten Stimmen der Schurken und das verzweifelte Flehen des Knechts seinen Blick sofort in die hintere rechte Raumecke. Gustav lag auf dem Boden, während einer der Burschen hinter ihm saß und die

Arme festhielt und der Andere mit seinem fetten Wanst auf ihm kniete.

In der Linken hielt er einen Trichter und in der rechten Hand einen Holzeimer. Konrad war sofort klar, was hier vor sich ging. Man nannte diese Art der Folter „Schwedentrunk". Dabei wurde dem armen Opfer ein fürchterliches Gebräu, dessen Hauptbestandteil meist stinkende Jauche war, zwangsweise eingetrichtert. Nicht selten führte die Prozedur zu inneren Verätzungen oder gar zum Tod.

»Ich bin doch nur der Schweineknecht«, kam es gurgelnd und hustend aus seinem nach Luft schnappenden Mund, »woher soll ich wissen, wo der Herr sein Silber versteckt.«

Sein Peiniger hatte für die Aussage nur ein schallendes Lachen über und steckte dem Knecht den Trichter gleich wieder in den Mund.

»Wer weiß, du Schweinehirte, vielleicht hast du ja doch mal aufgeschnappt, wo dein Herr sein Versteck hat.«

Konrad wusste, dass er sofort handeln musste, denn lange würde der Knecht nicht mehr durchhalten. Ihm kam zugute, dass es im Raum recht dunkel war und das sich die beiden Burschen intensiv mit dem Knecht beschäftigten und dazu alles andere als kampfbereit am Boden hockten.

Um die beiden anderen Ganoven, die im Haupthaus ihr Unwesen trieben, nicht vorzuwarnen, musste alles leise und schnell vonstatten gehen. So schlich Konrad sich, genau in dem Moment, in dem der Knecht zum wiederholten Male laut hustend nach Luft rang, in gebückter Haltung an die Peiniger heran.

Unentdeckt stand er nur noch fünf Schritte entfernt und zog seine Pistole aus dem Gürtel. Die beiden Schurken waren so beschäftigt ihr armes Opfer weiter zu quälen, dass sie nichts mehr um sich herum wahrnahmen. Während der Hagere kämpfen musste die Arme des sich vehement wehrenden Knechtes festzuhalten, fing der Dicke wieder an zu brüllen.

»Du verdammter Hornochse, was fällt dir ein mich mit stinkender Jauche zu bespucken.«

Doch in dem Moment als er sein Fluchen mit einem Faustschlag untermauern wollte, sprang Konrad dazwischen und hielt seinen Arm fest. Verdattert schauten ihn die beiden Gestalten an.

»Wenn es hier Hornochsen gibt, dann seid es ihr zwei Galgenvögel«, brüllte er erregt und verpasste dem Dicken mit dem Knauf seiner Pistole einen gezielten Hieb gegen die Schläfe. Kurz aufstöhnend sackte der Übeltäter ohnmächtig zusammen. Sein Kumpan ließ sofort Gustavs Arme los, drückte sich mit dem Rücken an der Wand hoch und ging zum Gegenangriff über. Doch diese ausgemergelte Gestalt hatte gegen Konrad nicht die geringste Chance. Noch bevor er sicher auf seinen Beinen stand, bekam er einen kräftigen Tritt in den Unterleib und als er sich vor

Schmerz nach vorn krümmte, löschte Konrad mit einem Schlag ins Genick sein Licht aus.

Verdutzt sah Gustav Konrad an, schubste den auf ihn Liegenden beiseite und richtete sich auf.

»Wer seit Ihr?«, keuchte der Knecht, wobei er spukend und hustend versuchte, die ihm eingeflößte Jauche loszuwerden. Würgend rappelte er sich hoch und erbrach sich, »und wie habt Ihr mich gefunden?«

»Ich bin nur ein Reisender, der offensichtlich gerade noch rechtzeitig vorbeigekommen ist. Holt schnell ein paar Stricke, damit wir die Burschen fesseln können.«

Noch etwas wackelig auf den Beinen und sich vor Schmerzen den Bauch haltend, dauerte es trotzdem nur einen kleinen Moment und der Knecht war zurück. Die beiden Ganoven waren schnell zusammengeschnürt, mit alten Lappen geknebelt und Konrad erklärte ihm seinen Plan.

»Da noch zwei Schurken im Haupthaus sind und Euren Herrn und seine Familie bedrohen, muss ich mich dort mit einer Finte einschleichen. Ich brauche dazu Eure Kleider und werde mich so als Knecht ausgeben. Ihr wartet hier und passt auf die beiden auf.«

Konrad streifte sich das nach Jauche stinkende Gewand über und schmierte sich etwas vom Schwedentrunk um den Mund, auf Nase und Wangen. Alles sollte so echt wie möglich wirken, denn von dieser Täuschung hing eine Menge ab. Eine Pistole und seinen Dolch verbarg er hinter dem Rücken und steckte die Waffen in den Gürtel, zog sich den zerschundenen Hut des Knechts ins Gesicht und marschierte zielstrebig über den Hof auf das Gutshaus zu.

Um die Familie im Haus so wenig wie möglich zu gefährden, wollte er sich die Ganoven einzeln vorknöpfen und einen der Beiden nach draußen locken. Konrad ging nochmal seinen Plan im Kopf durch. Alles kam auf die gleich folgende Täuschung an.

Über einen breiten Flur näherte er sich genau dem Raum, aus dem er laute Stimmen hörte. Er klopfte an die Tür, öffnete sie einen Spalt, nahm den Hut ab und trat mit gesenktem Haupt ein.

»Herr, Ihr müsst mir verzeihen.«

Wie schon mehrfach seit seiner Flucht von Tillys Truppen demonstriert, als er sich gekonnt für den Zeichner Edmund Mengeler ausgab, musste Konrad nun sein komödiantisches Talent abermals unter Beweis stellen.

Schüchtern hob er in Erwartung eines großen Donnerwetters den Kopf, zeigte bewusst sein verschmiertes Gesicht und knautschte dabei, den Ängstlichen spielend, nervös seinen Hut mit den Händen zusammen. Und noch einmal flehte er.

»Herr, Ihr müsst mir verzeihen, ich habe die Folter nicht ertragen und Euer Versteck preisgegeben. Die

Männer machen sich in der Kapelle schon über Eure Münzen und Euren Schmuck her.«

Konrad sank theatralisch auf die Knie und fing an zu winseln.

»Bitte vergebt mir.«

Während sich die drei Töchter des Hauses an ihre Mutter klammerten, schaute der Gutsherr verwundert zu Konrad herüber. Er verstand nicht so recht, was gerade vor sich ging, doch bevor er eine unüberlegte Reaktion zeigen konnte, nahm der Anführer der Bande seinen Degen, den er auf Frau und Töchter gerichtet hielt, herunter und brüllte los.

»Was höre ich da? Hat die Medizin dem Schweinehirten tatsächlich die Zunge gelockert?«

Euphorisch ließ er die Blankwaffe durch die Luft sausen und drehte sich zu seinem Kumpanen.

»Wusste ich es doch, dass es hier was zu holen gibt. Du bleibst da stehen und passt auf, dass unser netter Gastgeber nicht auf dumme Gedanken kommt, und ich schau mal in der Kapelle nach dem Rechten.«

Und schon stürmte er an Konrad grinsend vorbei. Dieser zögerte nicht einen Augenblick, sprang auf und marschierte hinterher.

Sein Plan schien aufzugehen. Am Flurende holte er den arglosen Bandenführer ein und trat ihm von hinten in die Beine. Dieser verlor augenblicklich sein Gleichgewicht und stürzte mit einem Aufschrei kopfüber die sieben Stufen der Sandsteintreppe hinunter auf den Hof.

Konrad setzte schon an hinterherzuspringen, als er abrupt innehielt und glaubte seinen Augen nicht zu trauen.

Gustav der Knecht hatte es nicht mehr im Stall ausgehalten, war über den Hof geeilt und rammte dem wieder auf die Beine gekommenen Bandenführer die langen Spitzen seiner Mistgabel mit voller Wucht in den Rücken.

Ein durch Mark und Bein gehender Aufschrei lockte seinen Kumpanen aus dem Haus. Der stand plötzlich hinter Konrad und drückte ihm unverhohlen sein Messer in den Rücken. Dann sah er den leblosen Körper des Anführers in seinem Blut auf dem Hofpflaster liegen. Augenblicklich verließen ihn Kraft und Mut und das Messer glitt ihm aus der sich langsam öffnenden Hand.

Sofort übernahm Konrad die Initiative, drehte sich zur Seite und hielt ihm die schussbereite Pistole an den Kopf.

Was für ein verrückter Reisebeginn – dachte Konrad –, als ihm die Hausherrin um den Hals fiel und sich überschwänglich bedankte.

»Euch hat wahrlich der Himmel geschickt«, schluchzte sie.

Auch der Gutsherr presste Konrad an seine Brust und klopfte ihm dabei heftig auf den Rücken.

»Gott sei es gedankt, dass es in diesen kriegerischen und verworrenen Zeiten, in denen sich immer mehr verkommenes Pack im Land herumtreibt, auch noch ehrliche Menschen gibt. Menschen wie Ihr, die selbstlos genug sind und den Mut haben gegen das Unrecht einzuschreiten.«

Er forderte Konrad auf Platz zu nehmen und holte einen Krug seines besten Weines aus dem Keller.

Konrad erzählte der Familie, dass sein Vater unweit von hier, im Harzer Vorland, auf einer Handelsreise vor Jahren verschwunden war und dass es nicht ausgeschlossen sei, dass auch er damals von einer Bande überfallen wurde.

»Ich muss nun endlich Gewissheit haben«, sagte Konrad, »ich will versuchen die Spur wieder aufzunehmen, die sich gleich hinter Goslar verloren hat.«

»Gleich hinter Goslar sagt Ihr?«

Der Gutsherr sah ihn nachdenklich an.

»Wie mir kürzlich vom Gandersheimer Bürgermeister berichtet wurde, treiben sich im Harz und auch bis an den Harzrand Widerstandskämpfer herum. Es sollen ganz normale Männer aus den Bergdörfern sein, die von ehemaligen Soldaten angeführt werden und den durchziehenden Söldnerbanden den Garaus machen.«

»Na, das hört sich doch gut an. Endlich wehren sich die gepeinigten Menschen. Aber warum erzählt Ihr mir das?«

»Nun, diese „Harzschützen", wie sie sich selbst nennen, haben inzwischen Nachahmer gefunden, die nicht besser sind als die verbrecherischen Söldnerbanden selbst. Unter dem Deckmantel des Guten dringen sie in Häuser ein, überfallen Händler und Reisende. Damit will ich sagen, wenn Ihr Richtung Harz oder gar in den Harz reitet und nach Eurem Vater sucht, habt acht auf diese Strolche. Wer weiß, vielleicht gehören die Burschen, die uns heute hier nach Gut und Leben getrachtet haben, auch zu diesem Pack. Aber das wird ja nun die Gerichtsbarkeit in Goslar oder Osterode herausfinden, denn da hat man schon den einen oder anderen von ihnen weggesperrt und aufgeknüpft.«

Als Konrad wenig später aufbrechen wollte, befand sich nicht nur ein großes Stück geräucherter Schinken aus der Speisekammer des Gutshauses in seinem Gepäck, sondern dazu auch noch ein Trinkschlauch gefüllt mit köstlichem Hauswein.

Ein Geschenk machte Konrad jedoch sprachlos. Der Gutsherr stecke ihm einen wertvollen Goldring, den ein feuerroter Rubin schmückte, auf den Finger.

»Dieser alte Familienring, den ich gerade noch vor dem Anführer der Bande verbergen konnte, sollt von nun an Ihr tragen. Nehmt ihn als Zeichen meiner unendlichen Dankbarkeit.«

Konrad sah ihn fassungslos mit großen Augen an. »Aber edler Herr, ich bitte Euch, der Ring ist doch

viel zu wertvoll, dass Ihr ihn so einfach verschenkt.«
»Nichts ist so viel Wert wie das Leben meiner Familie und genau das habt Ihr soeben gerettet.«

Konrad zog sich den Ring vorsichtshalber wieder ab, fädelte ihn auf das Lederband, das er um den Hals trug und an dem sein selbstgefertigtes Heidenportalamulett hing und verbarg alles wieder unter seinem Gewand.

»So ist es mir sicherer, wenn der Ring nicht gleich jedem ins Auge fällt.«

Konrad stieg auf seinen Rappen, schwang zum Abschied den breitkrempigen Hut und trabte vom Hof.

Hirzenhain

In der ersten Zeit nach Konrads Abschied fühlte sich Johanna nur noch einsam. Mit ihm war vor vier Jahren ein Freund in die Ferne gezogen, den sie jeden Tag mehr vermisste. Zwar stellte Meister Michels gleich wieder einen neuen Lehrling ein, doch für den hatte sie nur Hohn und Spott übrig. Johanna war an vielen Tagen kaum zu genießen und zog sich immer mehr zurück.

»Was für eine dumme Tradition, diese Gesellenwanderschaft«, sagte sie zu ihrem Großvater Meister Michels.

Der war so etwas wie ihr Vertrauter geworden. Mit ihm konnte sie fast alles besprechen und obwohl sie wusste, dass auch er von Konrad eine Menge hielt und seinen fleißigen und geschickten Gesellen nur ungern ziehen ließ, behielt Johanna ihre geheimsten Gedanken dann doch für sich.

Ihr Großvater schüttelte den Kopf und nahm sie tröstend in seine Arme.

»Na, da scheint mir doch mehr als nur Freundschaft im Spiel zu sein.«

Johanna trieb es die Röte ins Gesicht und ein zartes Lächeln verriet ihre Gefühle.

Fast jeden Abend saß sie an jenem geheimen Ort, an dem sie gemeinsam mit Konrad einen Schmelzofen gebaut und ihre Glücksbringer gegossen hatten.

Wenn nachts die Sehnsucht zu groß wurde, hielt sie, genau wie es Konrad damals tat, das Amulett vor die lodernde Flamme des Kerzenlichts und beobachtete die an der Zimmerdecke mystisch tanzenden Schatten.

Es war das Ebenbild des Heidenportals aus dem Wetzlarer Dom, das in Eisen gegossen diese geheimnisvolle Strahlkraft besaß. Für Konrad waren die hörnerähnlichen Konturen nicht nur eine Erinnerung an seine Heimatstadt, vielmehr verbanden sie ihn untrennbar mit seinem verschollenen Vater, mit dem er sie als Motivvorlage in sein Skizzenbuch gezeichnet hatte.

Johanna presse das eiserne Amulette fest in ihre Hand. Für sie war es die einzige Verbindung zu dem Konrad, der als Freund ging und der ihre Gefühlswelt zu tiefst spürbar durcheinandergebracht hatte.

»Du benimmst dich immer noch wie ein kleines Mädchen und nicht wie eine junge Frau, die bald heiraten wird«, waren die markigen Worte ihres Vaters.

Johanna erschrak. Fassungslosigkeit spiegelte sich in ihrem Gesichtsausdruck wieder.

»Ich und heiraten? Niemals – oder sagen wir besser zumindest nicht hier und jetzt.«

Erregt sprang sie vom Esstisch auf und schaute fragend in die Runde.

»Erst durfte ich nicht mehr im Hüttenwerk helfen, weil sich das angeblich für die Enkeltochter vom

Meister nicht schickt und nun reicht es euch auch nicht mehr, dass ich Mutter in Haus und Garten zur Hand gehe.«

Ihr Vater erhob sich, schritt auf sie zu und nahm ihre Hände.

»Schau Johanna, du bist nun schon zwanzig Jahre alt. Deine Mutter hat dir eine Menge beigebracht. Alles, was ein Weib wissen muss, um einem Mann treu zu dienen und um ihn glücklich zu machen, hast du gelernt. Es wird wirklich höchste Zeit einen eigenen Hausstand zu gründen.«

»So, so – ich soll also irgend so einem, einem Daher-gelaufenen meine Hand geben und am Ende hast du mir gar schon einen ausgesucht.«

Ihr Vater lächelte sie an. Johanna wurde blas. »Nein, das glaube ich nicht«, entfuhr es Johannas Mund, »wer – sag, wer soll das sein?«

Ihr Vater drehte sich hilfesuchend zu seiner Frau um, die darauf zu ihrer Tochter eilte.

»Stell dir vor, der Erstgeborene vom Großbauern Arnold Hofmann, der Hans, wäre bereit, dir seine Aufwartung zu machen.«

Wie vom Blitz getroffen stand Johanna mit offenem Mund regungslos da. Der Schreck war ihr jedoch nur kurz in die Glieder gefahren. Dann schrie sie ihre Erregung nur so aus sich heraus.

»Diesen ungehobelten, fetten Riesen? Mit dem braucht ihr mir schon gar nicht kommen. Den kann sein verehrter Herr Vater behalten und am besten mit eines seiner Rindviecher verheiraten.«

Mit dem Fuß kräftig aufstampfend drehte sie sich um, marschierte im Stechschritt zur Tür, knallte sie hinter sich zu, stürmte die Treppe hoch und verschwand auf ihre Kammer. Heulend warf sie sich auf das Bett. Ihre heile Welt drohte zusammenzustürzen. Sie, die sie seit vier Jahren auf ein Lebenszeichen von Konrad wartete, sie, die sich sehnlichst wünschte, dass er bei ihrem Vater um ihre Hand anhielt, sie sollte mit diesem ungehobelten Klotz aus dem Dorf verheiratet werden.

»Nein – niemals!«, schrie sie laut durch die Kammer.

Es darf einfach nicht sein – dachte sie – sprang auf und lief vor Erregung zitternd im Raum auf und ab. Verzweifelt suchte sie nach einem Ausweg.

Ankunft in Goslar

Nach den aufregenden Geschehnissen auf dem Gutshof Riemerode freute sich Konrad schon auf ein Zusammentreffen mit dem Goldschmiedemeister Jürgen von Hagen in Goslar. Genau diesen Kunden hatte Georg, der Sohn von Meister Michels, auf der Suche nach seinem Vater – vor acht Jahren – besucht. Er war der letzte Kunde, bei dem Robert Gassner seine Kunstgussware ausgeliefert hatte. Er war vermutlich der letzte Mensch, der den Handelsmann und seinen Knecht gesehen hatte.

Konrad holte alles aus dem Rappen heraus und erreichte die alte Kaiserstadt gerade noch rechtzeitig vor dem Schließen der Stadttore.

Erstaunt sah ihn der Goldschmiedemeister an, als er sich und sein Anliegen vorstellte.

»Und Ihr seid tatsächlich der Sohn von Robert Gassner?«, fragte der Meister.

»So wahr ich hier stehe«, beteuerte Konrad.

Mit einem Lächeln streckte ihm Herr von Hagen die Hände entgegen.

»Na dann kommt schnell herein. Mein Weib bereitet soeben ein köstliches Abendmahl. Ich kann mir vorstellen, dass Ihr nach einem langen Ritt ausgehungert und durstig seid.«

Der Goldschmiedemeister hatte nicht zu viel versprochen. Egal ob Schinken, Wurst oder Käse, es fehlte an nichts. Die Tafel war so reichhaltig mit wohlschmeckenden Speisen gedeckt, dass Konrad sich nicht vorstellen mochte, dass zur gleichen Zeit im ganzen Reich immer noch der große Krieg tobte und dass viele Menschen an Hunger litten.

»Na, was sagt Ihr? Habe ich nicht ein prachtvolles Weib? So werde ich jeden Tag, den uns der Herrgott schenkt, verwöhnt.«

Herr von Hagen erhob sich und streichelte sich über seinen beträchtlichen Bauch.

»So, mein lieber Herr Gassner, dann kommt mal mit.«

Als sie im Nebenraum ankamen, blieb Konrad wie angewurzelt stehen. Was er sah, verschlug ihm fast den Atem.

»Sind das etwa die Offenplatten, die mein Vater Euch vor acht Jahren angeliefert hat?«

Konrad ging auf den Ofen zu. Andächtig berührte er die eisernen Platten.

»Sind das nicht wahre Kunstwerke?«, schwärmte der Meister.

»Obwohl – ich muss zugeben, so ein klein wenig habe ich auch dazu beigetragen. Schaut die Vergoldung an den erhabenen Konturen, die stammt von mir. Blattgold, echtes Gold. Das kann sich nicht jeder leisten und schon gar nicht eigenhändig ausführen.«

Herr von Hagen stellte sich mit stolz geschwellter Brust neben Konrad und legte ihm den Arm um die Schulter.

»Nur ich verstehe nicht, warum Euer Vater nie wieder vorbeigekommen ist, wo ich ihm doch klar zu verstehen gab, dass über meinen Freundeskreis bestimmt noch weitere Aufträge ins Haus stehen würden.«

Konrad löste sich aus der Umarmung.

»Ihr wisst nicht, dass mein Vater, gleich nachdem er bei Euch war, verschwunden ist?«

»Verschwunden? Nein – woher sollte ich das wissen?«

Konrad sah ihn verwundert mit großen Augen an.

»Aber Georg, der Sohn von Meister Michels aus Hirzenhain, war doch damals bei Euch und hat nach meinem Vater gesucht.«

»Bei mir war kein Georg aus Hirzenhain. Wie kommt ihr darauf?«

Konrad konnte es nicht fassen.

»Georg Michels wurde vor acht Jahren ausgesandt, um meinen Vater zu suchen. Als er nach zwei Wochen zurückkam, da berichtete er, dass sich die Spur des Handelswagens gleich hinter Goslar in einem Waldstück verloren hätte und dass Ihr der letzte Kunde gewesen seid, den er besuchte.«

Der Goldschmiedemeister schüttelte vehement seinen Kopf.

»Da hat sich der Herr Michels aus Hirzenhain wohl geirrt. Ich würde mich bestimmt daran erinnern, wenn sich jemand nach Eurem Vater erkundigt hätte.«

Konrads Gefühle spielten verrückt. Sollte der letzte Anhaltspunkt, der ihm so viel Hoffnung machte, nun doch nicht stimmen?

»Aber – das könnte ja heißen, dass der Georg die Geschichte frei erfunden hätte. Warum sollte er das tun?«

Herr von Hagen legte Konrad seine Hand auf die Schulter.

»Ihr könnt das Kind ruhig beim Namen nennen, denn wie es sich anhört, hat dieser Georg, aus welchen Gründen auch immer, Euch etwas vorgelogen.«

Konrad versuchte seine wirren Gedanken zu sortieren.

»Fest steht doch aber, dass mein Vater Euch diese Ofenplatten angeliefert hat und...«

Der Meister unterbrach ihn.

»Keine Frage, das hat er und fest steht auch, dass Euer Vater noch am gleichen Tag seine Handelsreise fort-setzte und das, obwohl es schon später Nachmittag war und ich ihn vor der schwierigen Wegstrecke zur Burg Gebhardshagen gewarnt hatte. Auch mein Hinweis, dass es in der letzten Zeit immer wieder zu Überfällen auf Handelsreisende in dieser

Region gekommen sei und dass sich das dunkele Waldstück, durch das er auf seinem Weg fahren musste, geradezu für einen Überfall anbieten würde. Aber auch diese Tatsache verdrängte er einfach. Euer Vater wollte unbedingt noch zum Vogt nach Gebhardshagen und so seinen Zeitplan, der durch schlechtes Wetter durcheinander gekommen war, einhalten.«

Konrad fasste sich nachdenklich ans Kinn. »Merkwürdig – wenn ich mich richtig erinnere, dann hat der Georg genau davon berichtet, dass er, nachdem er bei Euch war, die Spur weiter verfolgt habe und dass sie sich in einem Waldstück unweit der Burg Gebhardshagen verloren hätte.«

»Auch wenn ich schon ein wenig älter bin, hat mich mein Gedächtnis bisher noch nie im Stich gelassen.«

Herr von Hagen stellte sich direkt vor Konrad und sah ihn mit zusammengekniffenen Augen an. »Obwohl – es klingt wahrhaftig sonderbar, was dieser Georg Euch gegenüber von sich gegeben hat. Ich habe das Gefühl, dass dieser Herr doch noch mehr weiß, als es auf den ersten Blick scheint. Ich finde, Ihr solltet dem jungen Herrn Michels zur Rede stellen.«

»Ihr habt recht, es fühlt sich so an, als ob er doch hier in der Gegend war. Denn woher sollte er wissen, dass der Weg zur Burg Gebhardshagen durch ein Waldstück führt.«

»Ach, bevor ich es vergesse, wenn Ihr die Strecke abreiten wollt, dann solltet Ihr Euch in der übernächsten Ortschaft etwas mehr Richtung Westen orientieren und die folgende Liebenburg meiden. Seit geraumer Zeit taucht hier immer wieder dieser Kriegstreiber Wallenstein auf und benutzt die sicheren Mauern für sich als Quartier und seine Soldaten machen dann hier die Gegend unsicher.«

Herr von Hagen runzelte die Stirn.

»Erst vor einer Woche wurden drei Ratsherren unserer Stadt zum Wallenstein auf die Burg zitiert. Sie mussten dem Feldherrn versichern, dass unsere Stadt Goslar dem Kaiser treu ergeben ist und das wir nicht selbst eigenes Kriegsvolk anwerben. Nur so haben sie es geschafft eine Einquartierung zu verhindern. Wallenstein zeigte sich gegenüber unseren Abgesandten zwar sehr gnädig, doch dass seine Soldaten zu uns kommen, um Ankäufe zu tätigen, konnten sie leider nicht verhindern. Ihr könnt Euch womöglich vorstellen, was das heißt, wenn diese Schergen mit ihren rauen Sitten zu den „sogenannten" Einkäufen in die Stadt einfallen.«

In der folgenden Nacht schreckte Konrad immer wieder aus dem Schlaf hoch. Es kreisten einfach zu viele wirre Gedanken in seinem Kopf. Sollte er vielleicht doch zunächst nach Hirzenhain reiten und Georg Michels zur Rede stellen?

Als er sich nach einem reichlichen Morgenmahl vom Goldschmiedemeister verabschiedete, stand sein Entschluss fest. Konrad ließ den Rappen antraben und folgte der Handelsroute seines Vaters. Der Vogt der Burg Gebhardshagen wartete damals auf die geordneten Offenplatten und so erhoffte sich Konrad von ihm weitere dienliche Hinweise.

Weiträumig umritt er die Liebenburg, denn ein Zusammentreffen mit Wallensteinsoldaten wollte er auf jeden Fall vermeiden.

Dann tauchte kurz vor Gebhardshagen ein Waldstück auf. Das musste der Wald sein, den Georg nannte und in dem sein Vater einst spurlos verschwand. In Konrads Kopf kreisten die Gedanken. Er versuchte die neuen Erkenntnisse einzuordnen, doch so recht gelang es ihm nicht.

Mitten im Waldstück parierte er seinen Rappen durch. Ein wahrlich dunkler Ort – dachte Konrad –, ideal für einen Überfall geeignet. Links neben ihm befand sich eine steile Böschung. Wenn hier ein Handelswagen vom Weg abkam, dann hätte der Kutscher kaum eine Chance die Pferde zu halten – kam es Konrad in den Sinn.

Er schloss seine Augen und zog mit einem tiefen Atemzug die frische Waldluft ein. Er versuchte sich vorzustellen, was möglicherweise in diesem Wald vor acht Jahren mit seinem Vater passiert war. Doch er spürte nur eine ihn einhüllende friedliche Stille. Nur das Durchschnaufen seines Wallachs und unschuldiges Vogelgezwitscher drangen verhalten an seine Ohren, bis der schrille, kreischende Ruf eines Eichelhähers Konrad aufschreckte.

Wenig später erreichte er die Burg Gebhardshagen und wurde zum Vogt vorgelassen. Doch nach kurzer Unterredung stand fest, dass Robert Gassner diesen Ort mit seinem Handelswagen nie erreicht hatte. Auf einen möglichen Überfall hin angesprochen, konnte dann der Vogt ihm doch noch ein paar erhellende Hinweise geben.

Breitbeinig stellte er sich vor Konrad hin und stützte dabei seine Hände in die Hüften.

»Als Vertreter des Fürsten gehört es zu meinen Aufgaben für Recht und Ordnung zu Sorgen. Meine Männer haben damals immer wieder eine Bande gejagt, die in den nahen Wäldern ihr Unwesen trieb. Allerdings stellten sich diese dreisten Kerle ziemlich geschickt an. Wir konnten nur einen Schurken dingfest machen und in den Kerker sperren. Es war und ist sehr schwer an Auskünfte zu kommen, denn die brutalen Burschen haben unsere Bauern zu stark eingeschüchtert.«

Konrad sah in ein grübelndes Gesicht, das sich plötzlich aufhellte.

»Doch einen Rat kann ich Euch geben. Wie mir berichtet wurde, gibt es da so ein heruntergekommenes Gasthaus in Liebenburg, in dem immer mal wieder zwielichtige Gestalten rumlungern. Ein Stück unterhalb der Liebenburg liegt diese verruchte Waldschänke, der Ort, an dem damals meine Männer den einen Ganoven geschnappt haben.«

Es war ihm unwohl bei dem Gedanken, nun doch nach Liebenburg zu reiten, denn wenn Wallenstein dort auf der Burg eingezogen war, würde es im Ort nur so von Soldaten wimmeln und die Begegnungen mit ihnen, die sehr schnell unberechenbar sein konnten, wollte sich Konrad ersparen. Seine eigene Militärzeit war ja erst ein paar Monate her und er wusste genau, dass sich langweilende, angetrunkene Soldaten Raufereien oft förmlich suchten.

Als Konrad auf den Ort zuritt, konnte er als erstes einen dicken, runden Turm erkennen. Dieser lag auf dem kleinen Höhenzug oberhalb der Burganlage und schien die Anlage gegen herannahende Feinde aus Richtung Norden zu sichern.

Beim Passieren der Ortsgrenze wirkte alles recht friedlich. Konrad konnte weit und breit keinen Soldaten erkennen. Beinahe zu ruhig – dachte er. Misstrauisch behielt er die Burg im Auge, so als ob jeden Moment das Tor aufgehen könnte und ein Trupp Soldaten herauspreschen würde.

Konrad war schon ein paar Pferdelängen unterhalb der Burg entlanggeritten, als er, wie vom Vogt beschrieben, versteckt hinter Büschen und Bäumen die Waldschänke links des Weges entdeckte.

Sie hatte offensichtlich schon bessere Tage gesehen. Vor ihm lag ein heruntergekommenes Fachwerkgebäude, auf dessen Grundstück sich noch ein aus Feldsteinen gemauerter Stall und ein windschiefer Bretterschuppen befanden.

Es sah alles andere als einladend aus, aber die Hoffnung, dass er hier mit Glück die Spur seines Vaters wieder aufnehmen konnte, ließ ihn die knarrende Tür öffnen.

Ein dunkler, stinkender Gastraum verschlug ihm den Atem. Unwillkürlich bekam er einen Hustenreiz, als urplötzlich der Wirt vor ihm stand.
»Ich sehe schon, der edle Herr hat wohl vom Staub der Landstraße eine trockene Kehl bekommen.«

Der mit struppigem Haar daherkommende fettleibige Mann grinste Konrad mit einem fast zahnlosen Lächeln an und verbeugte sich unterwürfig.
»Aber nehmt doch hier am Fenster Platz und ich hole Euch schnell einen Krug Hauswein.«

Bevor er wieder ging, spuckte der immer noch vor sich hingrinsende Mann in einen Lappen und wischte einmal im Kreis über das blinde, verdreckte Fensterglas und wedelte dann zu allem Überfluss nochmal schnell über die schmierige Tischplatte.

Mit den Worten, »es muss ja alles seine Ordnung haben«, verschwand er.

Konrads Augen hatten sich inzwischen an den dunklen Raum gewöhnt. Er sah sich um und erkannte lediglich vier Gestalten, die zu dieser frühen Tageszeit schon nicht mehr Herr ihrer Sinne waren. Lallende, kaum verständliche Wortfetzen drangen an seine Ohren.

»Sagt, Herr Wirt, wie lange zechen diese Burschen schon?«, fragte Konrad den Wirt, der ihm soeben den Wein auf den Tisch stellte.

Der Wirt drehte sich kurz zu den Betrunkenen um und lachte laut los.

»Ach die – die sind noch von gestern Abend übrig geblieben. Da gab es ein kräftiges Saufgelage. Die Burschen hatten wohl allen Grund zu feiern. Das ist hier bei mir keine Seltenheit, das kommt recht häufig vor. Übrigens, der Rest der Truppe liegt noch draußen im Stroh. Ihr müsst wissen, zwischen dem Abort im Schuppen und meinem Gasthaus habe ich eine Plane gespannt und so sind darunter eine paar Schlafplätze entstanden. Seitdem gehen die Feiern hier bei mir oft bis zum frühen Morgen.«

Konrad verspürte ein Rumoren im Magen.

»Was sagtet Ihr, wo geht´s zum Abort?«, fragte er.
»Einfach durch die hintere Tür, immer den Schnarchgeräuschen nach.«

Als Konrad den kleinen, überdachten Hof betrat, stolperte er gleich über den ersten, noch tief schlummernden Trunkenbold, verlor das Gleichgewicht und lag nun ebenfalls auf dem Strohlager. Leise vor sich hin lachend rappelte er sich wieder hoch. Dabei viel sein Blick nach oben gegen die Plane.

Konrad traute seinen Augen nicht. Was er sah, ließ ihm einen eiskalten Schauer über den Rücken laufen. Auf der Plane, mit der der Wirt den kleinen Hof gegen schlechtes Wetter schützte, war deutlich eine Zeichnung zu sehen. Konrad drehte und wendete seinen Kopf. Kein Zweifel, es waren reich verzierte Ofenplatten. Genau die Motive, die sein Vater auf die Seitenflächen der Plane des Handelswagens aufgemalt hatte.

Aufgeregt eilte Konrad sofort zum Wirt. Seine Stimme überschlug sich.

»Herr Wirt – wo, wo um alles in der Welt habt Ihr die Plane her?«

Der Mann sah ihn erstaunt an.

»Warum zum Teufel wollt Ihr das wissen?«

Konrad packte den Wirt und presste ihn mit seinen kräftigen Händen zusammen.

»Das ist eine lange Geschichte.«

Konrad erhöhte den Druck auf die Arme, seine Stimme schwoll an und sein stechender Blick flößte dem Wirt Angst ein.

»Ich frage Euch nur noch einmal. Wo habt Ihr die Plane her?«

Der Wirt riss sich erschrocken los und machte einen Schritt zurück.

»Was ist plötzlich los mit Euch, seid Ihr von Sinnen? Ihr habt ja einen Griff wie die Zwingen im Folterkeller der Burg.«

Der verängstigte Mann rieb sich die schmerzenden Oberarme. Plötzlich drehte er sich um und griff nach einem Messer, das ihm Konrad sofort wieder aus der Hand schlug.

»Das solltet Ihr lieber sein lassen, wenn Euch Euer Leben lieb ist«, mit diesen Worten setzte ihm Konrad blitzartig die Spitze seines Degens an die Kehle.

»Schon gut – es ist ja kein Geheimnis – wenn ich mich richtig erinnere, dann hat damit einer der Strauchdiebe seine Saufschulden bei mir bezahlt. Das ist allerdings schon viele Jahre her.«

Konrad senkte die Klinge seines Degens und der Wirt atmete erleichtert durch.

»Was um Himmelswillen ist denn so wichtig an dieser Plane, dass Ihr gleich so aus der Haut fahrt?«, wollte der Wirt, sich die Kehle haltend, wissen.

»Wie ich schon sagte, das ist eine lange Geschichte. Verratet mir lieber, wer damit seine Schulden bezahlt hat.«

Der Wirt sah ihn misstrauisch an.

»Und dann, wollt Ihr ihn auch mit Eurem Degen aufspießen?«

»Nun, wir werden sehen. Vielleicht hat er es ja verdient?«

Konrad hob erneut seine Blankwaffe und richtete sie auf den dicken Bauch des Wirts. Der wollte abermals einen Schritt zurückmachen, wurde aber durch den Thekentisch daran gehindert.

»Ihr benehmt Euch genauso wie dieser Soldatenabschaum von Wallenstein. Wenn die hier bei mir einfallen, dann werden auch bei jeder Kleinigkeit die Dolche und Degen gezückt.«

Konrad verlor langsam die Geduld und verlieh seiner Frage mit der sich in den Wanst bohrenden Spitze Nachdruck.

»Also gut, wenn Euch so viel daran liegt - es war der, der Herbert. Der schleppt mir häufiger mal was ins Haus.«

»Und – wo finde ich diesen Herbert?«

Konrad erhöhte nochmals den Druck mit der Degenspitze und mit gequälter Stimme kam prompt die Antwort.

»Ihr habt Glück, der liegt draußen im Stroh. Es ist der Hagere mit der tiefen Narbe quer über die Stirn. Aber der ist bestimmt noch nicht ansprechbar nach dem Saufgelage.«

Konrad hatte keine Mühe den Burschen zu finden. Die das Gesicht entstellende große Narbe auf der Stirn entlarvte ihn sofort. Obwohl er in seiner euphorischen Stimmung eine Befragung kaum abwarten konnte, war aber wie vom Wirt prophezeit daran im Augenblick nicht zu denken.

Ob er wollte oder nicht, er musste Geduld haben. So beschloss er mit dem Volltrunkenen das Gasthaus zu verlassen und sich ein ruhiges Plätzchen zu suchen. Konrad holte sein Pferd auf den Hof und legte den leblosen hageren Körper über den Sattel. Da direkt an die Schänke ein Waldstück angrenzte, marschierte er kreuz und quer durch die Bäume, bis er sich einige hundert Schritte vom Gasthaus entfernt hatte.

Konrad lehnte den Burschen an eine dicke Buche, setzte sich gegenüber auf einen Baumstumpf und sah ihn sich genau an.

Sein ausgemergelter Körper trug einen kleinen, kugelförmigen Bauch, so als ob er eine Kanonenkugel verschluckt hatte. Für die kleine Figur waren seine Hände erstaunlich groß und mit Schwielen übersäht. Einige seiner Finger zeigten deutliche Gichtverformungen.

War dieser Mann, den der Wirt Herbert nannte, in der Lage jemanden zu überfallen und zu töten? Konrad mochte sich nicht ausmalen, was er mit ihm anstellen würde, wenn herauskäme, dass dieser Bursche seinen Vater und Walter den Knecht umgebracht hätte.

Wut stieg in ihm auf. Erregt zog er seinen Degen und richtete die Spitze auf den vermeidlichen Mörder. Als ob er es spürte, kam plötzlich Leben in den schlaffen Körper. Herbert, der eben noch in sich zusammengefallen und schnarchend da saß, reckte vor sich hin schmatzend seine Arme in die Höhe. Er riss seinen Mund, in dem bis auf zwei einsam dastehende Eckpfeilern alle Zähne fehlten, weit auf und stieß einen gähnenden Urschrei aus. Er rieb sich die Augen und fing an zu blinzeln. Noch schlaftrunken öffnete sich erst das linke und dann das rechte Auge. Schlagartig weiteten sich seine Sehschlitze zu riesigen Pupillen, die Konrad aus tiefliegenden Augenhöhlen erschrocken anstarrten.

»Wer, wer seid Ihr?«

Herbert versuchte sich zu orientieren, sein Kopf flog wild hin und her.

»Wo bin ich? Wie um alles in der Welt komme ich hier her?«

Abrupt versuchte er sich am Baum hochzudrücken, doch Konrad verpasste ihm mit der flachen Seite der Klinge seines Degens einen kräftigen Schlag auf den Kopf, um dann die scharfe Spitze der Blankwaffe auf seine Kehle zu richten. Die weit aufgerissenen Augen, mit denen Herbert auf die Klinge starrte, zeigten Konrad, dass er endgültig wach war.

»Was wollt Ihr von mir? Ihr habt Euch den Falschen ausgesucht, bei mir gibt es nichts zu holen«, hörte Konrad eine verängstigte Stimme sagen, während er mit den Füßen scharrend dem todbringenden Eisen auszuweichen versuchte.

Es hatte den Anschein, als wollte er sich rückwärts durch den Stamm der Buche pressen.

»Hast du die Plane, die über dem Nachtlager gespannt ist, dem Wirt gegeben? Wo hast du sie her?«

Herbert sah Konrad verwundert an.

»Moment – wegen des alten Stofffetzens macht Ihr so ein Gehabe? Die habe ich, zum Begleichen meiner Zechschulden, schon vor längerer Zeit zum Wirt geschleppt.«

Konrad erhöhte den Druck der Degenspitze und bohrte sie langsam in Herberts Haut. Die ersten Blutstropfen sickerten hervor.

»Noch ein letztes Mal, wo hast du sie her und wann war das?«

Herbert wurde klar, dass es Konrad ernst war. Mit gequälter Stimme, die Degenklinge mit weit aufgerissenen Augen fixierend, sprach er weiter.

»Das muss so sieben oder acht Sommer her sein, da habe ich zusammen mit ein paar Freunden den Reisenden aufgelauert. Unser einer muss ja in diesen schweren Zeiten auch sehen, wo er bleibt.«

Vorsichtig fasste er unter seine Bluse, zog ein Leinentuch hervor und wischte sich Schweißperlen von der Stirn.

»Wir warteten schon den ganzen Tag im Wald vor Gebhardshagen auf Beute, bis am Spätnachmittag endlich ein Handelswagen in Sicht kam. Ein Stück liefen wir im Unterholz nebenher, bis ein heller Blitz und ein Donner wie eine Kanonensalve die Pferde scheuen ließ und der Kutscher und sein Knecht im hohen Bogen vom Wagen geschleudert wurden. Während zwei von uns, die weiter entfernt warteten, die durchgehenden Pferde zum Stehen brachten, kümmerten Franz, Otto und ich uns um die beiden vom Wagen Gestürzten.«

Konrad konnte vor Erregung kaum noch an sich halten und die Degenspitze bohrte sich immer tiefer in Herberts Fleisch.

»Was meinst du mit kümmern? Was habt ihr verwahrlosten Burschen mit ihnen gemacht?«

»Eigentlich tun wir den Leuten nichts, wenn sie sich friedlich verhalten, aber dieser, dieser Knecht, der ist einfach mit dem Messer auf mich los und da habe ich – ich habe ihn mit meiner – meiner Armbrust einen Bolzen in seinen Wanst gejagt«, stotterte Herbert hektisch.

Konrad kochte vor Wut, sprang vom Baumstumpf auf, rammte seinen Degen in die Erde, griff mit seinen kräftigen Händen Herberts Hals und hob die hagere Gestalt in die Höhe, sodass der Strauchdieb auf den Zehenspitzen stehend kaum noch Halt fand.

»Du verdammter Mistkerl, ich sollte dir gleich die Luft abdrehen. Doch vorher sagst du mir noch, was ihr mit dem Handelsmann gemacht habt.«

Mit rot angelaufenem Kopf rang Herbert panisch nach Luft.

»Ich habe ihm nichts getan«, quetsche er heraus, »er hockte nach dem Sturz vom Wagen benommen am

Boden und da hat ihm der Franz, unser Anführer, sicherheitshalber mit seiner Keule eins übergezogen.«

Konrad hielt ihn nach wie vor im Würgegriff. Herbert versuchte verzweifelt sich strampelnd zu befreien.

»Wir sind dann gleich zu unseren Freunden gelaufen und haben den Wagen durchsucht, aber bis auf Ofen-platten, Kerzenleuchter und anderes Gusseisenzeug war da nichts Brauchbares zu holen. Den Wagen und die Pferde haben wir auf einem Gutshof verkaufen können und die Plane habe ich mir unter den Nagel gerissen.«

»Heißt das, dass der Handelsmann überlebt hat?«

»Woher soll ich das wissen? Wir haben ihn liegen lassen und sind schnell mit dem Wagen abgehauen.«

Es besteht also Hoffnung – dachte Konrad –, dass ich meinen Vater doch noch finde. Zuversicht überkam ihn, dennoch verstand er nicht, warum sein Vater, wenn er das wirklich alles überstanden hatte, nicht wieder nach Haus zurückkehrte. Konrad konnte diese Zweifel kaum verkraften. In Gedanken vertieft durchflutete plötzlich ein Schmerz seinen Körper. Herbert hatte die Gunst des Augenblicks genutzt und Konrad sein Knie in den Unterleib gerammt. Konrad sackte kurz mit einem Stöhnlaut zusammen, behielt Herbert aber fest im Griff.

Dieser Angriff wirkte wie ein Tropfen, der das Fass zum Überlaufen brachte. Unvermittelt drückte Konrad den Burschen zu Boden, kniete sich auf seine Oberarme, riss ihm die Bluse vom Leib und stopfte sie ihm in den Mund.

»Damit du Mistkerl den Überfall auf den Handelswagen nie vergisst, verpasse ich dir ein kleines Andenken.«

Wild strampelnd versuchte Herbert sich zu wehren. Konrad zog seinen Dolch, drückte den Kopf fest auf den Boden und ritzte mit der scharfen, spitzen Klinge, breit und tief, über die schon existierende Narbe ein großes „W" für Walter.

Er richtete den gepeinigten, zitternden Körper auf, presste ihn nochmals mit aller Kraft zusammen und schupste ihn Richtung Gasthaus.

»Lauf, bevor ich es mir anders überlege.«

Wortlos beobachtete Konrad einen Augenblick den vor sich hin Winselnden und führte dann seinen Rappen durch den Wald zur nächsten Landstraße.

Wenn auch die Flamme der Hoffnung wild in ihm loderte, dass er seinen Vater nach langen acht Jahren bald wieder in den Armen halten würde, so hatte er doch keinen weiteren Anhaltspunkt, wo er die Suche fortsetzen sollte.

Konrad musste sich wohl oder übel für eine Richtung entscheiden. Er beschloss vom Ort des Überfalls, dem Waldstück vor der Burg Gebhardshagen, alle Dörfer und Gutshöfe anzureiten, die sich in Richtung des Harzgebirges befanden.

Es vergingen die Tage und er folgte jeder noch so kleinen Eingebung. Konrad wusste schon gar nicht mehr, wie viele Mägde, Knechte und Bauern er befragt hatte. Unzählige im Feld einsam stehende Schuppen hatte er durchwühlt und in jedem Gasthof hatte er die Menschen mit Fragen durchlöchert, aber immer begegnete man ihm nur mit einem Kopfschütteln.

Langsam sank die Zuversicht. Hatte er sich doch zu sehr in eine haltlose Hoffnung verrannt? Immer häufiger kamen Zweifel in ihm auf und immer öfter musste er an Salzderhelden und an Johanna denken.

Johanna, was würde sie wohl gerade machen? Der Abschied war ihm nicht leicht gefallen. Wenn er seine Augen schloss, dann sah er sie vor sich. Mit ihrem offenen fröhlichen Wesen, mit ihren großen himmelblauen Augen, mit ihren Sommersprossen und ihrem wallenden roten Haaren. Wie stark seine Gefühle für Johanna waren, merkte er mit jedem Tag mehr. Seine Sehnsucht, zu ihr zurückzukehren, wurde immer größer.

Suche im Harz

In Erinnerungen vertieft merkte er gar nicht, dass es seit geraumer Zeit stetig bergan ging und dass er den waldreichen, bergigen Harz erreicht hatte. Sein Rappe blähte die Nüstern und schnaufte kräftig durch. Das soeben bewältigte Steigungsstück hatte dem Wallach einiges abverlangt.

Konrad nahm die Zügel auf und brachte ihn zum Stehen. Er versuchte sich zu orientieren, aber in Gedanken versunken hatte er bereits seit einiger Zeit nicht mehr auf den Weg geachtet und nichts mehr um sich herum wahrgenommen. Stille umgab ihn. Für einen Moment schloss er seine Augen und lauschte dem rauschenden Wind in den hohen Baumkronen, bis sein Rappe den Kopf schwenkte und zielgerichtet den Weg verließ. Konrad wollte ihn schon durchparieren, als er plötzlich sah, worauf es sein treuer Begleiter abgesehen hatte. Unweit sprudelte ein munter vor sich hin fließender Bach.

Von den Strapazen der vielen zurückgelegten Meilen gönnten sich beide eine Pause und genossen das frische Harzwasser. Konrad lockerte den Sattelgurt, nahm seinen Proviant ab und setzte sich, den Rücken an einen Baumstamm gelehnt, auf den weichen Waldboden. Seinen Trinksack hatte er im letzten Gasthaus mit köstlichem Wein aufgefüllt und so genoss er mit einem ihm mundenden Schluck den friedvollen Augenblick.

Er musste eingenickt sein, als ihn etwas an seiner Nase Kitzelndes aufweckte. Noch mit geschlossenen Augen versuchte er es wegzuwischen, doch seine Finger berührten etwas hartes Kaltes.

»Eisen, eine Klinge!«, durchfuhr es ihn. Schlagartig war er wach und blickte auf die Spitze eines Degens. Fünf bewaffnete Männer standen vor ihm und grinsten ihn an. Der Mittlere hatte ihn mit seiner Blankwaffe geweckt, die Klinge auf den Boden abgesenkt und beugte sich zu Konrad hinunter.

»Na der Herr – ausgeschlafen? Haben wir den edlen Reiter etwa erschreckt?«

Konrad bemerkte, wie sich ein Sechster bereits an seinem Rappen zu schaffen machte. Es war augenscheinlich, dass diese Burschen Wegelagerer waren und dass sie bestimmt nicht nur mit ihm plaudern wollten. Sie waren zwar in der Überzahl, doch Konrad hatte gelernt nicht in Panik zugeraten, die Situation kühl einzuschätzen und überlegt zu handeln.

Wenn ich überhaupt eine Chance habe – dachte er – dann muss ich die Initiative übernehmen und sie überraschen.

»Gut, dass Ihr vorbeigekommen seid. Ihr müsst wissen, ich habe mich sozusagen verlaufen und weiß nun nicht mehr, wo ich bin. Ihr könnt mir doch bestimmt helfen.«

»Nun hört euch dieses Bürschchen an. Der Ärmste hat sich verlaufen und wir sollen ihm helfen.«

Die Männer um Konrad brachen in schallendes Gelächter aus und klopften sich übermütig auf die Oberschenkel.

Der Moment des Handelns war gekommen. Konrad zeigte keinerlei Angst, richtete sich langsam stöhnend auf und hielt sich gebückt dastehend sein Kreuz, während das Lachen immer heftiger wurde.

Wie aus dem Nichts setzte er im nächsten Moment zum Sprung auf den Rädelsführer an. Er entriss ihm den Degen und rammte ihn so heftig mit seiner Schulter, dass der Bursche wie ein mit der Axt gefällter Baum auf dem Boden aufschlug.

Bevor die Kameraden begriffen, was los war, hatte Konrad auch noch seinen Degen gezogen und mit beiden Blankwaffen zwei der Männer entwaffnet. Fluchend und mit schmerzverzerrten Gesichtern taumelten sie auseinander und hielten sich ihre blutenden Wunden. Der Rest der kleinen Truppe ließ sich nicht so schnell überrumpeln und es entbrannte ein heftiger Kampf. Konrad versuchte zu seinem Rappen zu gelangen, doch der Sechste im Bunde, der sich schon am Ross zu schaffen gemacht hatte, versperrte ihm mit hartnäckigem Hauen und Stechen den Weg. Obwohl Konrad all seine Kampferfahrung und seine ganze Kraft einsetzte, gelang es ihm nicht das Pferd zu erreichen. Es waren einfach zu viele Angreifer auf einmal, die sich ihm ohne Nachlass entgegenwarfen.

Dann plötzlich passierte es. Ein wie Feuer brennender Schmerz durchfuhr seinen Körper. Konrad war beim Ausweichen über einen Ast gestolpert, hatte kurz das Gleichgewicht verloren und sich dabei einen Degenstich eingefangen.

Erschrocken sah er Blut durch seine Bluse sickern. Er ließ einen der beiden Degen fallen und griff nach seiner kleinen doppelläufigen Pistole, die ihm Heiner auf der Heldenburg überreichte und die er versteckt im Stiefel bei sich trug.

Mit letzter Verzweiflung richtete er sie auf seine Gegner und drückte zweimal ab, doch nur ein Schuss löste sich. Zumindest einer der Männer sank tödlich getroffen in sich zusammen, doch das war das Letzte, was Konrad mitbekam, bevor er einen Schlag auf seinen Kopf spürte und er bewusstlos zusammenbrach.

Das gleichmäßige, schaukelnde Stampfen eines Pferdes war das Erste, was Konrad wahrnahm. Er öffnete seine Augen, jedoch nur Dunkelheit umgab ihn. Eine Binde verdeckte ihm die Sicht. Er versuchte sich zu orientieren. Konrad vernahm ein vertrautes Schnaufen. War es sein Rappe, der sich mal wieder an einer Steigung schwertat?

Er spürte Fesseln an Armen und Beinen und lag quer über dem Rücken eines Pferdes. Wie viel Zeit seit dem Kampf vergangen war, vermochte er nicht einzuschätzen.

Schmerzen jagten durch seinen Kopf. Der ganze Körper fühlte sich so an, als ob sämtliche Knochen gebrochen waren.

Plötzlich stoppte das Pferd und ein Befehlston, wie er ihn aus seiner Soldatenzeit kannte, drang an seine Ohren.

»Das Ganze halt. Bringt ihn hinein und dann wegtreten!«

Mit einem kräftigen Ruck wurde Konrad unsanft vom Pferderücken gerissen. Er stürzte auf den Boden, wurde aufgerichtet und von zwei Männern abgeführt.

Durch die Augenbinde blind stolperte er, immer wieder von hinten grob gestoßen, gegen harte Wände. Es musste ein enger Gang sein – dachte er – so etwas wie er es schon auf verschiedenen Burgen erlebt hatte. Er hoffte inständig, dass er nicht gerade auf dem Weg in ein Verlies oder schlimmer noch zu einem Folterkeller war. Er ahnte nichts Gutes, als man ihm nach rund 80 Schritten die Augenbinde abnahm.

Verwundert sah er sich um. Zu seinem Erstaunen stand er in einem saalähnlichen Raum mit nur grob behauenen Wänden. Einige Fackeln spendeten ein nur spärliches Licht. Beim näheren Hinsehen wurde ihm klar, dass dieser Ort auf keinen Fall zu einer Burg-

anlage gehören konnte. Als er seinen Kopf nochmals drehte, tauchte aus einem Gang eine Gestalt auf.
»Nehmt ihm die Fesseln ab!«, befahl er.

Konrad erkannte die Stimme. Es war genau der gleiche Tonfall, den er eben noch draußen hörte.

Der Mann, der schwer bewaffnet war und sich mit einer zusammengewürfelten Uniform gekleidet hatte, forderte Konrad auf, an einem Tisch mit ihm Platz zu nehmen. Einer seiner Männer schenkte beiden aus einem Tonkrug einen Becher Wein ein.
»Greift zu, der edle Tropfen wird Euch nach all den Strapazen munden.«

Er hob den Becher und lächelte Konrad an.

»Wo bin ich und was wollt Ihr von mir?«, wollte Konrad wissen.
»Ihr habt das große Glück, dass Ihr nicht irgendwelchen Strauchdieben in die Hände gefallen seid, sondern den Harzschützen, wie man uns hier in der Gegend nennt.«
»Ihr werdet es vielleicht nicht glauben, aber in einem Rittergut vor der Ortschaft Gandersheim hat man mir tatsächlich schon von den Harzschützen berichtet.«

Der Mann, der offensichtlich der Anführer war, stand auf, ging um Konrad herum und setzte sich direkt vor ihm auf die Tischkante.
»Ich, Tilman Büdner, war einst Offizier beim Wallenstein, bis mir die Gräueltaten meiner

lieben Kameraden zum Hals raushingen. Ich bin in meine Heimat, den Harz, zurückgekehrt und habe mit ein paar anderen mutigen Männern eben diese Harzschützen ins Leben gerufen. Wir verstehen uns als Schutztruppe für unsere Heimat. Wann auch immer sich Soldaten oder irgendwelche, plündernd und marodierend umherziehende Söldnerbanden dem Harzgebirge nähern, greifen wir ein.«

»Das hört sich ja alles sehr ehrenwert an«, antwortete Konrad, »doch warum hatten es dann Eure Männer auf mich, einen harmlosen Reisenden abgesehen?«

Büdners Stirn legte sich in Falten.

»Seht Ihr – genau das ist mein Problem. Immer häufiger kommt es vor, dass sich einige aus meiner Truppe verselbstständigen und im Licht des Guten ihren eigenen Vorteil suchen.«

Der Anführer stand auf und setzte sich wieder auf seinen Stuhl hinter dem Tisch.

»Und außerdem, wenn ich es richtig beobachtet habe, dann seid Ihr als Erster auf meine Männer losgegangen.«

Konrad wollte sich rechtfertigen, aber Tillman Büdner schnitt ihm sofort wieder das Wort ab.

»Ihr habt mich in Eurer Rage bestimmt nicht bemerkt, aber ich hatte unweit von meinem Pferd das Szenenspiel von Anfang an beobachtet und dann das Ganze mit dem Schlag auf Euren Kopf beendet.«

Plötzlich sprang der Anführer auf, zog seinen Degen und schlug damit auf die Tischplatte. Erschrocken fuhr Konrad zusammen.
»Es hat mir schon gefallen, was ich da gesehen habe. Es gleich mit sechs bewaffneten Männern aufzunehmen, dazu gehört schon eine Menge Mut. Aber vor allem wie Ihr gekämpft habt – alle Achtung, das habe ich selten erlebt, und wenn Ihr nicht gestolpert wäret, wer weiß, vielleicht hätte ich dann noch den einen oder anderen Toten mehr in meiner Truppe zu beklagen.«

Er schob seinen Degen wieder in die Scheide und grinste Konrad an.
»Macht Euch wegen der drei, die Ihr verletzt habt, und des Mannes, den Ihr erschossen habt, keine Gedanken. Wer mit dem Feuer spielt, muss damit rechnen, dass er sich verbrennt. Im Grunde genommen habt Ihr mir damit sogar einen Gefallen getan. Nun wissen die Männer, wie solche Alleingänge enden können. Es fehlt einfach der absolute Gehorsam in der Truppe und da kommt Ihr mir gerade recht.«

Konrad schnaufte erleichtert durch. Damit hatte er nun als Letztes gerechnet. Er schaute ihn fragend an.
»Wie meint Ihr das mit dem „ich komme Euch gerade recht"?«
»Nun wie ich schon sagte, es fehlt der Gehorsam und die Disziplin in meiner Truppe. Wenn ich mich nicht gewaltig täusche, dann habe ich es bei Euch mit einem kampferfahrenen Exsoldaten zu tun.«

Konrad war sich nicht sicher, wie viel er aus seiner Vergangenheit preisgeben sollte, andererseits – so dachte er – hatte er nichts zu verlieren und es würde ihn eher einen Vor- als einen Nachteil bringen.

»Ja, ich gebe zu, ich bin vier Jahre mit dem großen Feldherren Tilly als Korporal eines Reiterfähnleins kreuz und quer durch die deutschen Lande gezogen, bis ich das sinnlose Gemetzel genau wie Ihr nicht mehr ertragen habe und ...«

Tillman Büdner unterbrach Konrad.

»Und Ihr seid desertiert, zieht nun orientierungslos durch die Gegend und lauft ausgerechnet mir über den Weg. Na wenn das nicht Vorsehung ist, dann weiß ich es nicht.«

Er schlug vor Freude seine Hände zusammen und fing regelrecht an zu schwärmen.

»Das passt ja alles ausgezeichnet. Ich mache Euch folgenden Vorschlag: Wenn Ihr mir helft, meine Männer besser im Zaum zu halten, sie im taktischen Kämpfen zu unterrichten und bei der Vertreibung von ungebetenen Eindringlingen im Harz mitzuhelfen, dann werde ich Euch reichlich belohnen.«

Er sah Konrad mit strahlenden, erwartungsvollen Augen an.

»Was sagt Ihr dazu?«

»Heißt das, ich soll wieder kämpfen und mit dem Gemetzel weitermachen, obwohl ich Mord und Totschlag abgeschworen habe?«

»Ihr seid mir ja der Richtige – von wegen Mord und Totschlag abgeschworen – gerade habt ihr noch einen meiner Männer eiskalt erschossen. Also kommt mir ja nicht mit plumpen Ausreden.«

Konrad versuchte sich zu rechtfertigen.

»Es sei denn, man trachtet mir nach dem Leben oder es geschieht jemandem ein Unrecht und ich komme gerade darauf zu und kann helfend eingreifen.«

Der Anführer der Harzschützen sprang auf. »Nichts anderes machen wir hier. Wir greifen helfend ein – wenn Ihr es so nennen wollt – und wir beschützen die wehrlosen Menschen hier im Harz. Nicht nur dass wir für eine gute Sache kämpfen, es springt auch einiges für uns dabei heraus, denn die Menschen zeigen sich durchaus sehr dankbar, und ab und zu haben wir auch das Glück, dass uns ein ganzer Militärtransport in die Hände fällt, oder sogar eine Soldkasse.«

Konrad hatte zumindest im Moment kaum eine andere Wahl und so ging er auf den Vorschlag ein. Er überlegte sich, dass er so zunächst allem weiteren Ärger aus dem Weg gehen würde und so ganz nebenbei auch noch die Suche nach seinem Vater fortsetzen konnte, um dann bei passender Gelegenheit die Harzschützen unauffällig zu verlassen und nach Salzderhelden zurückzukehren.

»Na, wer sagt es denn, Ihr werdet Euren Entschluss nicht bereuen. Ich zeige Euch gleich Euer Nachtlager und schicke auch noch unseren Wundheiler. Es ist nur eine Fleischwunde, ich hatte sie mir nämlich, nachdem ich Euch ins Reich der Träume geschickt hatte, angesehen. Keine Sorge, das kriegt unser Waldschrat wieder hin.«

Tillman Büdner griff Konrad am Arm und zog ihn hinter sich her.

»Schlaft Euch erst einmal aus und Morgen stelle ich Euch dann meiner Truppe vor.«

In einer Ecke des höhlenartigen Raumes zweigte ein weiterer mit Fackeln beleuchteter Gang ab, in dem hintereinander mehrere rustikal zusammengezimmerte Liegen standen. Hier fand Konrad einen Platz zum Ruhen. Erschöpft von den Strapazen und seiner immer noch schmerzenden Verletzung sank er auf sein Lager und nickte sofort ein.

Ein Stechen in der Hüfte ließ ihn aufwachen. Eine Hand tastete vorsichtig seine Wunde ab. Er öffnete langsam die Augen. Neben ihm saß ein alter Mann, dessen gütiger Blick ihm so etwas wie Geborgenheit schenkte. Sein Gesicht war bis auf seinen Mund, die Nase und seine Augen mit einem wallenden Bart so gut wie zugewachsen. Sein langes, ergrautes und zottiges Haar hing ihm wild bis weit über die Schultern. Es hatte schon lange keine Pflege mehr gesehen. Sein Gewand war zerschunden und verdreckt, so dass die ursprüngliche Farbe kaum mehr zu erkennen war.

Eine merkwürdige Gestalt – dachte Konrad – wahrscheinlich der Waldschrat, von dem Tilmann Büdner gesprochen hatte. Konrad richtete sich ein wenig auf und sah, wie der alte Mann ein Tuch in eine Tonschale mit kräftig duftendem Sud eintauchte und damit Konrads Wunde immer und immer wieder benetzte.

»Seid Ihr – mit Verlaub – der Waldschrat?«

Der Alte grinste ihn an, blieb aber stumm und pflegte weiter die Wunde.

»Ihr müsst entschuldigen, aber Euer Anführer hat Euch so genannt. Wie ist Euer richtiger Name?«

Der Alte senkte verlegen seinen Blick und zuckte mit den Schultern.

Konrad hatte die Nacht tief und fest geschlafen. Eine geheimnisvolle Stille umgab ihn. Er hatte jedes Gefühl für Zeit und Raum verloren. Er wusste weder wie lange er schon hier war, noch wo man ihn hingebracht hatte. Die Fackeln, die ihn zu seinem Nachtlager geführt hatten, waren längst erloschen.

Konrad stand auf und tastet sich an der felsigen Wand entlang, bis sich plötzlich Schritte näherten. Licht erhellte den Gang und Konrad erkannte Tilman Büdner.

»Ah, der Herr ist schon aufgestanden, das trifft sich gut, denn bevor wir unser Morgenmahl einnehmen, will ich Euch gleich meinen Männern vorstellen.«

Als sie den saalähnlichen Felsenraum erreicht hatten, hielt der Anführer kurz inne.

»Bevor wir vor die Truppe treten, solltet Ihr wissen, dass Ihr keinen einzigen Soldaten vor Euch habt. Es sind durchweg einfache Burschen, die ihre Heimat verteidigen wollen. Es sind Bauern, Knechte, Tagelöhner, Bergleute und Holzfäller. Sie sind zwar im Kampf noch lange nicht perfekt, doch daran sollt

Ihr ja auch mit ihnen arbeiten. Unser großer Vorteil ist, dass sie hier im Harzgebirge jeden Weg und jeden versteckten Winkel kennen. Und mit diesen Ortskenntnissen bin ich auch zu dieser versteckten Höhle gekommen, die nun mein Hauptquartier ist.«

In der Truppe von acht dutzend Mann hatte sich Konrads mutiger Kampf vom Vortag längst herumgesprochen und ihn mit einem Schlag zur Respektsperson gemacht. Als die Männer dann von den vier Jahren Kampferfahrung hörten und welche Schlachten er in dieser Zeit ohne nennenswerte Blessuren überstanden hatte, folgten sie seinen Anweisungen ohne zu murren.

Die folgenden Tage schlüpfte er, wie vom Anführer gewünscht, in die Rolle des Drillmeisters. Es machte Konrad sogar ein wenig Spaß sein erlerntes Kriegshandwerk weiterzugeben, dennoch verlor er den Plan seinen Vater wiederzufinden nicht aus den Augen.

Die Hoffnung, sich bei einem Kampfgetümmel, weit weg vom Lager, unauffällig abzusetzen, hatte sich noch nicht ergeben.

Immer wieder schickte Tilman Büdner kleine Spähtrupps aus, die allerdings keine Eindringlinge vermelden konnten.

So waren schon fünf weitere Tage ergebnislos vergangen und Konrad überlegte, ob er nicht nachts einen Fluchtversuch wagen sollte.

Am sechsten Tag hatte er sich wohlweislich mit zwei Dutzend Männern, die gegeneinander einen

Scheinkampf führen mussten, ein ganzes Stück vom Lager entfernt. Er nutzte die Gelegenheit sich umzuschauen und bei unverfänglicher Plauderei nach Angaben der ortskundigen Harzschützen eine Wegskizze anzufertigen, die ihm bei einer Flucht sehr dienlich seinen konnte. Dabei stellte er fest, dass das Lager kaum mehr als zwei Meilen vom Schloss Herzberg entfernt war.

Das machte ihm zusätzlich Mut, denn die Herzogin und ihr Gemahl der Herzog waren ihm nach seinen sehr erfolgreichen Hilfsdiensten gut gesonnen. Hier konnte er auf jeden Fall, wenn nötig, Hilfe in Anspruch nehmen.

Konrad musste in sich hineinschmunzeln. Was war das für ein Abenteuer, als er den Amtmann vom Schloss Herzberg als Betrüger und Mordanstifter entlarvte und längst verloren geglaubtes Silber und den Schmuck der Fürstin zurückbringen konnte.

Als Konrad an den edlen Ring denken musste, den ihm die Herzogin für seine Johanna überreicht hatte, griff er unwillkürlich nach seinem Glücksbringer. »Mein Amulett. Wo ist mein Amulett?«, kam es ihm erschrocken über seine Lippen.

Konrad riss seine Bluse auf und starrte entsetzt auf seine nackte Haut. Offensichtlich hatte man ihm nach dem Niederschlag im Wald sein Lederhalsband samt Amulett und dem Ring vom Gutsherrn gestohlen. Es war spät geworden. Die letzten Sonnenstrahlen suchten sich ihren Weg durch die Baumwipfel. Die Männer saßen in kleinen Gruppen zusammen und erzählten von ihren bisherigen Abenteuern, wie sie nun schon ein ganzes Jahr den durchziehenden Söldnern das Leben schwer machten, und dass es bald mal wieder Zeit wäre, die frisch erlernten Kampfpraktiken endlich auszuprobieren.

Konrad überlegte, ob er den Anführer wegen des verschwundenen Amuletts und dem wertvollen Ring ansprechen sollte, denn er wollte vor allem seinen selbstgefertigten Glücksbringer zurückhaben. Doch er entschied sich zunächst die Lage weiter zu beobachten.

Als Konrad so vor sich hin grübelnd da saß und in die Rund blickte, entdeckte er ganz am Rand sitzend den Waldschrat. Konrad war schon die letzten Abende aufgefallen, dass der Alte sich immer absonderte.
»Na, so nachdenklich der Herr?«, raunte ihm plötzlich der Anführer ins Ohr.«
»Euer Waldschrat scheint ein regelrechter Einzelgänger zu sein. Er unterhält sich wohl nicht gern?«, fragte Konrad.
»Er würde vielleicht schon, aber er traut sich nicht so recht, denn aus seinem Mund kommt leider nur ein undeutliches Lallen. Als wir ihn vor etwa einem Jahr genau hier in der Höhle entdeckten, da habe ich nur aus ihm herausbekommen, dass er schon seit langem allein im Wald lebt. Er hat wohl sein Gedächtnis

verloren, denn er weiß nicht mehr, wie er heißt, und so haben wir ihn einfach Waldschrat getauft.«

Konrad wurde hellhörig.

»Er hat sein Gedächtnis verloren? Wie kann das passieren?«

»Ich habe tatsächlich so etwas in meiner aktiven Soldatenzeit schon mal erlebt. Ein Kamerad bekam damals einen schlimmen Schlag auf den Kopf und wusste danach weder wer er war, noch wo er herkam. Bloß bei dem kam nach einigen Wochen die Erinnerung fast vollständig zurück und der konnte auch ganz normal sprechen. Wenn Ihr mich fragt, muss es unseren Waldschrat richtig heftig erwischt haben.«

Konrad lief es eiskalt über den Rücken. Er musste sofort an die Worte des Wegelagerers aus Liebenburg denken. Hatte der nicht gesagt, dass der Handelsmann – also sein Vater – ebenfalls einen kräftigen Schlag auf den Kopf bekommen hatte?

Konrad starrte zum alten Mann hinüber.

»Nein, nein«, rutschte es ihm heraus. Sollte es tatsächlich... das konnte doch nicht sein. Er hatte zwar seinen Vater schon seit acht Jahren nicht mehr gesehen, aber er wusste noch ganz klar, wie er aussah.

»Was habt Ihr«, fragte der Anführer, »was meint Ihr mit "nein, nein"?«

Konrad fasste sich. Jetzt nur nichts Falsches sagen - dachte er.

»Ach, das hat nichts zu bedeuten, ich staune nur, was so ein Schlag alles anrichten kann.«

»Wollen wir hoffen, dass wir von so einem Schicksal verschont bleiben.«

Mit diesen Worten stand der Anführer auf und zog sich in die Höhle zurück.

Konrad ließ den alten Mann nicht mehr aus den Augen. Unter dem Vorwand, er möge sich noch einmal seine Wunde anschauen, näherte er sich dem scheuen Waldschrat. Der saß einfach nur so da und schnitzte Fantasiekonturen in einen dicken Stock.

Konrad setzte sich zu ihm und hob seine Bluse. »Was meint Ihr, soll ich weiterhin etwas von Eurer Tinktur auf den Einstich tupfen?«

Der Alte unterbrach seine Schnitzarbeit, beugte sich zu Konrad, fuhr einmal vorsichtig mit den Fingern über die Narbe und quetschte darauf ein undeutliches „alles gut" aus seinem Mund.

»Oh, was hör ich da, Ihr könnt ja tatsächlich sprechen.«

Blitzschnell griff Konrad die Hand und hielt sie fest. Im Geheimen hoffte er durch diese Berührung etwas von seinem Vater zu spüren, irgendetwas was ihm vertraut vorkam.

Konrad sah ihm tief in die Augen. Waren das die Augen seines Vaters? Er versuchte sich vorzustellen, wie der alte Mann wohl ohne den das Gesicht fast komplett überwuchernden Bart aussehen würde.

Konrads fester Griff irritierte den Waldschrat. Er fing an zu zappeln, riss sich los und stürzte dabei rückwärts von dem Felsbrocken, auf dem er saß. Konrad sprang auf, bückte sich zu ihm und wollte ihm auf die Beine helfen. Abwehrend fuchtelte der Alte mit den Armen, drehte sich und krabbelte wie ein kleines Kind auf allen vieren bis zum nächsten Baum, um sich an ihm aufzurichten.

Was für ein merkwürdiger Kauz – dachte Konrad. Dieses Szenenspiel hatte so Garnichts mit dem stolzen, selbstsicheren Handelsmann Robert Gassner zu tun. So hatte ihn Konrad nicht in Erinnerung und die Hoffnung, dass diese Gestalt sein Vater sein konnte fing an zu schwinden.

Als Konrad auf den schwankend dastehenden Mann zuging, um sich zu entschuldigen, hielt er erschrocken inne. Am Hals des Waldschrats baumelte am Lederband sein Amulett. Es musste ihm beim Sturz und anschließenden Krabbeln aus seinem zerlumpten Gewand gerutscht sein. Hilflos versuchte der Alte, das Eisenrelief mit den Händen zu verbergen, doch bevor der Waldschrat reagieren konnte, hatte Konrad mit einem Satz nach vorn sein Gegenüber schon erreicht und ihm das Lederbändchen mit dem Amulett vom Hals gerissen.

Mit angsterfülltem Gesicht sah er Konrad an.
»Ihr braucht mich gar nicht so anzustarren, Ihr wisst genau, dass dieses Amulett mir gehört.«

Der Alte schüttelte vehement seinen Kopf und fing an sich mit lallenden Lauten zu rechtfertigen. »Kamerad – vom Kamerad bekommen.«

»Ihr meint, Ihr habt es mir gar nicht gestohlen und einer von den Männern war es?«

Wild nickend, so dass seine lange, ungepflegte Mähne in Wallung geriet, bestätigte er Konrads Annahme und wieder kamen schwerfällige Laute. »Tilman hat´s gegeben.«

»Tilman – Ihr meint Tilman Büdner, der Anführer hat es Euch gegeben? Hat der etwa auch meinen kostbaren Ring?«

»Tilman – mir nur Erinnerung geschenkt.«

Der alte Mann wurde zusehends erregter und stierte unentwegt auf das Amulett.

»Dieser Büdner – na ja, das hätte ich mir ja denken können – aber – Moment mal«, stutzte Konrad, »was heißt hier eigentlich „mir Erinnerung geschenkt", was wollt Ihr damit sagen?«

Blitzschnell griff der Alte zu, entriss Konrad das Amulett und stürmte, als ob der Teufel persönlich hinter ihm her war, in den Wald.

Obwohl Konrad sofort die Verfolgung aufnahm, hatte er Mühe mitzuhalten. Dass unter den Lumpen ein so flinker Mann steckte, dass hätte er nicht gedacht. Kreuz und quer lief der Waldschrat um die Bäume herum bis er plötzlich, wie vom Erdboden verschluckt verschwunden war.

Durchschnaufend nach Luft hechelnd blieb Konrad stehen. Die schon einsetzende Dämmerung tauchte den Wald in ein dunkelgraues Gewand und erschwerte die Orientierung.

»Wo steckt Ihr?«

Konrad drehte sich langsam, jeden Baum mit weit aufgerissenen Augen abtastend, im Kreis.

»Kommt schon – zeigt Euch, ich werde Euch nichts tun. Ihr braucht also keine Angst haben und nicht vor mir weglaufen.«

Erst ein »kommt zu mir« und dann eine hinter einem nur wenige Schritte entfernt stehenden Baum hervorgestreckte, winkende Hand zeigte Konrad die Richtung.

Was Konrad dann zu sehen bekam, hatte er sich in seinen kühnsten Träumen nicht vorgestellt.

Der alte Mann hielt ihm mit der rechten Hand sein Amulett entgegen, um mit der Linken auf den mächtigen Buchenstamm zu deuten, hinter den er ihn gelockt hatte. Konrad traute seinen Augen nicht. Direkt in Kopfhöhe vor ihm zierte eine zwei mal zwei Fuß große Schnitzerei den Stamm.

»Das ist – das ist ja – das Heidenportalrelief!«, kam es ungläubig über seine Lippen.

Der Alte nahm sein Messer mit dem er vor kurzem noch am Stock herumgeschnitzt hatte und schnitt eine weitere Kontur in die Rinde.

»Heidenportal«, stammelte er und blickte Konrad mit strahlenden Augen an.

Er deutete auf das Amulett. »Woher – habt Ihr Heidenportal?«

Konrad stand mit offenem Mund da. Fragen jagten durch seinen Kopf. Das ist kein Zufall – dachte er – für wen außer ihm selbst und seinem Vater hatte das Heidenportalmotiv eine Bedeutung.

»Ihr – wirklich Ihr, habt das hier in die Rinde geschnitzt?«

Der Alte nahm Konrad an der Hand und lief mit ihm zu drei weiteren Bäumen in der Nähe und alle zierte das Heidenportalrelief.

Konrad sank vor einem dieser Schnitzkunstwerke in die Knie und berührte es mit seinen zitternden Händen. Der alte Mann kniete sich zu ihm auf den Boden und zeigte wieder auf das Amulett. »Heidenportal – woher?«

Konrad hielt das Gusseisenschmuckstück hoch und sah ihn an.

»Das – das habe ich selbst angefertigt. In Hirzenhain bei Meister Michels, da habe ich es mir selbst gegossen.«

Beide ließen sich auf den Waldboden fallen und Konrad holte sein Skizzenbuch hervor, das er seit seiner Jugend immer bei sich trug und das er sich nach dem Vorbild seines Vaters angelegt hatte.

Wenn das tatsächlich sein Vater war, der da neben ihm saß, dann konnte er vielleicht seinem verlorengegangenen Gedächtnis ein wenig auf die Sprünge helfen.

»Hier schaut, das hat mir mein Vater beigebracht.«

Konrad gab ihm das Büchlein in die Hand und sah ihn hoffnungsvoll an.

»Mein Vater, Robert Gassner, und ich bin Konrad, sein Sohn.«

Konrads Augen wurden feucht und seine Stimme fing an zu beben.

»Gefällt es Euch? Kommt Euch irgendetwas bekannt vor?«

Der Waldschrat nahm es in seine Schwielen übersäten Hände und fing bedächtig an zu blättern. Konrad sah ihm angespannt zu. Der Atem des Alten wurde schneller. Plötzlich fingen seine Hände an zu zittern, er ließ das Skizzenbuch fallen, sprang auf und lief zurück ins Lager.

Konrad hatte zwar seine Augen geschlossen, dennoch war an Schlaf nicht zu denken. Was hatte das Verhalten des Waldschrats zu bedeuten? Konrad suchte den ganzen Abend nach ihm, doch wen er auch fragte, keiner der Männer hatte den Waldschrat gesehen.

Konrad wälzte sich auf seiner Pritsche hin und her. Er fand einfach nicht in den Schlaf. Vieles sprach dafür, dass der Waldschrat sein Vater war, doch wie konnte er die letzten Zweifel ausräumen? Ein wilder Gedankensturm raste durch seinen Kopf und ließ ihn nicht zur Ruhe kommen. Was hatte den alten Mann so erregt, als er im Buch blätterte und dann ohne ein Wort zu sagen davonstürmte?

Konrad wusste nicht mehr, wann er endlich ein wenig eingedämmert war, bis er plötzlich eine Stimme hörte.

»Meister Michels – Meister Michels«, so drang es leise an sein Ohr.

Zunächst dachte er, dass er geträumt hätte, aber dann öffnete er seine Augen und sah den Waldschrat unter einer Fackel sitzen. Er hatte sich das Skizzenbuch aus Konrads Gewand genommen und starrte gebannt auf die Zeichnungen.

Konrad richtete sich auf, ging auf den Alten zu, kniete sich neben ihn und legte ihm behutsam seine Hand auf die Schulter.

»Was ist mit Meister Michels? Kennt Ihr Meister Michels?«

Der Waldschrat hob langsam seinen Kopf und sah Konrad aus geröteten Augen an. Dicke Tränen rannen über das zugewachsene Gesicht und versickerten in seinem wild gewachsenen Bart. Er zeigte auf die Skizzen, die Konrad in der Lehrzeit bei Meister Michels im Hüttenwerk gezeichnet hatte.

»Meister Michels – Schmelzofen – Kunstguss«, waren die drei Worte, die er schwerfällig herausbrachte bis ihm die Stimme versagte.

Nun schossen auch Konrad vor Freude Tränen in die Augen. Die Erinnerung schien langsam wieder zurückzukommen. Das war für Konrad Beweis genug. Der Waldschrat, der vor ihm saß, war der Mann, der vor acht Jahren von einer Handelsreise nicht zurückkehrte.

»Wahrhaftig - du bist es - Vater, ich habe dich endlich gefunden!«

Überglücklich lagen sie sich schweigend und heulend in den Armen. Konrad fühlte sich, als wolle sein Herz einen Freudentanz machen. So einen Überschwang der Gefühle hatte Konrad noch nie erlebt.

Er wollte am liebsten seinen Vater gar nicht mehr loslassen, bis Robert Gassner sich aus der innigen Umarmung löste.

»Du Konrad – mein Sohn – ich Robert dein Vater?«, mit diesen Worten sah er ihn aus strahlenden Augen fragend an.

»Ja – du bist mein Vater, du bist Robert, der Handelsmann Robert Gassner aus Wetzlar, der vor acht Jahren auf dem Weg zur Burg Gebhardshagen überfallen wurde und seitdem sein Gedächtnis verloren hat.«

Konrad nahm ihn gleich noch einmal in seine starken Arme.

»Aber wie du gerade auf der Zeichnung das Hüttenwerk in Hirzenhain wiedererkannt hast und wie du dich durch die Bilder an Meister Michels erinnert hast, das sind für mich eindeutige Zeichen, dass dein Gedächtnis langsam wieder zurückfindet.«

Robert sah ihn skeptisch an und Konrad merkte, dass noch viele Zweifel und Unsicherheiten aus dem Weg zu räumen waren. Es war im klar, dass er behutsam vorgehen musste und dass es viel Zeit kosten würde, um aus dem Waldschrat wieder den Robert Gassner werden zu lassen, den Konrad in Erinnerung hatte.

An Schlaf war nun erst recht nicht mehr zu denken. Die ganze Nacht saßen sie zusammen und Konrad erzählte, wie es ihm seit seinem 14. Geburtstag ergangen war. Und tatsächlich schien sich bei seinem Vater an einigen Stellen der Nebel, der sein Gedächtnis trübte, zu lichten. Über das, was nach dem Überfall passierte, konnte Robert Gassner erstaunlich viel berichten. Nur an das schreckliche Ereignis, bei dem Walter der Knecht ermordet wurde, erinnerte er sich nicht.

So erzählte er Konrad, dass er zunächst unter großen Kopfschmerzen ziellos von einem Dorf zum anderen marschierte, dass er aber immer wieder auf Ablehnung stieß. Da gleich nach dem Überfall seine Stimme nur schwer verständlich war, wurde er von der Dorfjugend gehänselt und verspottet. Sogar Steine hätte man nach ihm geworfen und Hunde auf ihn gehetzt. Irgendwann hätte er dann in seiner Verzweiflung das Harzgebirge erreicht und beschlossen sich von den Menschen fernzuhalten. Hier im großen Wald entdeckte er diese Höhle und unternahm von hieraus immer wieder Streifzüge. Kräuter, Beeren und Fisch aus den Bächen und Teichen halfen zu überleben. Als er Zeuge eines Überfalls wurde, fand er bei einem dabei zu Tode gekommenen Reisenden ein Messer und er fing an sich Holzspieße zu schnitzen. Nach vielen Fehlversuchen gelang es ihm damit sein erstes Stück Wild zu erlegen.

Das Schlimmste – erzählte sein Vater – war für ihn nicht zu wissen, wer er war. Er wurde immer verzweifelter und wollte schon seinem nutzlosen Leben ein Ende bereiten, bis er eines Tages beim Schnitzen an einem am Boden liegenden Stamm ein verrücktes Erlebnis hatte.

Als ob eine unsichtbare Kraft seine Hand führte – sagte er mit bebender Stimme – entstand dieses unheimliche Relief mit den hörnerähnlichen Konturen.

Er hatte es seitdem immer und immer wieder in die Rinde unzähliger Bäume geschnitzt. Es musste einen Sinn haben, dachte er damals. Als er dann das Amulett beim Anführer sah, musste er es unbedingt haben. Er hatte sich zwar immer noch keinen rechten

Reim darauf machen können, aber jetzt wusste er, dass es ein Zeichen aus seiner verschütteten Vergangenheit ist, das tief aus seinem Inneren einen Weg gesucht und nun gefunden habe.

Konrad konnte sein Glück immer noch nicht fassen und überlegte, wie er und sein Vater sich unauffällig aus dem Lager davonschleichen könnten, als er plötzlich Schritte hörte.

»Da seid Ihr ja!«, tönte es laut in den Höhlengang.

Der Anführer, Tilman Büdner marschierte zielstrebig auf sie zu.

»Stellt Euch vor, wir haben von meinen Spähern endlich eine Nachricht bekommen. Das Warten hat ein Ende und die Männer können zeigen, was sie bei Euch gelernt haben.«

Konrad löste sich von seinem Vater und versuchte in all seiner euphorischen Stimmung so normal wie nur irgend möglich zu wirken, damit der Anführer ja nichts von dem Ereignis mitbekam.

»Habt Dank«, rief er laut aus und klopfte seinem Vater auf die Schulter, »ich glaube Ihr braucht nach meiner Wunde nicht mehr zu schauen.«

Er schob seinen Vater an, der darauf etwas verdattert dreinschauend die Höhle verließ.

»Was gibt es denn so Wichtiges?«, fragte Konrad.

»Wie ich soeben erfahren habe, hat sich eine Söldnerbande in Clausthal auf den Weg gemacht und versucht sich, wie es aussieht, mit einem Beutewagen aus dem Staub zu machen.«

»Beutewagen, was für Beute?«, wollte Konrad wissen.

»Nun, in Clausthal gibt es den Claushof, das ist der Münzprägeort unseres Fürsten von Braunschweig und Lüneburg. Dort werden aus dem im Oberharz gewonnenen und verhütteten Silber glänzende Taler geprägt.«

»Ihr meint die Burschen haben es gewagt sich an den Münzen des Herzogs zu vergreifen?«

»Ehrlich gesagt wundert mich das auch ein wenig, denn der Claushof ist eine von Wassergräben umgebene wehrhafte Anlage, die gut bewacht wird, aber unsere Späher haben es aus sicherer Quelle und nun kommt das Verrückte. Die Bande scheint sich nicht sonderlich im Harz auszukennen und marschiert fast schnurgerade auf uns zu. Das heißt, da die mit dem schwer beladenen Wagen nicht sehr schnell vorankommen, müssten sie mit dem Diebesgut gegen Mittag unweit von unserer Höhle vorbeiziehen.«

Konrad gab seiner Verwunderung Ausdruck.

»Glaubt Ihr wirklich, dass der Herzog der Bande nicht längst seine Soldaten hinterhergeschickt hat?«

Der Anführer griff Konrad am Arm und stürmte mit ihm nach draußen vor die Höhle, wo er schon alle Männer versammelt hatte.

»Das mag schon sein, aber wir haben die besseren Ortskenntnisse und wir werden schneller sein und uns das Diebesgut holen.«

Konrad sah ihn ungläubig an, doch bevor er seine Bedenken äußern konnte, fiel ihm der Anführer ins Wort.

»Spart Euch einen Einwand, denn in diesem Fall werden wir die Beute nicht behalten und dem rechtmäßigen Besitzer zurückgeben. Da uns der Fürst wohlgesonnen ist, werden wir, und das nicht zum ersten Mal, eine beträchtliche Belohnung einstreichen.«

Konrad musste an seine Beschenkung denken, die er von der großzügigen Fürstenfamilie vor nicht all zu langer Zeit bekommen hatte. Aber das alles spielte für ihn in diesem Fall nur eine untergeordnete Rolle. Konrad wollte nur noch mit seinem Vater so schnell wie möglich die Harzschützen verlassen und überlegte, wie er diesen Angriff für sein Vorhaben nutzen konnte.

In seine Überlegungen hinein dröhnte die Stimme des Anführers. Der kletterte auf einen Baumstumpf und legte im Befehlston los.

»Alles herhören! Vor uns liegt seit langem mal wieder ein lohnender Einsatz. Unsere Späher begleiten unauffällig eine Söldnerbande, die sich mit einem Silberschatz von Clausthal kommend in unsere Richtung bewegt. Es sind etwa fünfzig berittene

Männer, denen wir entgegenziehen und einen gebührenden Empfang bereiten werden.«

Begeistert grölten die Harzschützen los und schwangen wild ihre Hüte und Waffen.

Im Aufbruchdurcheinander nutzte Konrad die Gunst der Stunde und überzeugte seinen Vater, dass er mit etwas Abstand der Truppe folgen solle.

»Der Anführer wird mit unseren Reitern gleich vorwegpreschen und ich begleite mit meinem Rappen den Rest unseres Fußvolks. Das heißt, du Vater wirst keine Probleme haben uns unauffällig zu folgen. Wenn wir dann unseren Zielpunkt erreicht haben, bleibst du hundert Schritte entfernt in der Deckung.«

Konrads Plan war es, sich im Kampfgetümmel unauffällig seinem Vater zu nähern, ihn auf sein Pferd zu ziehen und schnell zu verschwinden. Er hoffte, dass der Anführer und die Truppe mit dem erwarteten Schatz so beschäftigt sind, dass sie erst möglichst spät Konrads Abwesenheit bemerkten.

Als die Sonne auf ihrem höchsten Stand durch die Wipfel der Bäume blinzelte und die Mittagsstunde ankündigte, hatten die Harzschützen endgültig Gewissheit über die Route der Söldnerbande. Nur noch eine halbe Meile trennten sie von der Stelle, die der Anführer ausgesucht hatte.

Es war ein idealer Ort für einen Überfall, denn der Weg führte den Schatztransport für einige hundert Schritte durch einen schmalen Hohlweg mit fünfzehn

Fuß hohen Flanken. Hier lagen auf beiden Seiten Tilman Büdners Männer auf der Lauer. Dazu hatte der alte Fuchs noch einige Bäume so präparieren lassen, dass sie im richtigen Augenblick nach unten stürzend den Weg versperren würden.

Die Rechnung des Anführers schien aufzugehen, nur noch wenige Augenblicke konnten es sein, man konnte schon die Geräuschkulisse der herannahenden Bande hören und von den Soldaten des Herzogs war weit und breit keine Spur.

Konrad musste bewundernd feststellen, dass sich die Harzschützen dem Gelände bestens angepasst hatten. Die Gesichter mit Erde beschmiert und das Gewand mit Zweigen und Gestrüpp drapiert konnte selbst ein waches Auge diese wie unheimliche Waldgeister daherkommenden Männer kaum erkennen.

Konrad schaute nochmals in die Richtung zurück, in der sein Vater wartete. Er hatte versucht sich den Baum zu merken, hinter dem er zum Schluss verschwand, denn ihm war klar, dass im Moment der Flucht alles sehr schnell gehen musste. Zeit zum Suchen würde ihm nicht bleiben. Nicht zuletzt deswegen stieg mit jedem Atemzug seine Anspannung.

Die krächzenden Schreie eines Eichelhähers kündigten wenig später die nahende Söldnerbande an und unmittelbar darauf kamen zehn Reiter vorweg, gefolgt von dem von vier Pferden gezogenen Wagen und dahinter der arglos miteinander schwatzende Rest der Bande. Sie schienen sich ihrer Sache sehr sicher zu sein und merkten gar nicht, dass sie schon lange beobachtet wurden und auf dem direkten Wege in ihr Verderben ritten.

Dann war es soweit. Berstendes, splitterndes Holz krachte in den Hohlweg. Die Baumstämme versperrten nicht nur dem Wagen den Weg, sondern schlugen auch auf Reiter und Pferde ein. Ein heilloses Durcheinander brach aus und bevor sich die Söldnerbande orientieren konnte, stürmten schon die Harzschützen wild um sich schießend und mit angsteinflößendem Geschrei die Böschung hinunter und stürzten sich erbarmungslos auf die entsetzt dreinschauenden Söldner.

Konrad fühlte sich in die Zeit zurückversetzt, als er selbst noch mitten im Schlachtgetümmel dabei war und an der Seite seines Fähnleinführers Hauptmann Delgado so machen Gegner niedermachte.

Für einen Moment konnte er sich der Faszination des Kampfes nicht entziehen. Gänsehaut überzog seinen Körper. Er war drauf und dran sich ebenfalls hineinzustürzen, in das wilde Hauen und Stechen, um noch einmal diesen Rausch, den ihm das süchtigmachende, durch den Körper peitschende Adrenalin bescherte, wieder einmal zu spüren.

Doch nun musste er schnell handeln. Die Gelegenheit sich unauffällig mit seinem Vater zu entfernen war gekommen. Es kam, wie er es vermutete, keiner hatte ein Auge für ihn. Der Anführer, Tilman Büdner, sprang auf den Kutschbock des Wagens und begann die Plane aufzuschlitzen. Gleich würde er die gestohlenen Silbermünzen durch die Hände rauschen lassen und er und seine Männer hätten dann nur noch den Schatz im Kopf.

Konrad wusste aus seiner Soldatenzeit, dass das für einen Anführer immer ein kritischer Augenblick war, denn wenn die Beute erst einmal mit ihrem Glanz den Verstand der Männer blendete, kam es nicht selten zu tumultartigen Szenen. Um nicht die Kontrolle zu verlieren, würde der Anführer alle Hände voll zu tun haben.

Konrad wendete schnell den Rappen und ritt zu der Stelle, an der er seinen Vater zurückgelassen hatte. Als dieser Konrad kommen sah, trat er aus dem Versteck.
»Da bist du ja, Vater. Komm, es ist so weit.«

Er reichte ihm die Hand und zog ihn auf den Pferderücken. So saß er sich an Konrad klammernd hinter dem Sattel.

Konrad hatte von einem ortskundigen Harzschützen gehört, dass dieser Hohlweg auf die Haupthandelsroute führte und dass es dann nur noch eine halbe Meile bis nach Herzberg war.

»Wo reiten wir hin?«, wollte sein Vater wissen.
»Geradewegs nach Herzberg. Dort stehe ich in der Gunst des Herzogs und der Herzogin. Da sind wir auf jeden Fall zunächst mal sicher und werden erst einmal aus dir wieder einen richtigen Menschen machen.«

Konrad hatte kaum die Worte zu Ende gesprochen und wollte ein paar Pferdelängen entfernt vom Kampfgetümmel auf den Hohlweg einbiegen, als er hinter sich zwei heranstürmende Reiter vernahm.

»Hey da, Herr Drillmeister, wo wollt Ihr denn hin? Ihr sollt sofort zu unserem Anführer kommen!«

Konrad durchfuhr es, als hätte ihn der Blitz getroffen.

»Und überhaupt – wo kommt denn der Waldschrat plötzlich her?«, fragten die erstaunt dreinschauenden Männer.

Konrad suchte schnell nach einer Ausrede.

»Nun ja, der muss uns gefolgt sein. Ich wollte ihn gerade ins Lager zurückbringen.«

Mit einem Schlag war sein Plan über den Haufen geworfen. Da die Männer ihn entdeckt hatten, wäre es sinnlos die Flucht fortzusetzen. Selbst wenn er sie überwältigen würde, wäre der Abstand zum Rest der Harzschützen zu gering, um ihnen zu entkommen. Zu zweit auf dem Pferd wären sie einfach zu langsam.

Tilman Büdner stand umringt von seinen Männern auf der Ladefläche des Wagens. Der Überraschungsangriff war ein voller Erfolg. Der Großteil der

Söldnerbande hatte den Ausflug in den Harz mit dem Leben bezahlt und der kleine Rest stand entwaffnet mit hängenden Köpfen da und wartete auf ein Urteil.

»Sieh da, unser Drillmeister«, dröhnte es auf Konrad herunter, »und was macht der Waldschrat hier?«

»Den habe ich gerade aufgelesen – ich weiß auch nicht, wo der plötzlich herkam«, gab Konrad den Ahnungslosen.

Der Anführer sah die beiden argwöhnisch an. »Merkwürdig, sehr merkwürdig – findet Ihr nicht auch? Aber noch viel merkwürdiger ist, dass ich Euch nicht im Kampf gesehen habe. Wo habt Ihr nur gesteckt?«

Konrad fühlte sich ausgeliefert und spürte wie eine bis dahin nicht gekannte Hilflosigkeit in ihm aufstieg. Das Schicksal hatte ihn zu seinem Vater geführt und nun? Sollte hier seine Reise tatsächlich schon zu Ende sein?

Konrad suchte händeringend nach den richtigen Worten, doch bevor er antworten konnte, polterte der Anführer erneut los.

»Sollte ich mich so in Euch getäuscht haben? Ich habe das Gefühl, dass Ihr mit unserem Waldschrat irgendetwas im Schilde führt.«

Er trat an den Rand der Ladefläche, beugte sich nach vorn und streckte seinen Degen gezielt auf Konrad.

»Wir sollten Euch mal ein wenig auf den Zahn fühlen und glaubt mir, ich kenne Methoden, die die Wahrheit schmerzhaft ans Licht befördern werden.«

Ruckartig richteten einige Männer ihre Schusswaffen auf Konrad und seinen Vater.

»Bindet sie!«, brüllte der Anführer.

Genau in dem Moment, als die Harzschützen sich anschickten die beiden vom Pferd zu ziehen, dröhnte Hufgetrappel durch den Hohlweg. Erschrocken drehte sich Konrad um. Reiter stürmen von beiden Seiten auf die Harzschützen zu und auch auf den Hangflanken erschienen Kavalleristen und richteten drohend ihre Schusswaffen auf den Anführer und seine Truppe. Entsetzt blickte Tilman Büdner in die Runde. Die schwerbewaffneten Fremden hatten sie blitzschnell in die Zange genommen. Tilman erkannte, dass er nun selbst in der Falle saß. Mit beschwichtigenden Handbewegungen beruhigte er seine Männer. Er wusste genau, dass er in die Defensive gedrängt war und dass es bei einem Kampf zu einem schlimmen Blutbad kommen würde.

»Das Ganze halt. Im Namen des Herzogs von Braunschweig und Lüneburg fordere ich euch auf, mir unverzüglich das Diebesgut zu übergeben!«

Konrad traute seinen Ohren und Augen nicht. Eine Stimme, die er kannte, und ein bekanntes Gesicht sah ihn erstaunt an.

»Ich glaube es nicht – Konrad Gassner in Lebensgröße und schon wieder in Schwierigkeiten.«

Es war tatsächlich der Offizier vom Schloss Herzberg, der erst vor wenigen Wochen Konrad schon einmal in bedrohlicher Lage geholfen hatte. Laut auflachend sprach er weiter.

»Was treibt Euch denn hier her und vor allem was habt Ihr mit diesen Burschen, die gerade das Silber des Herzogs einstreichen wollten, zu tun?«

»Leutnant Hofmann und die Leibgarde des Fürsten, was für eine Freude Euch wiederzusehen. Ihr kommt wie immer im richtigen Augenblick. Ich habe natürlich nichts mit dem Raub zu tun und ich stecke wahrhaftig mal wieder in Schwierigkeiten, aber das ist eine lange Geschichte.«

Der Anführer der Harzschützen machte ein erstauntes Gesicht.

»Moment mal – Ihr kennt euch?«

Der Leutnant grinste Tilman Büdner an.

»Und ob wir uns kennen. Der Herr steht unter ganz persönlichen Schutz des Herzogs. Die Fürstenfamilie hat ihm eine Menge zu verdanken.«

»Ja, aber Ihr müsstet mich doch auch kennen!«, schrie Tilman Büdner entgeistert.

»Ich bin der Anführer der Harzschützen und auch ich stehe in der Gunst des Herzogs, und den Wagen mit euren Münzen, den haben wir soeben einer Söldnerbande abgenommen und wollten ihn selbstverständlich auf dem schnellsten Weg zum Schloss nach Herzberg bringen.«

Leutnant Hofmann musterte ihn von Kopf bis Fuß. »Ja, ich kann mich schwach erinnern. Wart Ihr das, der vor zwei Monaten schon einmal gestohlenes Eigentum des Fürstenhauses zurückbrachtet?« »Genau das waren wir«, sprudelte es freudestrahlend aus dem Anführer heraus.

»Und eine Belohnung gab es obendrein. Wir unterstützen den Herzog und der Herzog unterstützt uns für die gute Sache, für unsere Heimat.«

Tilman Büdner sprang vom Wagen, ging auf Konrad zu und griff nach seinem Vater.

»Komm runter Waldschrat und lass den jungen Herrn seiner Wege ziehen.«

Konrad drückte sofort mit dem Unterschenkel den Rappen zur Seite, zog blitzschnell seinen Degen und wehrte den Anführer ab.

»Finger weg, der sogenannte Waldschrat bleibt bei mir!«, brüllte ihn Konrad an.

Erschrocken zuckte Tilman Büdner zusammen, machte einen Ausfallschritt zurück und zog ebenfalls seinen Degen.

»Was ist in Euch gefahren – nehmt sofort die Waffe runter!«, polterte er los.

»Nun mal langsam ihr Hitzköpfe«, mischte sich der Leutnant ein.

»Steckt sofort beide eure Waffen weg. Wenn der Herr Gassner diesen – diesen Waldschrat, warum auch immer, bei sich haben will, dann wird er schon seine Gründe dafür haben. Also lasst sie ziehen, wohin sie auch immer wollen.«

Der Anführer schüttelte den Kopf und hob die Arme.

»Ich verstehe zwar nicht, was er mit dem Alten anfangen will, aber meinen Segen hat er.«

Tilman Büdner wollte sich schon abwenden, als er doch nochmal innehielt.

»Mit Verlaub, Herr Leutnant, was ist jetzt mit der Belohnung für mich und meine Männer. Schließlich haben wir die Söldnerbande gestellt und dabei Kopf und Kragen riskiert und einige Verletzte und einen Toten haben wir auch zu beklagen.«

»Da kann ich Euch nichts versprechen. Am besten springt ihr gleich wieder auf den Wagen, übernehmt die Zügel und tragt Eure Ansprüche dem Herzog persönlich vor, wir werden euch begleiten.«

»Ach übrigens Herr Büdner, Ihr wolltet mir doch sicherlich noch den Goldring zurückgeben, den ich Euch geliehen hatte?«, nutzte Konrad die Gunst des Moments.

»Den – den Goldring«, stammelte der Anführer, »ach ja, den hatte ich schon ganz vergessen.«

Mit diesen Worten und ein wenig Zähneknirschen holte er ihn aus seinem Beutel und drückte das kostbare Stück Konrad in die Hand.

Während Konrad erleichtert durchatmen konnte und sich beim Leutnant bedankte, sammelten die Gardesoldaten des Herzogs den Rest der Söldnerbande ein und machten sich zusammen mit dem Wagen und Tilman Büdner auf den Weg zum Schloss.

Konrad nahm für seinen Vater ein Pferd eines gefallenen Söldners und so machten sie sich ebenfalls auf den Weg nach Herzberg. Zwar wollte er nicht zur Fürstenfamilie, doch sollte aus dem Waldschrat in aller Ruhe wieder der stattliche Robert Gassner werden, genau so wie Konrad ihn in Erinnerung hatte.

Die kurze Wegstrecke nach Herzberg brachten sie bald hinter sich und Konrad steuerte genau die Schänke an, in der er vor ein paar Wochen schon ein-mal übernachtete und in der die gedungenen Mörder des Salzderheldener Burgschreibers ihr Blutgeld verprassten.

Als sie den Gastraum betraten, erkannte ihn der Wirt gleich wieder.

»Was für eine Überraschung, seid Ihr wieder in geheimer Mission für unseren Herzog unterwegs?«, fragte der Wirt.

»Kommt näher, ich werde Euch gleich ein anständiges Mahl und einen leckeren Schluck von meinem besten Wein servieren. Euer Knecht, der kann derweil die Pferde versorgen. Ich lasse ihm dann eine Schale Suppe in den Stall bringen.«

Konrad grinste seinen Vater an.

»Seid auch Ihr mir willkommen, Herr Wirt. Nur der zugegebenermaßen etwas wild aussehende Mann in meiner Begleitung, der ist alles andere, aber nicht mein Knecht.«

Der Wirt trat näher heran und sprach mit gedämmter Stimme weiter...

»Verstehe – hätte ich mir denken können, das ist sicherlich nur eine Tarnung, damit Euer Auftrag nicht gleich auffliegt – oder?«

Konrad verkniff sich das Lachen und sah sich räuspernd nochmals seinen Vater an.

»Gewiss, aber das ist natürlich streng geheim. Wir brauchen übrigens nicht nur Speis und Trank, sondern auch eine Kammer. Richtet ein heißes Bad her und Herr Wirt, schickt bitte nach einem Schneider und einem Barbier. Es ist die Zeit gekommen, wo wir die Tarnung nicht mehr brauchen.«

Nun grinste auch sein Vater, strich sich ein letztes Mal durch seinen langen, zotteligen Bart und nickte Konrad zu.

Die Dämmerung hüllte den Gastraum bereits mit dunklen Schatten ein, als der Wirt ein paar Talglichter entzündete. Konrad saß am Tisch unter einem Butzenglasfenster und beobachtete auf der Straße Kinder, die mit Stöckern lauthals schreiend hintereinander herstürmten. Er musste in sich hineingrinsen.

Genau so hatte er mit den Freunden wilde Verfolgungsjagden in den Gassen seiner Heimatstadt Wetzlar veranstaltet. Was für eine unbeschwerte Zeit – dachte er – vor allem, wenn sein Vater nach einer langen Handelsreise zurückkam und ihm von seinen Abenteuern berichtete.

»Wo bleibt Euer Freund? – na ja, ihr wisst schon, wen ich meine«, unterbrach der Wirt Konrads Erinnerungen.

»Mein Freund?«, Konrad lächelte ihn an.

»Ja, ihr habt recht, er ist wahrhaftig auch mein Freund. Aber ihr werdet es vielleicht nicht glauben, er ist vor allem mein Vater.«

Der Wirt schaute ihn ungläubig an.

»Euer Vater – dieser in Lumpen gekleidete Mann von vorhin ist Euer Vater? Aber wie, wie...«, unterbrach er abrupt seine Frage, als sich knarrend die Tür zum Treppenaufgang öffnete.

Robert Gassner stand frisch gebadet, mit neuem Gewand, geschnittenen Haaren und gestutztem Bart am anderen Ende des Gastraums und rührte sich nicht von der Stelle. Behutsam seine Kleider betastend sah er an sich hinunter.

Während der Wirt sich die Hände vor Erstaunen vor den Mund hielt, sprang Konrad auf und stürmte mit ausgebreiteten Armen auf ihn zu. Er fasste Robert bei den Händen und drehte sich vor Freude mit ihm im Kreis.

»Schaut her, Herr Wirt, das ist Robert Gassner, der acht lange Jahre verschollen war. Das ist mein Vater.«

Freudentränen purzelten Konrad über die Wangen, als er ihn an seine Brust drückte. Am liebsten hätte er ihn gar nicht mehr losgelassen, denn das, was er sich in seinen kühnsten Träumen wünschte, hatte sich nun erfüllt. Was würde wohl seine Mutter sagen, wenn er mit dem Vater in Wetzlar an ihre Tür klopfte. Und was für Augen würde Meister Michels machen, wenn sein alter Geschäftsfreund und Weggefährten unerwartet wieder vor ihm stände. Ganz besonders gespannt war Konrad auf die Reaktion von Georg, dem Sohn des Meisters, der damals angeblich die Suche ergebnislos abbrach. War das alles erlogen? Nach dem Gespräch mit dem Goslarer Goldschmied sprach einiges dafür, auch wenn er sich noch immer keinen Reim darauf machen konnte.

Bis tief in die Nacht saß Konrad mit seinem Vater zusammen. Es gab unendlich viel zu erzählen. Acht Jahre waren wahrhaftig eine lange Zeit und das Erlebte sprudelte nur so aus beiden heraus. Robert Gassner wurde dabei langsam immer selbstsicherer und seine kleine Lähmung der Zunge, die ihm seit dem Überfall und dem erlittenen Schlag auf den Kopf schwer zu schaffen machte, schien ihn kaum noch zu behindern. Er hatte sich die ganzen Jahre, die er sich in den Wäldern des Harzgebirges herumtrieb mit niemanden unterhalten. Konrad hatte das Gefühl, als wolle sein Vater nun mit einem Schlag alles nachholen.

Allmählich kam wieder so etwas wie ein vertrautes Gefühl zurück, so als sei Robert von einer wochenlangen Handelsreise heimgekehrt. Wie früher hing Konrad an seinen Lippen und lauschte den spannenden Geschichten.

Diesmal jedoch konnte auch er selbst über seine Abenteuer berichten. Diesmal stand nicht mehr der kleine Konrad von damals vor seinem Vater, sondern ein stattlicher junger Mann, der die Schrecken des Krieges kennengelernt hatte und dabei kreuz und quer durch die deutschen Lande gezogen war.

Robert Gassners Blick schwankte zwischen ungläubigem Staunen und Bewunderung. Er konnte es immer noch nicht recht glauben, dass da sein kleiner Konrad vor ihm saß und dass sein Sohn all diese abscheulichen Gräueltaten überlebt hatte und sein Weg ihn letztendlich zu ihm in das Harzgebirge geführte.

Je länger sie sich unterhielten und in die Vergangenheit eintauchten, umso mehr kam in kleinen Schritten das Erinnerungsvermögen seines Vaters zurück. Dennoch, an den Überfall und an seine letzte Auslieferung in Goslar erinnerte er sich nicht. So beschloss Konrad mit seinem Vater in die alte

Kaiserstadt zu reiten, um möglicherweise dort die Gedächtnislücken aufzufüllen.

Nach einem weiteren Tag Erholung in der Weinschänke in Herzberg machten sie sich früh am nächsten Morgen auf den Weg nach Goslar. Um nicht wieder den Harzschützen zu begegnen, nahmen sie nicht den kürzesten Weg über Clausthal, sondern umgingen das Harzgebirge und ritten über die Städte Osterode und Seesen der Kaiserstadt entgegen. Siebeneinhalb Meilen waren zwar ein anständiges Stück Wegstrecke, doch ohne nennenswerte Steigungen kamen sie flott voran und erreichten ihr Ziel schon kurz nach der Mittagsglocke.

Konrad beobachtete wie intensiv sein Vater alles um sich herum wahrnahm. Die Handelswagen, die sich vor dem Stadttor stauten, das Fluchen der Kaufleute, denen es mal wieder viel zu lange dauerte, den mächtigen Zwinger, durch den sie hindurchritten. Immer wieder flog sein Kopf hin und her. Seine Augen schienen alles um ihn herum abzutasten und aufzusaugen.

Nur noch ein paar Pferdelängen, dann standen sie vor dem Haus des Goldschmiedemeisters. Robert Gassner blickte nach oben.

»Das Zunftwappen – der goldene Pokal und – und der Ring mit dem – mit dem großen Edelstein«, kam ihm stockend über die Lippen.

»Erinnerst du dich, dass du hier schon einmal warst?«, fragte Konrad.

Doch nur ein Achselzucken kam als stille Antwort zurück. Dann öffnete sich die Tür und der Goldschmiedemeister, Jürgen von Hagen, stand staunend vor ihnen.

»Sollte es wirklich möglich sein?« Herr von Hagen bekreuzigte sich.

»Bei der Jungfrau Maria und allem was mir heilig ist – das ist doch – ohne Frage, das ist der Handelsmann Robert Gassner.«

Konrads Vater war kaum vom Pferd gestiegen, da fiel ihm der Goldschmiedemeister um den Hals.

»Aber wie ist das möglich? Wo habt Ihr all die Jahre gesteckt?«

Dann sah er Konrad an, packte ihn und schüttelte ihn durch.

»Ihr habt es wahrhaftig geschafft Euren Vater wiederzufinden.«

Kopfschüttelnd stand Herr von Hagen da.

»Na kommt erstmal herein, das müsst Ihr mir alles bei einem guten Becher Wein ganz genau erzählen.«

Als Robert Gassner die gute Stube betrat, in der über dem großen Kamin die von ihm damals angelieferten Ofenplatten hingen, hielt er abrupt inne. Wie versteinert stand er da. Stille legte sich über den Raum, so als ob alle für einen Augenblick die Luft anhielten. Bedächtig trat Konrads Vater näher.

Ausführlich musterte er die gusseisernen Platten und fuhr behutsam mit seinen Fingern entlang der Reliefkontur und dann – dann kam der Augenblick, auf den Konrad so gehofft hatte.

Robert drehte sich zu seinem Sohn um. Die Augen leuchteten und ein breites Lächeln huschte über sein Gesicht.

»Die Kaiserpfalz – es ist das perfekte Abbild der Kaiserpfalz – richtig?«

Konrad bekam kein Wort heraus, einzig ein bejahendes Nicken war seine Antwort.

Robert Gassner griff nun mit beiden Händen zu und ertastete mit geschlossenen Augen die gesamte Oberfläche der Ofenplatte.

»So fühlt sich nur der samtige Guss aus der Hand von Meister Michels an«, er drehte sich wieder um, »und ermöglicht hat das ein meisterhaftes Gussmodell, geschnitzt mit den schlanken Fingern unseres Josefs.«

Aufgeregt machte Robert einen Schritt auf seinen Sohn zu und schlug die Hände zusammen.

»Ich sehe ihn jetzt genau vor mir, dieses kleine bucklige Männchen mit den langen weißen Haaren, in denen sich immer die Holzspäne verfangen.«

Konrads Vater lachte und steckte damit auch seine beiden Zuhörer an, die den Ausführungen mit offenen Mündern folgten.

»Ja, ja und – und mit dem war nie gut Kirschen essen, ewig hatte er was an seinem Schnitzholz auszusetzen.«

Roberts Worte überschlugen sich förmlich.

»Ja, und im Raum davor saß Hermann, der gute Hermann. Was für ein begnadeter Zeichner. Was wäre die Gießerei ohne seine kunstvollen Entwürfe. Er hat mir das Zeichnen erst so richtig beigebracht.«

Robert legte seine Hände auf Konrads Schultern.

»Von ihm habe ich all das Wissen um Linienführung, Perspektive und Proportionen, alles das, was ich dir beigebracht habe.«

Robert nahm seinen Sohn in die Arme und drückte ihn fest an die Brust.

»Wenn das alles nicht gewesen wäre, dann hätten wir niemals zusammen das Heidenportal gezeichnet und du hättest mich im alten Waldschrat nicht erkennen können.«

Übermannt von den vielen Eindrücken und der Flut der Erinnerungen hielt sich Robert seinen Kopf und sank zu Boden.

»Und dann kommen da so ein paar hinterhältige Burschen und schlagen mir auf den Schädel«, fuhr es ihm schluchzend aus dem Mund, »und rauben mir acht Jahre meines Lebens.«

Heimkehr nach Wetzlar

Drei Tage später erreichten Konrad und sein Vater das 36 Meilen entfernte Wetzlar. Zwar war es ein beschwerlicher Ritt, auf dem sie hier und da umherziehenden Söldnern ausweichen mussten, aber da ihnen der Gesprächsstoff nicht ausging, verflog die Zeit wie im Flug.

Je näher sie ihrem Ziel kamen, umso mehr stieg bei Robert Gassner die Wiedersehensfreude auf seine Töchter und vor allem auf seine Frau. Konrad merkte jedoch, dass sich in die ausgelassene Freude auch erste Zweifel einschlichen.

»Was grübelst du Vater?«, wollte Konrad wissen. Robert blickte seinen Sohn nachdenklich an.

»Acht Jahre sind eine lange Zeit – ich denke gerade drüber nach, wie sich meine Brigitta wohl verändert hat und vor allem ob sie mich überhaupt noch will. Vielleicht hat sie ja inzwischen schon einen Anderen.«

Robert holte tief Luft und stieß einen langen Seufzer aus.

»Auch wenn es schwerfällt, aber ich könnte es sogar verstehen, denn wie sollte sie diese schwere Zeit ohne jemanden überstehen, der für sie sorgt.«

Konrad klopfte ihm aufmunternd auf die Schulter. »Nun lass mal den Kopf nicht gleich hängen. Ich habe Mutter zwar auch schon einige Jahre nicht mehr gesehen, aber als ich sie nach Abschluss meiner Lehre besucht hatte, hat sie immer fest daran geglaubt, dass du noch lebst, und hat dir die Treue gehalten.«

Konrad wollte keine Gelegenheit auslassen, weitere Gedächtnislücken bei seinem Vater zu füllen.

Nicht zuletzt aus diesem Grund hatten die beiden Reiter die Lahnseite ein ganzes Stück vor Wetzlar gewechselt, denn Konrad wollte, dass sein Vater, wie früher, in seine Heimatstadt über die alte Lahnbrücke und das Obertor einziehen sollte. Das war genau der Weg, den Robert nahm, wenn er von erfolgreicher Reise zurückkam, seine neuen Aufträge im Hüttenwerk des Meister Michels in Hirzenhain abgeliefert hatte und dann aus Richtung Süden kommend mit seinem Gespann auf die Stadt zufuhr.

Vom üblichen kleinen Stau auf der Lahnbrücke empfangen ritten die beiden Heimkehrer im Schritttempo den Torwachen entgegen.

Konrad konnte sich noch deutlich an sein letztes durchqueren des Obertors erinnern. Vor vier Jahren, als er nach Beendigung der Lehre seine Mutter besuchen wollte, hatten spanische Truppen die Stadt besetzt. Neben der städtischen Wache standen Soldaten der Besatzer und versperrten ihm den Weg. Gegen seinen Willen wurde er damals zu einem Anwerbezelt abgeführt und damit begann sein abenteuerliches neues Leben.

Spätestens heute sollte nun auch das neue Leben seines Vaters beginnen. Und als der alte Wachsoldat sich den beiden Reitern in den Weg stellte und gerade fragen wollte, was sie in die Stadt führt, da ließ er vor Schreck fast seine Hellebarde fallen.

»Herr im Himmel!«, brachte er erstaunt hervor, »wenn das nicht der Robert Gassner ist, dann... aber ich dachte, Ihr seid...«

Doch Robert ließ ihn erst gar nicht ausreden.

»Wie Ihr seht, ich lebe noch und Ihr könnt Euch gar nicht vorstellen, wie ich mich freue endlich wieder nach Hause zu kommen.«

Der Wachmann trat zur Seite und schwenkte seinen Hut.

»Na dann lasst Euch nicht länger aufhalten, ich könnte mir vorstellen, dass die ganze Schmiedgasse große Augen machen wird.«

Eine Mischung aus Freude und Anspannung ergriff Robert mit jedem Zoll mehr, den sie durch die Gassen ritten, und als sie den Marktplatz vor dem Dom erreichten, waren es nur noch ein paar Pferdelängen bis zum Wohnhaus in der Schmiedgasse.

Noch einmal nahm Robert die Zügel auf und brachte sein Pferd zum Stehen.

»Was mache ich nur, wenn sie mich nicht mehr erkennt. Acht Jahre sind eine lange Zeit. Schau mich an, die Haare sind grau geworden, die Falten haben zugenommen und mein Körper ist dürr und ausgemergelt.«

Konrad konnte sich ein Auflachen nicht verkneifen. »Wer seinen Mann so lange im Herzen getragen hat, und davon kannst du ausgehen, der wird ihn immer wieder erkennen. Und glaube mir, Mutter wird es Spaß machen dich mit allerlei Leckereien zu verwöhnen und dich schon wieder aufpäppeln.«

Konrad griff nach Roberts Zügeln und zog ihn mit seinem Pferd einfach hinter sich her.

»So ist es mir sicherer, sonst fällt dir womöglich noch ein weiterer Hinderungsgrund ein und wir kommen heute nie an.«

Dann schnalzte er mit der Zunge und ließ die Rösser antraben. Als sie in die Schmiedgasse einbogen, öffneten sich gleich ein paar Fenster. Aufgeschreckt durch das Hufgeklapper wurden sie von neugierigen Blicken verfolgt. Es dauerte nur wenige Augenblicke und schon waren sie umringt von ihren Nachbarn. Alle plapperten wild durcheinander.

»Das gibt es doch nicht – der Robert – ja es ist der Robert – der Robert ist zurück!«, riefen einige ganz aufgeregt neben ihm herlaufend.

Die Nachbarin aus dem Haus gegenüber stürmte auf die Gasse und brüllte aus voller Kehle – »Brigitta – Brigitta komm schnell raus, du glaubst es nicht, wer heimgekehrt ist!«

Robert blickte fassungslos in die Runde. Damit hatte er nicht gerechnet und als einer an seiner Hand zog und sie vor Freude überschwänglich schüttelte, geschah es. Robert verlor sein Gleichgewicht, rutschte aus dem Sattel, und fiel auf den Mann und mit ihm zu Boden.

Im selben Moment öffnete sich die Tür zu Roberts Haus und seine Brigitta stand auf der obersten von drei Sandsteinstufen. Mit einem Schlag, wie auf Kommando verstummten die eben noch erregt durcheinander schwatzenden Nachbarn. Gebannt richteten sich alle Blicke auf Brigitta, die sich mit weit aufgerissenen Augen die Hände vor ihren Mund schlug.

Robert rappelte sich auf, klopfte sein Gewand ab und ging unsicheren Schrittes auf seine Frau zu. Kurz vor ihr hielt er inne. Brigittas Hände zitterten, ihre Augen wurden feucht – Tränen rannen ihr über die Wangen. Fast zeitgleich breiteten beide ihre Arme aus und fielen sich stumm um den Hals. Jubel brach unter den Herumstehenden aus und auch Konrad purzelten ergriffen ein paar Freudentränen übers Gesicht.

Als Konrad vom Pferd stieg und auf seine Mutter zuging, löste sie sich aus Roberts Umarmung, sah ihren Sohn von unten bis oben an, machte einen Schritt auf ihn zu und verpasste ihm eine schallende Ohrfeige.

»Das ist dafür, weil sich der Herr Soldat in den letzten vier Jahren nicht einmal zu Hause sehen lassen hat.«

Schluchzend und lachend zugleich nahm sie nun auch ihren Konrad in die Arme. Der hob seine Mutter kurzerhand mit seinen kräftigen Armen hoch und drehte sich mit ihr ausgelassen um die eigene Achse, bis beide nach ein paar schwungvollen Drehungen ihr Gleichgewicht suchend fast auf dem Gassenpflaster landeten.

Nur wenige Augenblicke später stießen sie mit dem besten Wein an, den Konrads Mutter im Gewölbekeller für besondere Zwecke aufbewahrt hatte. Über-glücklich hielten sich Robert und Brigitta wie ein frisch verliebtes Pärchen an den Händen, während Konrad seiner Mutter alle Einzelheiten der abenteuerlichen Suche erzählte.

Inzwischen hatten auch Konrads Schwestern von den Heimkehrern erfahren und zusammen mit ihren Männern und Kindern das Elternhaus in der Schmiedgasse erreicht. Konrad und sein Vater wurden von der ganzen Familie umringt und die wollte jedes noch so kleine Detail aus den vergangenen Jahren wissen. Auch Konrads verwegene Flucht aus der Stadt, die ihn vor vier Jahren an der Seite von Hauptmann Delgado in den Krieg führte, kam auf den Tisch. Brigitta hatte sich damals sehr darüber geärgert, dass ihr Sohn von diesem galanten Offizier verführt wurde und dass sie nicht eine Nachricht während der

Soldatenzeit von ihm bekam. Aber auf der anderen Seite war sie nun froh, dass Konrad unversehrt vor ihr stand.

Gerade die Kinder der Schwestern konnten gar nicht genug von Konrads spannenden Geschichten bekommen, bis Brigitta plötzlich aufstand und seinen Redeschwall unterbrach.

»So ihr Lieben, ich werde nun in die Küche gehen und zur Feier des Tages ein leckeres Mahl zubereiten und für dich mein lieber Sohn, für dich habe ich noch eine ganz besondere Überraschung.«

Konrad sah sie fragend an.

»Eine Überraschung? Wie meinst du das?« Brigitta blickte zur Tür.

»Ja, du hast richtig gehört, denn du musst unbedingt meine Küchenhilfe kennenlernen.«

Konrad verstand nicht, was seine Mutter ihm damit sagen wollte, bis – bis sich langsam die Tür öffnete und ein zierlicher junger Mann mit rotem Haar eintrat.

»Komm nur näher Johann.«

Zögerlich hob er seinen Kopf und sah Konrad an.

»Wer ist das? Warum soll ich ihn kennenler...«, Konrad blieb das letzte Wort im Hals stecken, »Moment mal – hast du da eben Johann gesagt?«

Konrad stutze. Das Gesicht kam ihm irgendwie bekannt vor, dazu die feinen Konturen und die Sommersprossen. Konrad stand auf und ging auf die Küchenhilfe zu.

»Ja, mein lieber Kunstgießer Konrad Gassner, da staunst du wohl?«

Konrad bekam den Mund nicht mehr zu. »Natürlich Johann wie Johanna, Johanna Michels aus Hirzenhain. Wie kommst du denn hier her?«

Johanna boxt ihn gegen die Brust und grinste ihn an.

»Ist das alles, was dir nach so vielen Jahren einfällt? Da habe ich mir unser Wiedersehen aber ganz anders vorgestellt.«

Nun musste auch Konrad grinsen und drückte sie fest an seine breite Brust.

»Johanna Michels, der Klabautermann vom Hüttenwerk.«

Konrad hielt sie an den Händen und machte einen Ausfallschritt zurück.

»Lass dich anschauen. Donnerwetter, aus dir ist ja eine richtige junge Dame geworden.«

Konrad lachte auf.

»Obwohl dir die Haare ja immer noch nicht gewachsen sind und du zumindest obenherum wie ein Knabe wirkst.«

Johanna stemmte ihre Hände in die Hüften, legte verführerisch ihren Kopf auf die Seite, drückte ihren Oberkörper nach vorn und betonte so aufreizend ihre zarten Brüste.

»So so, ein Knabe also. Eins will ich dir sagen, mein lieber Konrad, andere Männer haben meine weiblichen Reize durchaus entdeckt. Nicht umsonst wollte mein Vater mich schon verheiraten.«

Ein Raunen machte die Runde, Konrads Schwestern senkten verlegen schmunzelnd ihre Köpfe, die Kinder kicherten vor sich hin und Konrad – Konrad erkannte nun erst recht die Jugendfreundin, die schon während seiner Lehrzeit ein Poltergeist war und immer unbefangen drauflos geplappert hatte.

»So, das reicht jetzt«, nahm Konrads Mutter das Zepter wieder in die Hand, »ich glaube, den Rest solltet ihr lieber unter vier Augen besprechen und du Johanna, du hilfst mir erstmal in der Küche.«

Konrad stand noch eine ganze Weile kopfschüttelnd da, während die Kinder an seinem Rockzipfel hingen und ihn erneut mit Fragen bombardierten.

»Onkel Konrad, Onkel Konrad, ist das deine Liebste? Und sag Onkel Konrad – sag, soll sie dein Weib werden?«

Konrad lief es eiskalt über den Rücken, er musste an seinen Abschied vor vier Jahren in Hirzenhain denken. Unwillkürlich griff er nach seinem Amulett. Ob Johanna ihres auch noch immer um den Hals trug? Das Heidenportalamulett hatte ihm wirklich Glück gebracht, genau so, wie es sich seine kleine Freundin damals gewünscht hatte. Es hatte ihn in allen Scharmützeln und Schlachten begleitet und sein fester Glaube an den Glücksbringer hatte ihn nicht nur vor schweren Verletzungen bewahrt, sondern letztendlich auch zu seinem Vater geführt. Und nun – diese Frage – die ihn wie ein Blitz traf.

Was würde seine Jugendfreundin wohl sagen, wenn sie erfährt, dass es noch eine Johanna gibt, die in Salzderhelden auf ihn wartet und der er schon die Ehe versprochen hat. Konrad wusste noch ganz genau, was er seiner kleinen Freundin beim Abschied in Hirzenhain gesagt hatte – „du warst mir viel näher, als je ein Mensch zuvor" – genau das waren seine Worte und Johanna hatte ihm geschworen, falls er nicht zurückkommt, dass sie ihn überall aufspüren würde, was ihr ja nun auch gelungen war.

Konrad jagten die Gedanken nur so durch seinen Kopf. Er nahm sich vor so schnell wie möglich reinen Tisch zu machen, nur wie sollte er ihr das alles beibringen und schlimmer noch, wie sollte er ihr erklären, dass es da so einen Verdacht gab, der ihren Vater Georg betraf.

Seitdem ihm der Goldschmiedemeister Jürgen von Hagen in Goslar glaubhaft versichert hatte, dass Georg Michels nie bei ihm war und nicht nach Robert Gassner gefragt hatte und das, obwohl er es nach der Rückkehr behauptet hatte, musste er doch der Sache auf den Grund gehen. Vielleicht hatte Georg ja tatsächlich etwas zu verbergen oder gar mit dem Überfall auf seinen Vater zu tun. So sehr Konrad auch grübelte, aber Konrad konnte sich darauf immer noch keinen Reim machen und gerade deshalb musste so schnell wie möglich ein klärendes Gespräch mit Georg stattfinden.

Es war spät geworden. Dunkle Wolken hatten den Mond verschleiert und die Gassen und Plätze von Wetzlar in tiefes schwarz getaucht. Konrads Schwestern waren mit ihren Männern und den Kindern längst gegangen, Brigitta und Johanna kramten noch in der Küche, während sich Konrad und sein Vater auf ihre Kammern zurückzogen.

Sichtlich erschöpft sank Konrad auf das Bett. Der lange, aufregende Tag und einige Becher Wein ließen ihn unvermittelt in einen tiefen Schlaf fallen.

Doch immer wieder überfielen ihn Albträume, Erinnerungen an seine schrecklichen Kriegserlebnisse, die ihn selbst an so einem Tag wie heute, einem Tag voller Glück und Freude, nicht losließen. Gepeinigt von den wild durch seinen Kopf jagenden blutigen Bildern wachte er schweißgebadet auf. Doch was er dann sah, verschlug ihm erst recht den Atem. Über ihm an der Zimmerdecke kreisten im fahlen Schein eines Talklichts die mystisch anmutenden Schatten des Heidenportals.

Erregt zuckte er zusammen, als ihn plötzlich eine zarte Hand berührte. Konrad drehte erschrocken seinen Kopf. Es war Johanna, die neben ihm auf dem Bett saß und ihn mit einem verführerischen Lächeln tief in die Augen sah. Konrad merkte mit einem

Schlag wie ihm kalt und heiß zugleich wurde und noch bevor er etwas sagen konnte, hielt sie ihm einen Finger über die Lippen.
»Pssst, sag jetzt nichts«, raunte sie ihm ins Ohr.

Konrad fühlte sich mit einem Schlag in der Zeit zurückversetzt. Genau wie damals in Hirzenhain hielt sie das Heidenportalrelief in den Schein des Talklichts und genau wie damals erfüllte das geheimnisvolle Schattenspiel des Glücksbringers den ganzen Raum.
»Beinahe so wie früher«, haucht sie ihm entgegen. »Ich hoffe doch sehr, dass auch du dein Amulett immer noch bei dir trägst«, hakte sie nach.

Konrad richtete sich auf, griff in seine Bluse, zog seinen Glücksbringer heraus und hielt ihn ebenfalls in den Lichtschein.

Johannas Augen fingen vor Glück an zu leuchten und ein sanftes Lächeln überzog ihr Gesicht. Konrad atmete tief durch. Die unbeschwerte Zeit, die beide vor vielen Jahren in Hirzenhain genossen, wurde ihm jetzt erst richtig klar. Die langen Abende, wenn Johanna heimlich auf seine Kammer schlich, wurden unversehens wieder lebendig. Doch was an Konrads Seite saß, war nicht mehr der kleine mit Sommersprossen übersäte, burschikose Klabauter- mann, in dessen Kopf die verrücktesten Ideen steckten und der keinen Augenblick zögerte, um mit seinem Schabernack das ganze Hüttenwerk durcheinanderzubringen.

Johanna war inzwischen zu einer attraktiven jungen Frau gereift, der es an nichts fehlte, wie Konrad unvermittelt zu spüren bekam, denn während ihn immer noch die umhersausenden Schatten in den Bann zogen, hatte sich Johanna zu ihm gelegt.

Ihren Körper eng an den seinen schmiegend vernahm er nicht nur ihren warmen Atem an seinem Ohr, sondern auch deutlich ihre weiblichen Konturen. Für einen Augenblick schloss Konrad seine Augen.

Es gefiel ihm, was er da spürte. Erregung ergriff ihn und so als ob er in einen stimulierenden Strudel der Gefühle hineingezogen wurde, drohte er den Halt zu verlieren.

Oh nein – durchfuhr es ihn. Konrad hielt die Luft an. Was geschah hier gerade? Das durfte nicht sein. Wie sollte er sonst Johanna alles beichten?

Ruckartig richtet er sich auf.
»Johanna«, schoss es förmlich aus seinem Mund, »Johanna Michels, wir müssen reden.«
Nur wie sollte er es ihr beibringen ohne sie zu verletzen? Konrad sprang aus dem Bett und versuchte sich zu fassen.
»Was ist?«, fragte Johanna erschrocken.
»Habe ich etwas falsch gemacht?«

Sie setzte sich auf die Bettkante und reichte Konrad die Hände.
»Oder war ich dir zu forsch?«, hauchte sie mit einem schamhaften Blick.

»Komm setz dich wieder zu mir«, forderte sie ihn auf und zog Konrad zurück auf´s Bett.

»Weißt du Johanna, als wir uns das letzte Mal gesehen haben, da warst du noch der freche Kumpel und nun ist aus dir eine ansehnliche junge Frau geworden und da musst du mir schon nachsehen, dass ich etwas irritiert bin.«

Johanna verzog ihr Gesicht.

»Irritiert, was soll das heißen? Ist dir meine Nähe etwa unangenehm?«

»Nein nein, versteh mich bitte nicht falsch, aber in den vergangenen vier Jahren, in denen wir uns nicht gesehen haben, ist eine Menge passiert und ...«

»Ja, ich weiß schon, der schlimme Krieg und deine Flucht von den Soldaten, aber nun ist doch alles wieder gut. Du hast das alles unverletzt überstanden und wir sind wieder zusammen.«

»Hast du etwa vorhin an der Tür gelauscht?«

Johanna rückte näher an Konrad heran und legte ihren Arm um seine Schulter.

»Nur ein bisschen – oder waren das etwa Geheimnisse, die du erzählt hast?«

Konrad versuchte sich aus der Umklammerung zu befreien und drückte Johanna ein Stück zur Seite. Er nahm allen Mut zusammen, denn er hatte das Gefühl, dass er seiner Jugendfreundin so schnell wie möglich auch den Rest der Geschichte klarmachen musste.

»Nein, natürlich nicht, aber du weißt noch nicht alles, denn da gibt es noch ein paar Sachen, die ich vor meiner Familie nicht erzählt habe.«

Konrad stand auf, ging ans Fenster und blickte auf die vom fahlen Licht des Mondes schemenhaft beleuchtete Schmiedgasse. Konrad grübelte, war sich unsicher, ob er wirklich jedes Detail erzählen sollte.

»Es ist nämlich so«, sagte er und drehte sich wieder zu Johanna um.

»Ich lebe seit nunmehr fast einem halben Jahr in einem kleinen Ort im Herzogtum Braunschweig und Lüneburg. Der Flecken trägt den seltsamen Namen Salzderhelden – wahrscheinlich heißt der so, weil man dort Salz gewinnt. Die Salzderheldener Bürger haben mich nach meiner Flucht von Tillys Truppen freundlich aufgenommen. Man hat mir großes Vertrauen entgegengebracht und inzwischen sogar zum Burgschreiber ernannt sowie eine Kammer auf der Heldenburg gegeben.«

Konrad unterbrach seinen Redeschwall und setzte sich wieder zu Johanna. Es fiel ihm jedoch schwerer als gedacht von seiner Liebsten in Salzderhelden zu erzählen. Noch bevor Johanna eine Frage stellen konnte, übernahm er gleich wieder die Initiative.

»Aber sag mir erst einmal, wieso du nicht in Hirzenhain sondern hier in Wetzlar bei meiner Mutter bist?«

Johanna sah ihn mit einem schelmischen Schmunzeln an.

»Ja, mein lieber Konrad, da staunst du wohl. Vielleicht erinnerst du dich noch an unser Abschiedsgespräch. Damals habe ich dir versprochen, dass ich dich überall finden werde, wenn du nicht zurück zum Hüttenwerk kommst. Wie du siehst, habe ich mein Versprechen gehalten.«

»Aber du konntest doch gar nicht wissen, dass ich hier nach Wetzlar komme, oder kannst du etwa neuerdings hellsehen. Zuzutrauen wäre dir das ja.«

Johanna lachte laut los und winkte ab.

»Nein nein, das nun gerade nicht, aber ich habe es einfach nicht mehr zu Hause ausgehalten. Ich war das Warten auf dich leid und wenn ich ehrlich bin, ist es ohne dich die letzten vier Jahre ganz schön langweilig gewesen. Jeden Abend habe ich das Amulett angeschaut und gebetet, dass dir nur ja nichts passieren möge und dass du bald wieder zurückkehrst.«

»Aber das ist doch kein Grund, um einfach abzuhauen und obendrein kannst du froh sein, dass dir nichts passiert ist, denn für eine junge Frau sind selbst nur die sieben Meilen von Hirzenhain hierher nach Wetzlar in dieser kriegerischen Zeit nicht ganz ungefährlich. Was hast du dir nur dabei gedacht?«

Konrad schüttelte seinen Kopf.

»Oh, der Herr macht sich doch nicht etwa Sorgen?«
Und schon rutschte Johanna wieder dichter an Konrad heran.

»Also, mein lieber Konrad«, Johanna senkte verstohlen ihren Blick, »außer der Sehnsucht nach dir ist der eigentliche Grund, dass mein Herr Vater auf die glorreiche Idee kam, mich mit dem dicken Hans verheiraten zu wollen. Du kannst dir sicherlich vorstellen, dass ich auf keinen Fall diesen ungehobelten Bauerntrampel aus der Nachbarschaft zum Mann haben wollte, auch wenn sein Vater kein armer Mann ist und der Hans als Erstgeborener alles erben wird.«

Johanna sprang auf und schüttelte wild ihren Kopf. »Zwei Tage später, das war genau vor vier Wochen, versteckte ich mich unter der Plane unseres Handelswagens versteckt und verließ unbemerkt das Hüttenwerk.«

Konrad sah Johanna mit erstauntem Gesichtsausdruck an.

»Moment mal, ihr habt wieder einen Handelswagen, der auf Verkaufstour fährt, und sag nur nicht, dass dein Vater selbst der Handelsmann ist?«

»Eigentlich schon, aber da es nur eine kurze Tour, eine Auslieferung hierher nach Wetzlar war, hat mein Vater unsere beiden Knechte Erich und Otto geschickt und ich habe sofort die Gunst des Augenblicks genutzt und bin so sicher in deiner Heimatstadt angekommen.

Da ich ja nicht wusste, wo du steckst, habe ich mich dann zu deinem Elternhaus durchgefragt und seitdem gehe ich deiner Mutter zur Hand. Und wie man heute sieht, hat sich das Warten gelohnt.«

Konrad wurde langsam klar, dass Johanna sich offensichtlich mehr als nur ein Wiedersehen versprach. Wie sollte er ihr nur schonend beibringen, dass er inzwischen schon vergeben war und dass ihr Vater Georg ein Geheimnis mit sich herumtrug.

Ein Geheimnis, das seinem Vater beinahe das Leben gekostet hatte.

»Was machst du denn für ein Gesicht? Freust du dich denn gar nicht?«, wollte Johanna wissen.

»Doch, doch – nur vier Jahre sind eine lange Zeit und inzwischen ist viel passiert, Dinge, die man nicht mehr rückgängig machen kann.«

Johanna sah ihn fragend an.

»Was soll das heißen? Dinge, die man nicht mehr rückgängig machen kann. Was meinst du damit?«

Konrad holte tief Luft, schnaufte kräftig durch und griff nach ihrer Hand.

»Als Erstes sollst du wissen, dass ich die letzten Jahre oft an dich gedacht habe und auch ich habe da draußen im Feldlager gebetet, dass dir und deiner Familie nur ja nichts passieren möge. Als ich das Hüttenwerk verlassen habe, warst du mit deinen 16 Jahren eine wirkliche Jugendfreundin und glaube mir, ich habe jede Stunde unserer kleinen Abenteuer und unserer oft bis in die Nacht gehenden Gespräche genossen und werde all das nie vergessen.«

Johanna sah Konrad fassungslos an, stieß ihn zurück und polterte erregt los.

»Was heißt hier Jugendfreundin? Mein lieber Konrad, ich darf dich daran erinnern, dass du beim Abschied bedauertest, dass du nicht mit mir das Bett geteilt hast. Dies Verlangen geht für mich deutlich über das normale Maß einer „Jugendfreundschaft", wie du es nennst, hinaus. Also wundere dich nicht, wenn ich mir heute mehr erhoffe.«

Johanna fing sich und kuschelte sich gleich wieder an seine Schulter und drückte ihm dabei zärtlich einen Kuss auf die Wange.

»Denn schließlich habe ich meine Jungfräulichkeit nicht umsonst für dich bewahrt.«

Konrad zuckte erschrocken zurück. Es verschlug ihm die Sprache. Mit offenem Mund sah er in ihre funkelnden Augen. Was sollte er nur machen? Er wollte sie auf keinen Fall verletzen. Er brauchte Zeit zum Überlegen.

»Johanna, ich glaube, es ist jetzt besser, wenn du auf deine Kammer gehst und wir morgen weitersprechen. Außerdem bin ich nach dem langen Tag und dem anstrengenden Ritt doch sehr erschöpft und muss mich unbedingt einmal ausschlafen.«

Sichtlich enttäuscht stand sie auf, nahm das Talglicht

vom Tisch und verschwand wortlos, ohne sich noch einmal umzudrehen, aus dem Zimmer.

Tief durchatmend ließ sich Konrad erleichtert zurück auf sein Bett fallen. Was für ein verrückter Tag – dachte er – schloss seine Augen, und als ob ihm jemand die Füße wegzog, versank er schlagartig in tiefen Schlaf.

Angespannt über das gestrige Gespräch nachgrübelnd schlürfte Konrad seine Morgensuppe. Aus dem Augenwinkel heraus beobachtete er dabei, wie Johanna nur hastig die gute Stube betrat, eine Schale mit ein wenig frisch gebackenem Brot auf den Tisch knallte und ohne einen weiteren Laut von sich zu geben gleich wieder verschwand.
»Nanu, habe ich da etwas nicht mitbekommen?«, raunte Konrads Vater, der neben ihm saß.
»Gestern war doch noch heile Welt und ihre Augen funkelten nur so, als sie dich ansah.«

Konrad pustete auf seinen mit heißer Suppe gefüllten Löffel und zuckte mit den Schultern.
»Weiber – wenn es nicht nach ihrem Willen geht, dann hängt der Haussegen sofort schief.«

Konrad mochte seinem Vater den wahren Grund für Johannas Verhalten nicht sagen, denn auch ihm hatte er noch nichts von seinem Eheversprechen mit der Wirtstochter in Salzderhelden erzählt.

Das er inzwischen als Burgschreiber der Heldenburg weit davon entfernt war, in die Fußstapfen seines Vaters zu treten und ebenfalls Handelsmann zu werden, auch darüber hatten sie bisher nicht gesprochen.

So schleppte Konrad viel Ballast auf seiner Seele herum und obwohl er glücklich war, dass er die Familie wieder vereinen konnte, war ihm das Herz schwer. Diesen Druck, den er spürte, musste er unbedingt loswerden und so beschloss er noch vor der Mittagsglocke zumindest mit Johanna über alles zu reden.

Hastig schlang er sein Morgenmahl herunter und eilte in die Küche. Johanna war gerade dabei das Feuer zu schüren und Holz nachzulegen, als er hereinplatzte.

»Nicht so stürmisch junger Mann«, rief ihm seine Mutter zu.

»Oh, verzeiht mir, meine Damen«, kam es gekünstelt aus seinem Mund, »aber gestattet mir, holde Frau Gassner, dass ich Euch für einen kleinen Stadtrundgang Eure Magd für eine Weile entführe.«

Konrads Mutter lächelte ihn an.

»Wie galant sich der Herr ausdrücken kann. Nun dann muss er auch belohnt werden.«

Johanna putze sich ihre Hände an der Schürze ab und warf ihm einen kessen Blick zu.

»Mich fragt hier wohl niemand und genau genommen habe ich auch gar keine Zeit.«

Brigitta Gassner nahm sie bei der Hand und zog sie zu ihrem Sohn.

»Nun geh schon, es wird ja nicht ewig dauern. Und bis dahin schaffe ich die Arbeit auch allein.«

Konrad blieb bei seinem kleinen Rollenspiel, machte eine tiefe Verbeugung und reichte ihr die Hand.

Nur Augenblicke später spazierten sie die Schmiedgasse hinunter.

»Was soll das werden? Was hast du vor?«, fragte Johanna.

Konrad hielt kurz inne und zeigte auf den Wetzlarer Dom.

»Weiß du, was sich hinter diesen gewaltigen Mauern verbirgt?«

Johanna sah ihn mit schmollendem Mund gleichgültig an und zuckte mit den Schultern. Konrad nahm Ihre Hand und zog sie hinter sich her.

»Oh, die Dame ist wohl immer noch beleidigt.«

Nur ein kurzer, schnippischer Laut war ihre spärliche Antwort. Wortlos trottete sie neben Konrad her, bis die schwere Tür des Doms hinter ihnen zufiel. Ehrfürchtig schlug Johanna das Kreuz.

»Schließ bitte deine Augen«, flüsterte ihr Konrad ins Ohr.

Johanna sah ihn fragend an.

»Vertrau mir«, kam es von Konrad zurück.

Erneut griff er ihre Hand und führte sie zum nie vollendeten romanischen Vorgängerbau des Doms, wie sein Vater immer sagte, der Kirche in der Kirche.

»Du kannst deine Augen wieder öffnen. Na, was sagst du?«, fragte Konrad und zeigte nach oben.

Als Johanna ihren Kopf hob, öffnete sich langsam ihr Mund und ehrfürchtig kamen ihr die Worte über die Lippen.

»Das ist ja – das ist ja das Heidenportal.«

Unwillkürlich griff sie in ihr Dekolleté, zog ihr Amulett heraus und hielt es hoch, so als wollte sie das in Stein gehauene Original mit ihrem kleinen gusseisernen Kunstwerk vergleichen.

Konrad legte seinen Arm um ihre Schulter.

»Ich musste es dir unbedingt zeigen, diese geschwungenen Widderhörner, die mir so viel Glück gebracht und damals in Hirzenhain unsere Freundschaft besiegelt haben.«

Johanna sah Konrad mit glänzenden Augen an und legte ihren Arm um seine Hüfte. Konrad befreite sich allerdings sofort aus der Umklammerung, nahm ihre Hand und zog sie aus dem Dom.

»Komm, ich will dir noch einen ganz besonders geheimen Ort zeigen.«

Wie zwei übermütige Kinder rannten sie um den Dom herum, sprangen die lange, steile Treppe zur

Lahn herunter und kamen an der Stadtmauer zum Stehen.

»Warte, lass uns erstmal schauen, ob uns jemand beobachtet«, flüsterte Konrad ihr zu.

Dann schritt er einige Fuß an der Mauer ab, drehte sich nochmals nach allen Seiten um und ruckelte an einem vergilbten Stein, bis er ihn in den Händen hielt und vor sich auf den Boden legte.

»Nur zu«, forderte er sie auf, »greif ruhig hinein.«

Johanna steckte zögernd ihre Hände in das Mauerloch und zog eine kleine Blechschatulle heraus. Ungläubig sah sie Konrad an.

»Das ist doch nicht etwa ein Schatz?«, fragte sie aufgeregt.

Konrad musste lachen.

»Nein nein, wo denkst du hin, das wäre ja eine sehr kleine Schatzkiste, obwohl – ganz so unrecht hast du nun auch wieder nicht.«

Konrad zog an einem Lederbändchen einen kleinen Schlüssel hervor und entriegelte die Blechschatulle.

»Schau«, sagte er und hielt ein Schlüsselbund in seiner Hand, »diese Schlüsselsammlung habe ich mit meinen Freunden vor vielen Jahren gemeinsam geschmiedet, gesägt und gefeilt, und seitdem liegt sie hier im Verborgenen. Es sind die Türöffner zu vielen geheimen Orten und«, er zeigte auf eine kleine Pforte in der Stadtmauer, »und auch zu diesem Durchlass.«

»Dann hattest du schon in deiner Jugend viel handwerkliches Geschick«, stellte Johanna ein wenig bewundernd fest, »ja, aber wozu soll das Ganze gut sein?«, fragte sie.

»Wozu das Ganze gut sein soll – du glaubst gar nicht, wie viele Abenteuer wir durch diese Schlüssel erlebt haben. Es gab eine Zeit, da schlichen wir fast jede Nacht durch die Gassen von Wetzlar und verschafften uns zum Beispiel Zutritt in den unheimlichen Gewölbekeller der Michaelskapelle, in dem die Gebeine unseres alten aufgelösten Friedhofs aufbewahrt werden.«

Konrad verzog sein Gesicht.

»Das war wirklich gruselig, eine richtige Mutprobe für meine Freunde und mich. Aber nun komm, ich will dir unseren geheimen Treffpunkt zeigen.«

Er schloss die kleine Pforte auf und beide schlüpften durch die Stadtmauer. Auf der anderen Seite, am Lahnufer angekommen, waren es nur noch wenige Schritte bis zu einem dichten Gebüsch. Konrad bog die Zweige auseinander, drückte ein paar Brennnesseln zur Seite und griff hinein.

»Nun schau dir das an, hier liegen immer noch die geschnitzten Stöcke, die wir bei unseren Ritterspielen als Schwerter benutzt haben. Dieses Gebüsch war unsere heimliche Waffen- und Schatzkammer. Wann immer wir was auf dem Markt ergattert hatten, haben wir es hier versteckt.«

Konrad nahm Johanna an die Hand und ging mit ihr ein paar Schritte bis zum Lahnufer.

»Komm setzen wir uns. Genau hier haben meine Freunde und ich oft dem fließenden Wasser nachgesehen und uns die nächsten Abenteuer ausgedacht.«

Johanna legte ihren Kopf an Konrads Schulter und für eine Weile lauschten sie dem Plätschern des Flusses.

»Es war eine wundervoll unbeschwerte Zeit und wenn nicht der Krieg und mein Soldatenleben, das mich letztendlich nach Salzderhelden geführt hat, dazwischen gekommen wären, dann«, Konrad machte eine Pause und sah Johanna an, »dann wäre vielleicht mehr aus unserer Freundschaft geworden.«

Auch Johanna schaute ihm tief in die Augen. »Heißt das etwa, dass du nicht mehr als nur Freundschaft für mich empfindest?«

Konrad nahm ihre Hände.

»Ja, Freundschaft – eine innige Freundschaft, und wäre da nicht jemand in Salzderhelden, der auf mich warten würde, dann ...«

Noch bevor Konrad seinen Satz beenden konnte, sprang Johanna auf.

»Du hast eine Andere?«, polterte sie los.

In Johannas Gesicht spiegelte sich das blanke Entsetzten. Sie schlug die Hände vor den Mund.

»Und was wird aus mir?«, kam es ihr fassungslos über die Lippen.

Konrad nahm sie tröstend in seine starken Arme.
»Johanna, ich bin nicht mehr der, den du als junges Mädchen kennengelernt hast. Die Zeit ist nicht stehen geblieben und vor ein paar Monaten, als ich ziellos auf der Flucht in Salzderhelden ankam, hat mir eine junge Frau meinen Lebensmut zurückgegeben.«

Konrad hielt sie bei den Händen und sah ihr tief in ihre feucht gewordenen Augen.
»Ich verspreche dir, dass wir ewig Freunde bleiben, und wenn du willst, kannst du schon in wenigen Tagen mit mir und meinem Vater zurück nach Hirzenhain reisen.«

Schluchzend antwortete Johanna.
»Hirzenhain – was soll ich denn in Hirzenhain? Da will mich mein Vater doch nur mit dem dicken Hans verheiraten.«

Johanna trat einen Schritt zurück und schüttelte vehement ihren Kopf.
»Nein nein nein, auf keinen Fall will ich diesen, diesen...«

Konrad unterbrach ihren Redeschwall.
»Nun beruhige dich erstmal. Ich glaube, dass ich das mit deinem Vater für dich regeln kann und dass du dir selbst einen Mann aussuchen kannst.«
»Wie soll das denn gehen. Ich kann mir nicht vorstellen, dass du meinen Vater umstimmen kannst, und überhaupt – ich kenne gar keine anderen

Männer, die in Frage kommen würden – ich habe immer nur auf dich gewartet und nun...«

Johanna warf sich Konrad um den Hals und brach erneut in Tränen aus. Doch im nächsten Moment stieß sie Konrad von sich und augenblicklich wandelte sich die Trauer in Wut um.

»Konrad Gassner ich hasse dich, wie kannst du mir das antun und mich einfach in die Arme von diesem, diesem Bauerntölpel aus Hirzenhain treiben?«

»Meine liebe Johanna, du kannst mir glauben, ich habe mit deinem Vater noch ein Hühnchen zu rupfen. Wenn das stimmt, was ich ihm vorwerfen werde, glaube mir, dann wird er lammfromm und du wirst dir deinen Mann selbst aussuchen.«

Johanna wischte sich die Tränen aus dem Gesicht und Konrad erzählte ihr von dem Verdacht, dass ihr Vater Georg seinem Vater nach dem Leben getrachtet hatte, er die Frage nach dem Warum schnellstens klären wolle und sie ihm dabei helfen konnte. Konrad erklärte Johanna seinen Plan und schon drei Tage später machten sie sich auf den Weg zum Hüttenwerk des Meister Michels in Hirzenhain.

In den Tagen zuvor hatte Konrad einen Wagen mit einer Plane besorgt und zusammen mit seinem Vater genau die Motive auf die Seitenflächen des Stoffs gezeichnet, die auch den ursprünglichen Handelswagen unverwechselbar zierten.

Während Robert Gassner wie in alten Tagen die Zügel führte, nutzte Konrad die Gelegenheit sich noch einmal mit Johanna auszusprechen. Er erzählte ihr von den abenteuerlichen Vorkommnissen auf der Burg, von der Schatzsuche, von der Entführung seiner Liebsten und dass er sie aus der Gewalt der Ganoven befreien konnte. So langsam verstand Johanna Konrads Gefühle, auch wenn es ihr immer noch schwerfiel, das alles zu akzeptieren.

Georg Michels Geheimnis

Der Handelswagen brauchte fast den ganzen Tag und so hatte schon die Dämmerung eingesetzt, als Robert das Gefährt am Ortseingang stoppte. Sie hatten verabredet, dass nun Johanna wieder in ihrem Elternhaus auftaucht und ihrem Vater eine unerwartete Nachricht zukommen lässt. Robert Gassner sollte mit ins Gesicht gezogenem Hut auf dem Kutschbock sitzend warten, während Konrad sich auf der Ladefläche versteckt bereithielt.

Als Johanna bei ihren Eltern eintraf, gab es Freudentränen und Ärger zu gleich. Während ihre Mutter sie herzlich umarmte, brüllte ihr Vater sie an und verpasste ihr eine schallende Ohrfeige.
»Was fällt dir ein, einfach so zu verschwinden? Wo hast du nur die ganzen Wochen gesteckt? Deine Mutter ist vor Angst fast gestorben.«

Johanna nahm ihre zu Tränen gerührte Mutter in den Arm.
»Ja, ich weiß, dass es nicht klug war, und es tut mir ja auch schrecklich leid. Aber du hast mich mit diesem Hans, dem Bauerntrampel, der mein Gemahl werden soll, so erschreckt, dass ich einfach in Panik geraten, mich heimlich auf unseren Handelswagen versteckt habe und mitgefahren bin.«

Georg Michels fluchte wütend weiter.

»Haben unsere Knechte, diese Hornochsen, dich nicht bemerkt?«, er schüttelte den Kopf, »das sieht ihnen ähnlich. Diesen Holzköpfen könnte man vom Handelswagen unsere Ware unterm Hintern wegklauen und sie würden es nicht bemerken.«

Nun kam für Johanna der Augenblick, in dem sie die Spur legen musste.

»Ach übrigens Handelswagen – du wirst es vielleicht nicht glauben, aber wenn ich mich nicht verguckt habe, steht draußen am Ortseingang, oben bei den Holzkohlemeilern, ein Handelswagen, der genau so aussieht wie der von Robert Gassner.«

Georgs Augen weiteten sich.

»Quatsch, das ist – das ist unmöglich, der ist vor acht Jahren ein für alle Mal verschwunden.«

»Ich weiß, du hattest ihn ja auf deiner Suche auch nicht finden können. Das Merkwürdige ist nur, dass der Wagen, den ich gesehen habe, Ofenplattenzeichnungen auf der Plane trägt und die sehen genau so aus, wie die, mit denen Robert Gassner sein Gefährt verziert hatte. Ist das nicht merkwürdig?«

Johannas Vater fasste sich nachdenklich ans Kinn.
»Allerdings, das ist tatsächlich sonderbar. Vielleicht sollte ich der Sache mal auf den Grund gehen.«

Schon im Weggehen begriffen drehte er sich noch einmal um.

»Und wir, junge Frau, wir sprechen uns nachher noch und glaube ja nicht, dass die Sache mit deiner

Vermählung damit aus der Welt ist. Schließlich stehe ich beim Vater von Hans im Wort und ein Michels hält, was er verspricht.«

Johanna lief es eiskalt über den Rücken und sie hoffte inbrünstig, dass Konrad sein Versprechen halten würde, um sie aus diesem Zwang zu befreien.

Als sich Georg Michels dem Handelswagen näherte, erkannte er die von seiner Johanna beschriebenen markanten Zeichnungen der Ofenplatten auf den Seitenflächen sofort.

»Das – das kann doch nicht sein!«, kam es ihm ungläubig über die Lippen, während er misstrauisch um den Wagen schlich.

Vorsichtig bewegte er sich auf den Kutscher zu, der mit gesenktem Kopf auf dem Kutschbock zu schlafen schien.

»Hey, Ihr da – wo habt Ihr den Wagen her?«, wollte Georg wissen und stupste den nicht gleich reagierenden Kutscher am Stiefel.

»Das ist der Handelswagen von Robert Gassner.«

Behutsam hob Robert seinen Kopf und nahm den Hut ab. Georg durchfuhr es, als hätte ihn der Blitz getroffen. Kreidebleich wich er erschrocken ein paar Schritte zurück. Mit weit aufgerissenen Augen starrte er Robert an. Wie gelähmt stand er da und bekam kein Wort heraus.

»Du siehst richtig mein lieber Georg, ich bin es wirklich. Freust du dich denn gar nicht?«

Langsam, wie in Trance, bewegte sich Georgs Kopf bejahend auf und ab.

»Aber – aber das kann doch nicht sein. Du, du bist doch...«

»Tot – du meinst doch nicht etwa tot?«, raunte ihm Robert zu.

Panisch drehte sich Georg um und wollte wegrennen, doch es gelangen ihm nur wenige Schritte, denn wie aus dem Boden gewachsen stand Konrad vor ihm und versperrte ihm den Weg.

»Nicht so schnell, Herr Michels. Ich glaube es ist an der Zeit eine Beichte abzulegen.«

Konrad fasste ihn mit festem Griff und stieß ihn zurück. Wehrlos stolperte Georg zum Wagen.

»Los, aufsteigen!«, herrschte ihn Konrad im Befehlston an.

Schwer atmend und vor sich runter schauend saß Georg Konrad und seinem Vater gegenüber.

»Es fällt mir schwer zu glauben, aber so wie du dich gerade verhalten hast, scheinst du ja tatsächlich etwas mit dem Überfall auf mich zu tun zu haben.«

Roberts Stimme bebte, seine Hände fingen an zu Zittern. Mit geballten Fäusten sprach er weiter.

»Was um alles in der Welt habe ich dir getan, dass du zu so etwas Abscheulichem fähig warst? Ich habe nur mit Glück überlebt, aber du hast mir acht Jahre meines Lebens genommen und wenn mein Sohn mich nicht gesucht und gefunden hätte, dann würde ich heute immer noch im Harzgebirge umherirren.«

Konrad griff Georg am Kinn und hob seinen Kopf. »Los, sieh meinen Vater an. Schau ihm in die Augen und dann raus mit der Sprache. Was hast du mit dem Überfall zu tun?«

Konrad richtete seinen Dolch auf Georgs Brust. »Rede endlich. Es wird Zeit für deine Beichte und dann wird mein Vater sein Urteil über dich sprechen. Bete zu Gott, dass er dir verzeihen kann, sonst wirst du diesen Wagen nicht mehr lebend verlassen und mit ihm auf deine letzte Reise gehen.«

Konrad war so erregt, dass er gar nicht bemerkte, dass die Spitze seiner scharfen Blankwaffe bereits Georgs Bluse durchdrungen und ihm die Haut aufgeritzt hatte. Voller Angst sah Georg an sich herunter. Blut sickerte durch sein Gewand und färbte es rot.

Mit zitternder Stimme begann er zu sprechen. »Ja, ich gebe es zu, ich, Georg Michels, habe Unrecht getan, aber töten sollten die Strauchdiebe dich nicht.« Flehend die Hände faltend sah er Konrads Vater an. »Robert, das musst du mir glauben und überhaupt, Schuld daran ist nur mein Vater.«

»So jetzt willst du die Sache auch noch dem Meister in die Schuhe schieben. Was soll der denn damit zu tun haben?«

Mit weinerlicher Stimme fing Georg an zu beichten.

»Was mein Vater damit zu tun hat, wollt ihr wissen? Für meinen Vater war ich immer nicht gut genug, nichts kann ich ihm bis heute recht machen. Mal erziehe ich meine Tochter nicht richtig, mal stimmt die Eisenlegierung im Ofen nicht und meine Entwürfe sind ihm nicht kreativ genug. Schon als du, Robert, bei uns die Lehre gemacht hast, habe ich mir immer nur anhören dürfen, wie gut der Robert seine Arbeit macht, was für ein großes Zeichentalent er ist. Und dann später, als du mit vollen Auftragsbüchern von deinen Reisen zurückgekommen bist, hat er nur von dir geschwärmt, was du für ein hervorragender Handelsmann bist. Ich hingegen war immer nur Luft für den Herrn Meister.«

Georg sah Robert aus geröteten Augen an und sprach weiter.

»Kannst du dir vorstellen, dass ich dich irgendwann für deinen Erfolg gehasst habe? Ich wäre zugern in deine Fußstapfen getreten, und wenn ich schon im Hüttenwerk nichts zählte, wollte ich mir wenigstens als Handelsmann Anerkennung bei meinem Vater holen.«

»Aber deshalb lässt man doch keinen Menschen umbringen!«, brüllte ihn Konrad an und hob dabei drohend seinen Dolch.

»Das war ja auch nicht meine Absicht. Ich wollte nur, dass man Robert ausraubt und ihm einen so großen Schrecken einjagd, dass er keine Lust mehr verspürt auf Reisen zu gehen, und ich dann als mutiger Mann dastehe, wenn ich seine Handelsreisen übernehme.«

Konrad konnte vor Wut kaum noch an sich halten. »Das ist der größte Schwachsinn, den ich je gehört habe. Wenn ein paar Strauchdiebe einen Handelsmann überfallen, dann muss man immer damit rechnen, dass Leib und Leben in Gefahr geraten. Wie hast du deinen geistreichen Plan überhaupt auf den Weg gebracht?«

»Ich verstehe heute ja auch nicht mehr, wie ich mich darauf einlassen konnte. Die Idee kam mir an dem Tag, als der Bote aus Goslar den Auftrag des Herrn von Hagen überbrachte. Den ganzen Abend haben wir zusammen gesessen und getrunken. Er hat mir dabei sein Herz ausgeschüttet und erzählte, dass er große Geldprobleme hat und dass er allen Ernstes schon überlegt hätte, dass er sich ein paar verwegenen Burschen anschließen wollte, die in den Wäldern der Umgebung durch Überfälle ihrem Glück mit viel Erfolg auf die Sprünge helfen.«

Georg sah Konrad ängstlich an und holte tief Luft. »Da ich wusste, dass du Robert deine nächste Reise drei Wochen später in den Norden, also auch nach Goslar und weiter zur Burg Gebhardshagen, beginnen wolltest, habe ich dann dem Boten beauftragt, einen Überfall in die Wege zu leiten. Er hat von mir 50

Gulden als Anzahlung bekommen und er sollte, wenn alles nach meinem Wunsch gelaufen war, zurückkehren und als Beweis, dass sie den richtigen Wagen überfallen haben, sollte er mir das Stück aus der Plane schneiden, auf dem die Motive gemahlt sind, und dann hätte ich ihm weitere 100 Gulden gegeben. Er hatte mir fest zugesichert, dass er die Bande, zu der er schon Kontakt hatte, beauftragen könnte und dass ich mir keine Sorgen machen müsste.«

Und wieder atmete Georg tief durch. Die Beichte fiel ihm sichtlich immer schwerer.

»Es vergingen die Wochen und der Bote tauchte nicht mehr auf, bis dann du Konrad mit deiner Mutter gekommen bist und ich darauf zur Suche aufgebrochen bin. Ich ahnte schon Schlimmes. Als ich in Goslar ankam, musste ich feststellen, dass der Bote, kurz nach seiner Rückkehr spurlos verschwunden war. Niemand hatte ihn seitdem mehr gesehen und einige meinten sogar, er hätte sich nicht mit der Bande, die in den Harzwäldern ihr Unwesen treibt, einlassen dürfen. Ich bin dann noch ein Stück die Strecke zur Burg Gebhardshagen abgeritten, aber wen ich auch fragte, keiner hatte deinen Handelswagen gesehen, geschweige denn den Boten aus Goslar. Wahrscheinlich hat sich der Schwachkopf von diesen Schurken sein Geld abnehmen lassen und die haben ihn anschließend massakriert.«

Während Robert sich alles in Ruhe anhörte, hielt es Konrad nicht mehr auf seinem Platz. Er sprang auf und setzte Georg den Dolch an die Kehle.

»Wer hier wohl der Schwachkopf ist. Für diesen hinterhältigen Plan sollte ich dich am besten gleich abstechen, dann kannst du deinem Boten den Rest des Judaslohns in der Hölle überreichen.«

Robert fasste seinem Sohn am Arm und zog ihn zurück.

»Gemach, Konrad, er hat seine Beichte abgelegt und nun ist es an uns, christlich zu handeln. Die Schuld, die er für immer mit sich herumträgt, können wir ihm nicht abnehmen und unser Herrgott wird ihn eines Tages richten. Ich kann ihm trotz alledem, was er mir zugefügt hat, vergeben. Ich habe Georg über viele Jahre kennengelernt und ich bin mir sicher, dass er tief im Inneren seiner Seele kein schlechter Mensch ist. Vielmehr hat es das Leben nicht immer gut mit ihm gemeint und seine Augen mit Neid und Hass geblendet.«

Georg sank schluchzend vor Robert auf die Knie und küsste seine Hände.

»Glaube mir Robert, wenn ich es könnte, ich würde alles Geschehene wieder rückgängig machen. Ich stehe tief in deiner Schuld und bewundere dich, denn ich weiß nicht, ob ich an deiner Stelle so besonnen handeln würde.«

Robert richtete ihn auf. Auge in Auge standen die Männer sich gegenüber und nahmen einander in die Arme.

»Und vergib uns unsere Schuld, wie auch wir vergeben unseren Schuldigern«, hörte man Robert beten.

»So, mein lieber Georg, und nun freue ich mich auf ein Wiedersehen mit dem Meister. Du wirst uns nun zum Hüttenwerk begleiten.«

»Aber was sage ich meinem Vater?«, fragte Georg entgeistert.

»Nun, von mir wird Meister Michels zwar meine Geschichte erfahren, aber deinen Anteil daran, den behalte ich für mich. Wie du damit umgehst, das musst du selbst entscheiden.«

»Moment mal«, mischte sich Konrad ein.

»So leicht kommst du mir nicht davon. Eines müssen wir nämlich noch vorher klären.«

Konrad erzählte ihm von Johannas Not und rang Georg das Versprechen ab, dass er nicht mehr auf einen Bräutigam seiner Wahl bestehen würde und seine Tochter jeder Zeit freie Hand ließe.

Es war eine überschwängliche Wiedersehensfreude. Meister Michels standen vor Glück Freudentränen in den Augen. Noch am selben Abend konnten sich alle ein großes Festessen schmecken lassen. Bis tief in die Nacht saß man zusammen und Meister Michels schmiedete bereits neue Pläne und hätte am liebsten Robert sofort wieder auf Handelsreise geschickt und Konrad in seiner Werkstatt eingespannt.

»Langsam langsam, lachte Robert, ich muss mich erst nochmal ein paar Tage erholen und außerdem wäre meine Brigitta bestimmt traurig, wenn ich gleich wieder aufbrechen würde.«

Robert blickte in die Runde und sah zum Schluss Konrad und Georg an.

»Aber ich habe da so eine Idee. Ich habe vernommen, dass du, Georg, seit kurzem wieder mit einem Handelsgefährt unterwegs bist.«

»Ja ja«, plapperte der Meister gleich dazwischen. »Aber gebracht haben die drei Touren bisher kaum etwas. Ich glaube, mein Sohn hat einfach nicht das Zeug zu einem echten Handelsmann.«

Robert lächelte Georg an, der mit hängendem Kopf dasaß.

»Das würde ich nicht sagen. Auch ich habe mal klein angefangen und musste am Anfang einiges an Lehrgeld bezahlen. Was haltet ihr davon, wenn wir gemeinsam auf Reisen gehen. Ich könnte gut Unterstützung gebrauchen, um meine alte Sicherheit wieder zu erlangen. Georg könnte sich den ein oder anderen Trick abschauen und dann bald mit einem zweiten Wagen für noch mehr Aufträge sorgen.«

Meister Michels strich über seinen langen Bart und fing an über das ganze Gesicht zu strahlen.

»Mehr Aufträge – so wie in alten Zeiten?«

Ruckartig sprang er auf und erhob seinen Becher.

»Lasst uns auf das Hüttenwerk und gute Geschäfte anstoßen.«

Konrad meldete sich zu Wort.

»Aber habt ihr etwa vergessen, dass da draußen immer noch der große Krieg herrscht? Für Handelsleute lauern Gefahren an jeder Ecke. Und wie ich die Heerführer kennengelernt habe, wird das Morden auch noch ein Weilchen andauern.«

»Ja, mein lieber Sohn«, antwortete Robert, »an dieser Stelle kommst du ins Spiel.«

Konrad sah seinen Vater erstaunt an.

»Wie meinst du das? Was hast du dir da wieder ausgedacht?«

»Ich denke, wenn hier einer am Tisch ein erfahrener Kämpfer ist, dann bist es ja wohl du. Damit wärst du unser perfekter Begleiter und außerdem kann ich dann auch dir so ganz nebenbei das nötige Wissen über das Handelsgeschäft vermitteln.«

Konrad saß mit offenem Mund da.

»Na das hast du dir ja fein ausgedacht. Hast du ganz vergessen, dass mein Lebensmittelpunkt inzwischen in Salzderhelden liegt und dass ich dort als angesehener Burgschreiber der Heldenburg im Dienste des Herzogs von Braunschweig und Lüneburg stehe.«

Johanna schien die Idee allerdings sehr zu gefallen. Sie lächelte Konrad an und hoffte ihn wieder öfter in

Hirzenhain zu sehen, und sie hoffte vor allen Dingen, dass er Salzderhelden und somit auch seine neue Liebe vergessen würde.

»Ich finde die Idee sehr gut, denn du wolltest doch immer in die Fußstapfen deines Vaters treten. Nun hast du endlich die Gelegenheit, also worauf wartest du?«

Konrad sah in ihre strahlenden Augen und konnte natürlich ihre Euphorie verstehen, aber sie passte nun gar nicht in seine gegenwärtige Lebensplanung. Obwohl – ganz unrecht hatte Johanna nicht. Das Handelsgeschäft von seinen Vater zu übernehmen, war seit frühster Jugend sein Traum.

Erste Zweifel machten sich breit und die folgende Nacht wurde ein einziger Albtraum. An Schlaf war kaum zu denken. Immer wieder schreckte er hoch, wanderte rastlos in seiner Kammer auf und ab und zerbrach sich den Kopf darüber, welches denn nun für ihn der richtige Lebensweg wäre.

Im Gasthaus „Zum Salze"

Nun waren es schon viele Tage, seitdem Konrad zur Suche aufgebrochen war. Johanna konnte es kaum erwarten ihren Liebsten in die Arme zu schließen. Immer wieder ging sie am Heldenberg entlang zum kleinen leerstehenden Fachwerkhaus, das der Amtmann Konrad als Dank für seine Dienste überlassen hatte und das ihr gemeinsames neues Zuhause werden sollte. Konrad hatte noch vor seinem Aufbruch ein paar Handwerker beauftragt, das verfallene Gebäude wieder herzurichten, doch kaum war er aufgebrochen, waren nur einen Tag später auch die Arbeiter verschwunden.

»Wenn du mich fragst, dein feiner Herr Burgschreiber hat sich abgesetzt«, zeterte Gustav Peters, »den siehst du so schnell nicht wieder.«

Der Argwohn ihres Vaters war das Letzte, was Johanna jetzt gebrauchen konnte. Immer öfter suchte sie bei ihrem Oheim auf der Heldenburg Trost. Der alte Herbert, der im Turmzimmer des Bergfrieds wohnte, war für Johanna schon seit dem Tod ihrer Mutter ihr engster Verbündeter. Er war nicht nur ein guter Zuhörer, sondern hatte auch immer ein paar ermutigende Worte für sie, und die konnte Johanna wahrlich gebrauchen, denn Konrad war mittlerweile längst überfällig und sie machte sich inzwischen große Sorgen.

Fluchend stieß der feine Herr die Tür auf und polterte wütend in die Gaststube.

»Was für ein Dilettant, diesen Nichtsnutz müsste man zum Teufel jagen!«

»Aber Herr – gebt den Steuerkünsten eures Kutschers nicht die Schuld. Er ist sonst ein zuverlässiger Wagenführer, nur dieses verdammte Rad hatte offenbar schon länger eine angebrochene Speiche, sonst wäre das Missgeschick bestimmt nicht passiert.«

»Papperlapapp – Herr Wirt, einen Krug von Eurem besten Wein – und du, du gehst wieder raus zum Wagen und siehst zu, dass das Rad gewechselt wird, das kann ja wohl nicht so schwer sein, oder?«

»Ganz wie Ihr wünscht, Herr Raven, wir werden unser Bestes geben, gnädiger Herr.«

Johnnas Vater stutzte und musterte den gerade eingetretenen jungen Herren. Schon am Gewand aus edlen Stoffen und dem Samtüberwurf mit Pelzverbrämung erkannte Gustav Peters, dass es sich um einen reichen Kaufmann oder einen Mann aus dem Adel handeln musste.

Mit einer tiefen Verbeugung näherte er sich unterwürfig dem jungen Herren.

»Verzeiht, mein Herr, habe ich soeben richtig gehört – seid Ihr der Herr Raven von der Patrizierfamilie aus Einbeck?«

»Ja und – wen interessiert es? Ich bin der Junior aus eben genanntem Haus und nun stecke ich hier in diesem Kaff fest.«

»Euer untertänigster Diener, Herr Raven, ich werde Euren Aufenthalt so angenehm wie nur irgend möglich gestalten.«

»Genug geschwafelt, seht zu, dass Ihr mir den Wein bringt.«

Noch einmal verbeugte der Wirt sich tief.

»Ihr werdet nicht enttäuscht sein, ich werde Euch meinen besten Wein servieren.«

Gustav Peters verschwand in der Küche. Aufgeregt eilte er auf Johanna zu.

»Mein Kind, das Schicksal meint es gut mit uns. Stell dir vor, draußen sitzt der junge Herr Raven aus Einbeck in der Gaststube.«

»Und was hat das zu bedeuten?«, fragte Johanna.

»Was das zu bedeuten hat, fragst du – das ist der Sohn der reichsten Familie weit und breit.«

»Das mag schon sein, aber was haben wir davon?«

»Du gehst jetzt in den Keller und holst schnell einen Krug von unserem besten Wein und dann wirst du ihm den leckeren Tropfen servieren, und Johanna«, er tätschelte seiner Tochter die Wange, »es kann nicht schaden, wenn du dem jungen Herren schöne Augen machst und ihm freundlich zulächelst.«

Johanna blieb der Mund fast offen stehen.

»Vaaater«, reagierte Johanna empört, »sonst passt du auf, dass mir nur ja kein Gast zu nahe kommt und nun...«

»Und nun könnte es ja sein, dass der junge Herr Gefallen an dir findet. Wer weiß, vielleicht ist er noch nicht unter der Haube und das mit deinem Konrad, das hat sich ja wohl erledigt.«

Johanna stand fassungslos da und wusste nicht mehr, was sie dazu sagen sollte.

»Nun geh schon, beeile dich oder willst du unseren feinen Gast warten lassen?«

Johanna servierte dem jungen Herren Raven zwar den Wein, doch statt ihm schöne Augen zu machen, war sie mit den Gedanken bei ihrem Konrad und behandelte den Herren genau so, wie sie es bei jedem normalen Gast tat. Ganz anders ihr Vater, der für sich und seine Tochter die Chance seines Lebens sah. Er war völlig geblendet vom schönen Schein der reichen, weit über die Grenzen von Einbeck hinaus bekannten Familie Raven.

»Ich hoffe untertänigst, Euch mundet mein Wein?«, fragte der Wirt mit weiteren unterwürfigen Verbeugungen.

»Durchaus durchaus, aber sagt, wer war denn soeben dieses reizende Geschöpf, das mir den leckeren Tropfen serviert hat.«

»Oh das, das war mein holdes Fräulein Tochter, edler Herr. Ein wahrhaft fleißiges Kind, das nur darauf wartet einem rechtschaffenen Mann das Leben zu versüßen.«

»So so, das Fräulein ist also noch zu haben?« »Gewiss mein Herr, hier bei uns in Salzderhelden gibt es doch nur Bauerntrampel und dafür ist meine Johanna nun wirklich viel zu Schade und obendrein erwartet den Bräutigam eine stattliche Mitgift.«

Bei dem Wort Mitgift wurde Jobst Raven hellhörig.

»Ich muss zugeben, ich habe lange nicht mehr ein so bemerkenswertes Geschöpf gesehen, und schon gar nicht hätte ich es hier auf dem Lande erwartet. Diese langen rotblonden Haare und ihre himmelblauen Augen – die könnten einen Mann schon schwach werden lassen.«

Der Wirt strahlte über das ganze Gesicht und rückte nun noch näher an den jungen Herren heran.

»Wenn Euch meine Johanna gefällt, dann würde ich mich freuen, wenn Ihr uns bald wieder die Ehre geben würdet und ich würde dafür sorgen, dass Ihr mein Fräulein Tochter, in aller Ruhe, etwas näher kennenlernen könnt.«

In diesem Moment betrat der Kutscher den Gastraum.

»Gnädiger Herr, wir haben den Schaden behoben und können nun die Fahrt fortsetzen, wenn´s recht ist?«

Schon am Nachmittag des folgenden Tages hörte Gustav Peters lautes Hufgetrappel vor seinem Gasthaus und Jobst Raven stolzierte herein.

»Welch eine Freude Euch so schnell wiederzusehen.«

Der Wirt war erneut ganz aus dem Häuschen und rief seine Tochter.

»Johanna komm und bring unserem ehrenwerten Gast schnell unseren besten Wein.«

Jobst Raven lächelte wohlwollend und nahm Platz.

»Wie Ihr seht Herr Wirt, Euer Fräulein Tochter ist mir nicht mehr aus dem Kopf gegangen. Kommt zu mir, ich hätte da einiges mit Euch zu bereden.«

Johanna schenkte dem Gast und auch Ihrem Vater einen Becher ein und ohne dem jungen Herren eines Blickes zu würdigen, verschwand sie wieder in der Küche.

»Nehmt es Ihr nicht übel gnädiger Herr, sie ist halt manchmal etwas schüchtern, doch sonst ein Weib mit allen Vorzügen, gut gewachsen und ihrem Gemahl treu ergeben.«

Jobst Raven musste darüber schmunzeln, wie emsig der Wirt versuchte, seine Tochter ins rechte Licht zu rücken.

»Das mag wohl sein, guter Mann, aber das allein genügt nicht. Ich habe vor Euer Fräulein Tochter bei nächster Gelegenheit meinen Eltern vorzustellen, doch bevor ich das tun werde, muss ich sicher sein, dass Ihr auch hinter einer angedachten Verbindung unserer beider Familien steht.«

Darauf musste Gustav Peters erstmal einen kräftigen Schluck aus seinem Becher trinken. Sollte sein sehnlichster Wunsch, Johanna gut unter die Haube zu bringen und selbst dadurch in die feine Gesellschaft von Einbeck aufzusteigen, wahrhaftig in Erfüllung gehen.

»Aber gnädiger Herr, wie könnt Ihr daran zweifeln? Was muss ich tun, um letzte Bedenken auszuräumen?«

Und wieder musste Jobst Raven schmunzeln, doch Johannas Vater war so geblendet, dass ihm jegliches Misstrauen abhandengekommen war.

»Wisst Ihr, in unseren Kreisen ist es üblich, dass der Brautvater eine – nennen wir es mal Mitgiftanzahlung leistet. Erst dadurch wird es mir gelingen meinen Herren Vater gnädig zu stimmen, denn wie Ihr ja wisst, komme ich aus der angesehensten und reichsten Kaufmanns- und Handelsfamilie Einbecks.«

Gustav Peters hing förmlich an seinen Lippen und war nun bereit, alles für eine Verbindung in die Familie Raven zu tun.

»An welche Summe habt Ihr denn dabei gedacht?«, fragte der Wirt sichtlich erregt.

»Ich denke, dass vorerst 500 Taler reichen sollten.«

»500 Taler – das ist...«

»Was habt Ihr, stellt das etwa ein Problem für Euch dar?«

»Nein nein, es ist bloß«, der Wirt stockte kurz und stand auf, »habt einen Augenblick Geduld gnädiger Herr, ich werde die Taler eben holen.«

Handelsreise

Der nächste Tag brach an. Konrad fühlte sich wie gerädert. So recht weiter war er in seiner Entscheidung nicht gekommen, aber er hatte einen vorläufigen Entschluss gefasst. Als er und sein Vater mit der Familie Michels beim Morgenmahl saßen, teilte Konrad seine Entscheidung mit.
»Ich habe nachgedacht.«

Konrad sah seinen Vater mit einem tiefen Seufzer an.

»Wenn du es, bei all dem, was dir widerfahren ist, unbedingt ausprobieren willst, ob deine alten Kunden sich noch an dich erinnern, sollten wir nicht lange warten. Wir haben nun schon Anfang November und in wenigen Wochen begeben sich die Truppen der Heerführer ins Winterlager. Mit anderen Worten, sie treiben sich nicht mehr überall in der Gegend herum. Was natürlich nicht ausschließt, dass wir auf versprengte Söldnerbanden stoßen können, und das ist auf keinen Fall ungefährlich.«

Robert nickte nachdenklich und sah dabei Georg und Meister Michels an.

»Also, was schlägst du vor?«

Konrad stand auf und zog seinen Dolch aus dem Gewand.

»Versteht mich nicht falsch. Ich habe keine Angst vor einer Begegnung mit meinen ehemaligen Kameraden. Ich weiß, wie die drauf sind, und ich kenne ihr Verhalten, aber wir sollten auf alles vorbereitet sein. Deshalb schlage ich vor, dass du Vater und du Georg erst einmal lernt, wie ihr euch besser verteidigen könnt.«

Georg erhob sich.

»Moment mal, soll das etwa heißen, dass wir kämpfen lernen sollen?«

»Genau das soll es heißen und ich, ich bringe es euch bei. Wir werden nicht eher aufbrechen, bis ich der Meinung bin, dass wir eine kleine schlagkräftige Truppe abgeben.«

Während Robert Gassner vor sich hin schmunzelte, hatte es Georg die Sprache verschlagen.

»Ach ja, und noch eins – wir werden die Übungstage in Wetzlar verbringen, damit meine Mutter nicht gleich wieder auf ihren Robert verzichten muss.«

Sofort sprang Johanna auf und klatschte in ihre Hände.

»Abgemacht, und ich komme mit und werde für euch kochen.«

Konrad ergriff nochmals das Wort.

»Nur damit wir uns nicht falsch verstehen. Meine Begleitung beschränkt sich erst einmal auf eine Reise und erst dann entscheide ich für mich, ob ich zum

Handelsmann werde, oder ob ich weiterhin Burgschreiber in Salzderhelden bleibe und das mindestens so lange, bis der große Krieg vorbei ist und man wieder sicherer auf den Handelswegen unterwegs sein kann.«

Johanna ließ es sich nicht ausreden nach Wetzlar mitzukommen und so brachen sie schon am nächsten Tag mit dem mit Kunstguss beladenen Wagen auf. Konrads Mutter war über das Vorhaben der drei Männer gar nicht begeistert und versuchte alles, es zumindest Robert wieder auszureden. Auch sie war der Meinung, dass es solange der Krieg noch andauerte kaum sinnvoll wäre. Bei den vielen Sorgen und Nöten, die die Menschen hatten, würden sie kaum ein Auge für Zierrat haben, war ihre feste Meinung.

Doch Robert ließ es sich nicht ausreden. Er brannte förmlich darauf, nach langen acht Jahren wieder mit dem Handelswagen durch die Lande zu ziehen.

In den folgenden Wochen marschierten die drei Männer jeden Tag nach dem Morgenmahl ans Lahnufer unterhalb der Stadtmauer und übten für den Ernstfall. Konrad wollte nichts dem Zufall überlassen und brachte seinem Vater und Georg alles bei, was er einst von Hauptmann Delgado gelernt hatte. Obwohl es am Anfang nur Holzwaffen waren, mit denen sich die Männer gegenüberstanden, mussten vor allem Robert und Georg viele blaue Flecken einstecken.

Konrad nahm sie hart ran, denn er wusste aus eigener Erfahrung, dass Selbstsicherheit für den Kampf nur über hartes, ausdauerndes Üben zu erreichen war. Besonders Georg entwickelte großen Ehrgeiz und wurde zum regelrechten Draufgänger. Konrad hatte das Gefühl, als ob er gegen den Frust der letzten Jahre ankämpfte und seinem Vater zeigen wollte, dass er nicht zu den Verlierern gehörte.

Doch Konrad musste ihm deutlich machen, dass zu viel Wut im Bauch für einen Kämpfer ein schlechter Ratgeber ist und dass es eher darauf ankommt, mit klarem Kopf jede Situation nüchtern einzuschätzen, um dann gezielt zu handeln.

Johanna hatte die vergangenen Wochen genutzt, um sich Konrad Stück für Stück mehr zu nähern. Es war eine Nähe, mit der er nur schlecht umgehen konnte. Immer häufiger kreisten seine Gedanken um sein neues zu Hause auf der Heldenburg und je länger er von dort weg war, umso mehr sehnte er sich nach seiner Johanna in Salzderhelden.

Angang Dezember hielt es dann Konrads Vater nicht mehr aus und verkündete seinen Plan.

»Meine Herren, wenn wir jetzt nicht aufbrechen, dann könnte uns ein starker Winter alles zunichtemachen. Deshalb habe ich beschlossen, dass wir morgen in aller Frühe die Pferde vorspannen und uns auf den Weg machen.«

»Was schlägst du vor, wohin soll unsere Reise gehen?«, fragte Georg sichtlich erregt.

»Nun, da wir nicht wissen, wie das Wetter wird und wann wir den ersten Schnee bekommen, werden wir zunächst mal meine alten Kunden hier in der Nähe besuchen. So haben wir die Möglichkeit, unsere Reise jederzeit abzubrechen und der Heimweg ist nicht zu lang.«

Der nächsten Morgen begrüßte die drei Abenteurer mit kaltem Nebel, der Wiesen, Bäume und Sträucher mit einer zarten Schicht Raureif überzog.

Robert und Georg hatten sich auf dem Kutschbock in warme Decken eingehüllt, während Konrad unter der Plane auf dem Wagen zusammengekauert zwischen ein paar Bunden Heu saß und so vor dem eisigen Wind Schutz fand.

Das erste Wegstück führte sie Richtung Süden über Butzbach bis zur fast fünf Meilen entfernten Burg Friedberg. Nur noch wenige Reisende waren bei diesem eisigen Wetter unterwegs und auch Robert war froh mit seinem Wagen sein Etappenziel am Spätnachmittag erreicht zu haben. Obwohl der Handelsmann von den Burgherren herzlich empfangen wurde und man sich an ihn noch gut erinnerte, gab es hier keine Geschäfte zu machen. Die Pferde und das Handelsgut konnten sie im Ort unterstellen, sich selbst bei einer heißen Suppe im Gasthaus aufwärmen und an einem warmen Platz am Kamin die Nacht verbringen.

Frisch gestärkt und neuen Mutes steuerte Robert seinen Handelswagen am nächsten Tag durch das Niddertal zur knapp vier Meilen entfernten Ronneburg und darüber hinaus zum nur eine weitere Meile entfernten Schloss Büdingen.

Erste Schneeflocken und dunkle tiefhängende Wolken ließen die Männer nichts Gutes ahnen. Nach und nach öffnete der Himmel seine Tore und bald war der Wegverlauf im dichten Schneegestöber kaum mehr auszumachen. Als dann auch noch der Wind auffrischte und ihnen den Schnee ins Gesicht peitschte, waren die Männer froh den Gasthof zur Krone, den Robert noch von früheren Reisen kannte, erreicht zu haben.

Obwohl die Ronneburg nur noch etwa 800 Schritte entfernt auf einer kleinen Anhöhe lag, konnte man sie nur erahnen. Selbst der hohe Bergfried, den Robert sonst vom Gasthaus immer schon sehen konnte, hatte eine Wand aus dicken Schneeflocken verschluckt.

Robert steuerte seinen Wagen hinter den Gasthof und mit vereinten Kräften brachten sie die Pferde in einen schützenden Stall. Als sie endlich den Gastraum des Hauses betraten, schlug ihnen wohlige Wärme aus dem offenen Kamin entgegen und ein sie überschwänglich begrüßender Wirt kam ihnen mit ausgebreiteten Armen entgegen.

»Euer Gesicht kam mir doch gleich so bekannt vor«, plapperte er drauflos, »aber Ihr habt Euch lange nicht blicken lassen. Wo habt Ihr nur gesteckt?«

»Nun, das ist eine lange Geschichte und wie Ihr seht, haben wir uns bei Winterwetter rausgewagt und es gerade noch rechtzeitig bis zu Eurem Gasthof geschafft.«

»Wenn Ihr mit Eurer Ware zur Burg hochwollt, solltet Ihr es lieber auf morgen verschieben, das heißt, wenn Eure braven Rösser den Anstieg nach dem Schneefall überhaupt schaffen.«

»Ja, das könnte wahrlich schwierig werden, aber ich habe ein wenig vorgesorgt und bin diesmal mit einem Vierspänner unterwegs. Vielleicht schaffen wir es ja doch, denn wie ihr seht, habe ich ja auch noch zwei kräftige Männer zum Schieben dabei.«

Der Wirt war inzwischen schon zum Schanktisch geeilt, lachte laut los und füllte drei Becher mit einem dampfenden Punsch randvoll.

»Greift zu, die Herren sind doch bestimmt durstig und hungrig. Dafür, dass ihr euch bei diesem Winterwetter zu mir getraut habt, werde ich euch nun belohnen. Nehmt gleich hier am wärmenden Feuer Platz und lasst euch den Punsch munden. Ich eile in die Küche und lasse euch ein leckeres Mahl bereiten.«

Die Männer hielten noch einen Augenblick ihre eisigen Hände über die lodernden Flammen, bevor sie sich zuprosteten und Platz nahmen. Bis auf einen Tisch, an dem vier junge Männer saßen, waren sie die einzigen Gäste im Wirtshaus zur Krone. Es dauerte gar nicht lange, bis sich der Erste neugierig fragend zu ihnen gesellte. Er wirkte sehr interessiert und war erstaunt, dass sich Robert noch zu dieser Jahreszeit auf Handelsreise wagte. Er selbst und seine Freunde seien Spielleute und sie würden sich freuen, wenn sie später zum Ausklang eines schweren Tagwerks Robert und seinen Begleitern noch eine Kostprobe ihrer Kunst vorführen dürften.

Nach einem köstlichen und reichlichen Mahl sprangen plötzlich die Spielleute auf, griffen zu Dudelsack, Flöte, Trommel und Schellen und legten los. Sie verstanden ihr Handwerk, spielten und sangen und sorgten schnell für ausgelassene Stimmung. Auch der Wirt tat das Seinige dazu und schenkte kräftig nach. Als auch noch die Küchenmagd dazukam, sprangen sie bald über Tische und Bänke. Selbst Konrad, der schon während seiner Soldatenzeit mehr der Zurückhaltende war, ließ sich diesmal mitreißen und trank mehr, als er vertragen konnte.

Es war spät geworden und allen Männern hatte der wärmende Punsch beträchtlich zugesetzt. Sich gegenseitig stützend wankten sie auf ihre Nachtlager im ersten Stock des Hauses.

Konrad hatte das Gefühl, als ob ihm jemand die Beine wegzog. Noch einmal drehte sich alles vor seinen Augen und schon fiel er in einen tiefen Schlaf.

Als die ersten Sonnenstrahlen die Eisblumen auf dem zugefrorenen Fenster glitzern ließen und sich den Weg auf Konrads Gesicht bahnten, wurde er durch ein unter die Haut gehendes Quietschen der Tür und durch die aufgeregte, sich fast überschlagene Stimme des Wirts unsanft geweckt.

»Herr, wacht auf, schnell wacht auf.«

Konrad öffnete träge seine Augen und blinzelte den Wirt an.

»Was ist mit Euch, warum seit ihr so erregt?«

Der Wirt trat näher. Fassungslos griff er sich an den Kopf.

»Stellt Euch vor, Euer Wagen und Eure Pferde sind verschwunden.«

Mit einem Schlag war Konrad hellwach.

»Was sagt Ihr da?«

»Ja Herr, Ihr könnt es mir glauben. Ich komme nämlich gerade aus dem Stall. Nur noch mein alter Brauner steht auf seinem Platz und auf dem Hof sind nur noch die Spuren von Eurem Wagen zu sehen.«

Konrad sprang aus dem Bett, geriet ins Taumeln und fiel gleich wieder auf die Strohmatratze zurück.

»Was für ein Teufelszeug habt Ihr uns gestern Abend nur eingeschenkt. Ich fühle mich, als ob eine Herde Ochsen über mich hinweggetrampelt ist.«

»Das verstehe ich überhaupt nicht. Auch die anderen beiden Herren sind noch nicht wieder zu sich gekommen, aber meine Gäste haben sich bisher nie über meinen Punsch beklagt.«

»Was ist denn mit den Spielleuten, geht es dehnen auch schlecht?«, wollte Konrad wissen.

»Das kann ich Euch nicht sagen, denn auch die sind verschwunden.«

Konrad stand auf und versuchte, sich an der Wand abstützend, erste Gehversuche.

»Was heißt das, die sind verschwunden?«

»Nun ja, als ich gestern Abend die Gaststube verlassen hatte, haben die Burschen noch etwas Holz nachgelegt und sich dann um den Kamin zur Ruhe begeben. Die müssen in aller Herrgottsfrühe...«

Der Wirt hielt abrupt inne.

»Moment mal, die haben sich doch nicht etwa mit Eurem Wagen...«

Konrad blieb vor ihm stehen und hielt sich am Wirt fest.

»Ihr meint, das sind die Strauchdiebe, die unseren Wagen mit samt den Rössern gestohlen haben.«

»Wer sonst hat bei dem gestrigen Schneegestöber mitbekommen, dass Ihr zu mir auf den Hof gefahren seid. Wenn ich es mir richtig überlege, dann war das ganze Spektakel gestern Abend vielleicht ein abgekartetes Spiel. Erst die Musik bis die Stimmung hoch-schwappt und dann, wenn keiner mehr so richtig hinschaut, schnell etwas in eure Becher getan und dann...«

Konrad sah ihn nachdenklich an.

»Ihr könntet recht haben, man sagt ja dem fahrenden Volk so einiges nach. Aber dass sie gleich einen ganzen Handelswagen klauen, kann ich kaum glauben.«

»Überlegt mal, ich habe kaum etwas getrunken und mir geht es gut. Dass ich sie nicht beim Diebstahl gehört habe, liegt sicherlich daran, dass sich meine Schlafkammer auf der anderen Seite des Hauses befindet, und dazu kommt, dass der frisch gefallene Schnee die Huf- und Radgeräusche gedämpft hat.«

Konrad nickte ihm zu.

»Ich werde die Anderen wecken und ihr macht uns schnell eine heiße Suppe, das wird die Lebensgeister wecken.«

Es dauerte noch eine ganze Weile, bis auch sein Vater und Georg sicher auf den Beinen standen.

»Was für ein Teufelszeug haben die uns da bloß untergemischt?«, raunte Georg und hielt sich den Kopf.

»Wir müssen schnellstens die Verfolgung aufnehmen. Herr Wirt, wo können wir uns drei brauchbare Pferde mit Sattelzeug leihen?«, wollte Robert wissen.

»Oh, das dürfte schwierig werden. Hier im Ort gibt es nur ein paar Ackergäule und in meinem Stall steht nur mein alter Wotan, der Euch garantiert nicht weit tragen kann. Die einzige Möglichkeit sehe ich oben auf der Ronneburg. Vielleicht kann man Euch da weiterhelfen.«

Konrad war inzwischen auf dem Hof gewesen und hatte sich die Spuren im Schnee näher angeschaut. »Gott sei Dank hat es wohl noch in der Nacht aufgehört zu schneien, denn die tiefen Wagen- und Hufspuren sind gut auszumachen. Ich bin ihnen ein Stück auf der Landstraße gefolgt. Sie führen eindeutig nach Osten, genau in die Richtung, in der unser nächstes Ziel Schloss Büdingen liegt. Außerdem werden sie nicht schnell vorwärtskommen, denn durch den starken Wind von gestern müssen sich die Burschen durch etliche Schneewehen quälen.«

»Das geschieht ihnen recht«, regte sich Georg auf, »ich wünsche der Bande, dass sie gleich stecken bleiben und festfrieren.«

Robert stand auf und meldete sich zu Wort. »Ja meine Herren, dann wird uns ja nichts anderes übrigbleiben, der Burg zu Fuß einen Besuch abzustatten. Wenn es dort noch den Vogt gibt, der mich bei meinem letzten Besuch empfangen hat, dann müsste er sich auch an mich erinnern. Damals habe ich nämlich mehrere prachtvoll verzierte Ofensekmente zur Burg geliefert. Eine nicht alltägliche Arbeit der Gießkunst, aus der über dem Sockel ein vierstöckiger Ofen aufgebaut wurde. Zum Dank hat der Vogt mich dann sogar zu einem üppigen Mahl eingeladen, bei dem wir so manchen Becher Wein geleert haben, allerdings mit nicht so viel Nachwehen wie heute.«

Robert musste nochmal die Augen zukneifen und seinen Brummschädel massieren. Einen Augenblick später stampften sie durch den knirschenden Schnee. Die 800 Schritte zur Burg waren bald geschafft, wobei der letzte Anstieg den Männern schon einiges abverlangt hatte. Die vergangene Nacht steckte immer noch in den Knochen und machte die Beine schwer. Durch-schnaufend, mit in der Kälte dampfender Atemluft standen sie vor dem Burgtor und baten um Einlass.

Den Vogt von damals gab es zwar nicht mehr, aber ein alter Bediensteter erinnerte sich an Robert und brachte ihn zum neuen Amtmann. Nachdem Robert seine Geschichte vom Diebstahl vorgetragen hatte, ging alles sehr schnell. Der Amtmann zögerte keinen Augenblick und ließ drei Pferde aus dem Stall holen und satteln.

»In den letzten zwei Wochen habe ich schon die ein oder andere Beschwerde über diese sich hier herum-treibenden Spielleute und Gaukler gehört. Sie haben scheinbar hier in der Gegend ihr Winterquartier errichtet, aber da mir Graf Isenburg kaum noch Mittel zur Verfügung stellt und wenn überhaupt nur noch bis zu seinem Schloss im nahen Büdingen reist, habe ich nur noch Soldaten für meine kleine Wachmannschaft und so muss ich Euch bitten, in meinem Namen tätig zu werden. Solltet Ihr die Verbrecher dingfest machen, so wäre ich Euch zu tiefstem Dank verpflichtet. Aber seht Euch vor, geht kein unnötiges Risiko ein und bringt mir meine Rösser unversehrt zurück.«

Wie Konrad schon berichtet hatte, war die tiefe Wagenspur im Schnee deutlich zu erkennen. Doch schon nach einer dreiviertel Meile endete sie abrupt. Verwundert sahen sich die Männer an.
»Na, wo gibt es denn sowas – sie werden sich ja wohl nicht in Luft aufgelöst haben?«, war es von Georg zu hören.

Konrad gab seinem Vater die Zügel und kletterte sich auf Roberts Kopf abstützend auf den Pferderücken. Von hier konnte er das Gelände besser übersehen.

»Dachte ich es mir doch. Die Schlausten sind unsere Spielleute nicht. Wie es aussieht, sind sie hier vorn links abgebogen und haben ihre Spuren auf den ersten 50 Schritten verwischt, was ihnen allerdings nicht gerade gut geglückt ist.«

Nur weitere 200 Schritte entfernt führte die neu aufgenommene Spur in ein Waldstück, das sie schon eine ganze Weile parallel zur Landstraße begleitete.

Konrad übernahm die Spitze der kleinen Reitergruppe und deutete seinen Mitstreitern an, dass sie sich ab sofort nur noch im Flüsterton unterhalten und ihre Waffen griffbereit machen sollten. Es herrschte eine gespenstische Stille, denn bis auf den knirschenden Schnee unter den Hufen der Pferde erstickte die zwei Fuß hohe Schneedecke offensichtlich jedes Geräusch.

Tiefer und tiefer führte die Spur in den Wald hinein, bis plötzlich die emporlodernden Flammen eines Feuers durch Bäume und Dickicht zum Vorschein kamen. Die Männer stiegen ab, banden ihre Rösser an den nächsten Strauch und schlichen zu Fuß durch das Unterholz weiter dem Feuer entgegen. Nach fast 80 Schritten öffnete sich vor ihnen eine kleine Lichtung, an deren Rand sich ein schmaler, halb zugefrorener Bach entlangschlängelte. Auf der vom Gestrüpp freien Fläche standen fünf Wagen im Kreis aufgestellt, in deren Mitte von einem Lagerfeuer Funken gen Himmel stoben. Während etliche Kinder dabei waren Holz heranzuschleppen und neben dem Feuer aufschichteten, standen rund ein Dutzend Männer und Frauen laut streitend und wild gestikulierend um die wärmenden Flammen herum.

Da Konrad, sein Vater und Georg nur noch drei Wagenlängen entfernt waren, konnten sie jedes Wort verstehen.

»Ich frage euch nun noch ein letztes Mal. Wie seid ihr Dummköpfe nur darauf gekommen, einen ganzen Wagen voller Gusseisen zu klauen? Habe ich euch nicht gesagt, dass ihr etwas Essbares mitbringen sollt?«, brüllte der augenscheinliche Anführer der Gemeinschaft die vier jungen Männer an, die noch gestern Nacht im Gasthaus die Gunst der Stunde genutzt hatten.

Verlegen versuchte sich einer der jungen Spielleute zu rechtfertigen.

»Wir – wir hatten gedacht, dass wir den Wagen und vor allem die Pferde vielleicht verkaufen oder gegen ein paar Schweine, Hühner oder Lämmer eintauschen könnten.«

Und wieder machte sich der Anführer Luft.

»Ich fasse es nicht. Wo um alles in der Welt wollt ihr Hornochsen denn das Diebesgut eintauschen?«

Dann griff er sich den Rädelsführer der jungen Männer und schüttelte ihn kräftig durch.

»Ja meinst du etwa, die Handelsleute, die du beklaut hast, werden sich das so einfach gefallen lassen? Wahrscheinlich haben sie schon den Vogt informiert und seine Büttel suchen längst nach euch.«

Der erregte Anführer schupste ihn so heftig von sich weg, dass er durch die Reihen der Anderen strauchelnd im Schnee landete.

»Und was noch schlimmer ist, ihr führt sie quasi mit euren Spuren direkt zu uns ins Lager und dann sind wir alle dran.«

Dieser Satz wirkte wie ein Signal für einige Männer der Gruppe, die sich sofort auf die vier jungen Spielleute stürzten.

»Wir werden euch eine Tracht Prügel verpassen!«, brüllte einer und ein anderer, »kommt, wir jagen sie mit dem Wagen sofort wieder aus dem Lager.«

Unter Fluchen und von Tritten und Schlägen begleitet stolperten die jungen Männer zum Handelswagen, der wie Konrad nun sehen konnte auf der anderen Seite hinter der Wagenburg zum Vorschein kam.

Konrad reagierte sofort. Ein kurzer auffordernder Blick zu seinen beiden Mitstreitern, dann stürmten sie los. Mit vorgehaltenen und schussbereiten Steinschlosspistolen sprangen sie dem gerade anfahrenden Wagen in den Weg.

»Im Namen des Vogts der Ronneburg – sofort anhalten und runter vom Handelswagen!«, brüllte Konrad und unterstrich den Befehlston mit dem Abfeuern einer seiner beiden Pistolen.

»Habe ich es nicht gesagt«, kam es dem Anführer erschrocken über seine Lippen, »nun hat die Obrigkeit uns schon gefunden.«

Einige Männer um den Anführer hatten spontan ihre Dolche gezogen, andere sich einen Knüppel gegriffen und stellten sich drohend in den Weg.

»Nicht doch, gemach Männer – was sollen die Herren von uns denken?«, lenkte der Anführer ein und schritt mit erhobenen Händen auf Konrad zu.

»Ihr müsst wissen, wir sind nur friedliebende Spielleute und müssen uns leider auch ab und zu unserer Haut erwehren. Aber auch wenn mit dem fahrenden Volk ein schlechter Ruf einhergeht, möchten wir auf keinen Fall einen Konflikt mit der Obrigkeit.«

Konrad machte nun ebenfalls ein paar Schritte auf die Spielleute zu und erhob deutlich seine Stimme. »Dann erklärt mir einmal, wie dieser Handelswagen hier zu euch ins Lager kommt.«

»Nun ja, die jungen Burschen, die ihr da auf dem Wagen seht, sind leider einen Schritt zu weit gegangen, wofür ich untertänigst um Vergebung bitte.«

Der Anführer unterstrich seine Unterwürfigkeit durch eine tiefe Verbeugung.

»Jedoch, um im Winter zu überleben, wo wir nicht mehr auf Märkten aufspielen können, sind wir leider zum Betteln gezwungen und ich muss zugeben, dass auch manchmal vom Hunger getrieben die Versuchung so groß wird, dass...«, er unterbrach den Satz, nahm den Hut ab, um ihn nach den richtigen Worten ringend in seinen Händen zu zerknautschen. »Also – was ich sagen will, ist...«

Und wieder brachte er seinen Satz nicht zu Ende und Konrad ergriff das Wort.

»Lasst es gut sein, sonst redet Ihr Euch noch um Kopf und Kragen. Ihr habt großes Glück, denn vor Euch steht nicht die Obrigkeit persönlich. Wir vertreten hier nur den Vogt und sind genaugenommen die Handelsleute, denen dieser Handelswagen in der Nacht auf hinterhältige Art und Weise gestohlen wurde.«

Und nochmals unterstrich Konrad seine Wut darüber mit lauter werdender Stimme und einem zornigen Blick Richtung Wagen, auf dem die jungen Burschen verstohlen vor sich hinunter schauten.

»Und es liegt in unserer Hand, ob wir Eure Spielleute dem Vogt übergeben und sie ihrer gerechten Strafe zuführen.«

Noch bevor der Anführer etwas dazu sagen konnte, drängte sich eine Frau nach vorn und ergriff das Wort. Sie faltete flehend die Hände und sank im Schnee auf die Knie.

»Guter Herr, habt Mitleid mit unseren Spielleuten. In diesen schweren Kriegszeiten müssen wir immer wieder ums Überleben kämpfen. Da haben die jungen Heißsporne unserer Gemeinschaft etwas Gutes tun wollen und sich zu diesem Diebstahl unbedacht hinreißen lassen.«

Mit weinerlichem Ton und Tränen in den Augen fuhr sie fort.

»Ihr müsst mir glauben, sie sind bestimmt keine schlechten Menschen und schon gar keine Strauchdiebe.«

»Lass gut sein Mutter«, tönte es vom Wagen und einer der Spielleute sprang herunter und schritt auf Konrad zu.

»Herr – ich und meine Freunde haben Unrecht getan, aber ich bitte Euch nicht unsere gesamte Gemeinschaft dafür zu bestrafen.«

Konrad sah seinen Vater an, der ihn mit einem Lächeln zunickte.

»Nun gut, dann will ich mal Gnade vor Recht ergehen lassen und ich hoffe, dass das für dich und deine Freunde eine Lehre sein wird, denn ich weiß nicht, ob euch klar ist, dass euch der Kerker bei Wasser und schimmeligem Brot erwartet hätte.«

Der Anführer griff sich den jungen Spielmann und schupste ihn in die Arme seiner um ihn stehenden Männer.

»Herr, ich weiß Euer Wohlwollen zu schätzen und glaubt mir, die Sache haben die Dummköpfe noch nicht ausgestanden, denn in unserer Gemeinschaft werden wir so etwas nicht ein zweites Mal dulden. Ihr könnt Euch darauf verlassen, sie bekommen von uns eine gerechte Strafe.«

Der Anführer sah zum Wagen und erhob seine Stimme.

»Und nun kommt da endlich herunter und helft den Kindern Brennholz sammeln. In der nächsten Zeit werdet ihr das Feuer hüten und Tag und Nacht dafür verantwortlich sein und gnade euch Gott, wenn ihr eure Arbeit vernachlässigen solltet.«

Es war um die Mittagszeit, als Konrad, sein Vater und Georg wieder auf den Handelsweg einbogen. Zu allem Überfluss hatte es vor kurzem erneut zu schneien begonnen und auch die geliehenen Pferde mussten sie noch zur Ronneburg zurückbringen. Schnaufend mit geblähten Nüstern stampften die vier Rösser mit dem schweren Wagen durch den Schnee und wieder waren es die hohen Verwehungen vom Vortag, die die Fahrt merkbar bremsten. Immer wieder mussten Konrad und Georg von der Ladefläche springen, um mit Transportkistenbrettern, die sie als Schaufeln benutzten, eine Fahrspur vom Schnee zu befreien. Ein mühseliges Unterfangen, das beide bis an den Rand der Erschöpfung brachte. So waren sie froh, als die imposanten Kanonentürme der Büdinger Stadtbefestigung am Spätnachmittag endlich in Sicht kamen.

Mit einem verwunderten Kopfschütteln darüber, dass sie sich bei diesem Schnee mit dem Handelswagen auf die Landstraße gewagt hatten, ließ die Stadtwache sie passieren.

Einige Augenblicke später waren ihre vor Anstrengung dampfenden Pferde versorgt und die drei Abenteurer saßen genau in dem Gasthaus, in dem sowohl Robert wie auch Konrad schon einiges erlebt hatten.

So als ob die Zeit stehen geblieben war, hatte sich hier nichts verändert und auch der freundliche Wirt, inzwischen zwar in die Jahre gekommen, konnte sich nach kurzem Zögern an diese beiden Gäste, aber vor allem an die damit verbundenen Ereignisse, erinnern. Nach einem kraftspendenden Mahl und einem Krug vom Hauswein kamen die Lebensgeister bald zurück.

An diesem Abend hatten sie allen Grund auf die erfolgreiche Rückeroberung ihres Handelswagens anzustoßen und so genossen sie die nächsten Stunden am warmen Kaminfeuer.

Sogar Amtmann Johann Hartlieb, mit dem Robert Gassner nach erfolgreicher Auslieferung eines imposanten Kerzenleuchters einst ausgiebig gefeiert hatte, gab es noch. Als sie am folgenden Tag das Schloss aufsuchten, war dann auch der Empfang durchaus herzlich, nur ein weiterer Auftrag stand auch hier nicht an.

Drei weitere Tage verbrachten die Männer im Gasthof, denn der immer noch andauernde heftige Schneefall machte ein Weiterreisen unmöglich. So hatten sie viel Zeit über den weiteren Verlauf der Handelsfahrt nachzudenken.

»Vielleicht waren wir doch etwas zu optimistisch«, sagte Robert mit resigniertem Tonfall.

»Ich hatte ganz einfach noch die alten erfolgreichen Touren vor Augen. Fast immer habe ich volle Auftragsbücher dem Meister übergeben.«

Er hielt seinen Kopf zwischen den Händen aufgestützt und starrte in den mit Wein gefüllten Becher.

»Aber wenigstens sitzen wir hier im Warmen und lassen es uns gut gehen«, antwortete Georg.

»So ein bisschen habe ich es mir schon gedacht«, meldete sich Konrad zu Wort, »ich wollte bloß kein Spielverderber sein.«

Sein Vater sah ihn fragend an.

»Was hast du dir schon gedacht? Was meinst du damit?«

»Nun ja, als der Meister sagte, dass Georg von den letzten Reisen ziemlich erfolglos zurückgekommen war, hat das bestimmt mehr an den schwierigen Zeiten als an Georgs Verkaufstalent gelegen.«

Robert schlug mit der Faust auf den Tisch. »Schwierige Zeiten, schwierige Zeiten – ich kann es schon nicht mehr hören. Sollen wir etwa alle nur rumsitzen und warten bis der Krieg vorbei ist?«

Konrad legte besänftigend die Hand auf seine Schulter.

»Ich kann ja nach deinem jahrelangen Martyrium verstehen, dass du voller Tatendrang steckst, aber das ändert nichts an der Tatsache, dass es den Menschen in unserem Land schon lange nicht mehr so schlecht ergangen ist wie seit Ausbruch des Krieges. Und wie du sicherlich gemerkt hast, halten auch die feinen Herrschaften und der Adel auf ihren Burgen und Schlössern die Gulden zusammen, denn keiner weiß, wie lange dieses unsägliche Plündern, Brandschatzen und Morden noch dauern wird.«

Georg nahm einen kräftigen Schluck aus dem Becher.
»Konrad hat recht. Vielleicht sind wir doch etwas zu voreilig aufgebrochen, denn auch ich habe wirklich alles probiert und bin sogar im Preis immer weiter runtergegangen, aber selbst das hat nichts eingebracht. Es ist einfach eine schlechte Zeit für unsere Geschäfte.«

Georg schüttelte den Kopf und schlug wild gestikulierend seine Hände zusammen.
»Kunstguss – wer braucht denn im Moment schon Kunstguss? Vielleicht sollten wir lieber Waffen verkaufen, damit sich die Menschen besser schützen können.«
»Keine schlechte Idee«, antwortete Konrad, »aber selbst die könnten sich die meisten Menschen nicht leisten. Darüber hinaus möchte ich bezweifeln, ob sie sich damit überhaupt erfolgreich zu Wehr setzen könnten. Nein nein, wir müssen, ob wir wollen oder nicht, Geduld aufbringen und auf das kommende Frühjahr hoffen, vielleicht sieht dann die Welt schon wieder ganz anders aus.«

Mit ihren Bechern in den Händen saßen sie schweigend da und starrten vor sich hin. Ratlosigkeit machte sich breit und Konrad sehnte sich immer mehr nach seiner Liebsten in Salzderhelden. Er machte sich langsam Vorwürfe, denn schon lange hatte er nichts mehr von sich hören lassen.

Noch zwei weitere Tage saßen sie fest, doch dann

wurde es plötzlich milder. Die Sonne entfaltete ihre ganze Kraft, die Temperaturen stiegen, Tauwetter setzte ein und ließ die fast unüberwindbaren Schneewehen in sich zusammensacken.

»Ich habe es mir überlegt«, sagte Roberts Vater mit belegter Stimme, »ich muss es eingestehen, mein Wunsch sofort wieder loszulegen, war falsch und du hast recht, Konrad. Wir sollten auf das nächste Frühjahr hoffen und deshalb müssen wir schnell handeln, denn wenn die Schmelze erst vollends einsetzt, werden die schlammigen Handelswege, uns das Leben verdammt schwer machen.«

Robert Gassner schnaufte kräftig durch.

»Also, spannen wir unsere Rösser vor den Wagen und dann geht es auf direktem Weg zurück nach Wetzlar. Wenn wir einigermaßen durchkommen, sollten wir es in eineinhalb bis zwei Tagen schaffen.«

Die Wiedersehensfreude war groß, als sie bei erneut einsetzendem Schneefall die Schmiedgasse erreichten. Durchgefroren standen sie vor dem Kaminfeuer und berichteten Konrads Mutter von der abenteuerlichen Reise.

»Einen Versuch war es wert, aber es war leider ein erfolgloser Versuch«.

Konrads Mutter nahm ihren Robert tröstend in ihre Arme.

»Lass den Kopf nicht hängen, viel wichtiger ist doch, dass wir uns wieder haben und der Rest wird sich schon finden.«

Johanna hatte inzwischen als Willkommenstrunk einen Krug Wein aus dem Gewölbekeller geholt und füllte den Männern die Becher voll. Doch bevor sie den leckeren Tropfen den Heimkehrern überreichte, kam sie nicht umhin Konrad in den Arm zu nehmen.

»Bist du etwa auch traurig, dass es nicht geklappt hat, oder freust du dich wenigstens ein bisschen, dass wir uns wiedersehen?«

Konrad sah sie mit gemischten Gefühlen an. Ihr war die Freude deutlich anzusehen, doch er konnte sie nicht so recht teilen. Er konnte es sich nicht erklären, was ihn so an seine Liebste in Salzderhelden fesselte. Als er im Krieg war, musste er oft an seine Jugendfreundin in Hirzenhain denken – und nun?

Hin- und hergerissen zwischen seinen Gefühlen hatte er jedoch schon auf dem Rückweg von Büdingen den Entschluss gefasst, so schnell wie nur möglich seine Heimreise zur Heldenburg anzutreten.

Wegen des starken Schneefalls musste Konrad noch eine weitere Woche abwarten und sich erneuten einschmeichelnden Bemühungen von Johanna erwehren.

Er versuchte es so diplomatisch wie er nur konnte, und obwohl er seine Kammer jede Nacht abschloss, so merkte er doch, dass sie es immer wieder probierte die

Tür zu öffnen. Konrad wollte die Gefühle seiner Jugendfreundin auf keinen Fall ein weiteres Mal verletzen und bewunderte ihre Hartnäckigkeit, doch er hatte sich entschieden. Im tiefsten Inneren spürte er einfach mehr für die Frau, die sein Weib werden sollte und in Salzderhelden auf ihn wartete.

Am achten Tag nach ihrer Ankunft beruhigte sich endlich das Wetter. Schneefall und Kälte ließen deutlich nach. Georg hatte sich bereits nach Hirzenhain auf den Weg gemacht, während Johanna darauf bestand noch in Wetzlar zu bleiben. Immer noch hoffte sie auf ein verbindendes Signal von Konrad. Sie wollte ihre große Liebe nicht kampflos hergeben.

Rückkehr nach Salzderhelden

Konrad fühlte sich gar nicht gut, als er sich in aller Herrgottsfrühe wie ein Dieb aus dem Haus schlich. Nicht mal seine Mutter wusste vom Aufbruch, nur seinem Vater hatte er sich anvertraut. Noch nie kam er sich so feige vor. Er, der sonst keiner Gefahr aus dem Weg ging, brachte es nun nicht mal fertig seiner Jugendfreundin beim Abschied in die Augen zu sehen. Innerlich in Aufruhr begleitete ihn dieses ihm Übelkeit bescherende Gefühl noch weit bis hinter Wetzlar. Mindestens drei bis vier schwere Tage im Sattel lagen vor ihm, Tage, die bei rutschigem Untergrund Reiter und Pferd alles abverlangten. Umso mehr freute sich Konrad, als er am vierten Tag zur Mittagszeit den 70 Fuß hohen Bergfried der Heldenburg sah. Nur noch eine viertel Meile, dann würde er seine Johanna in die Arme schließen.

Er konnte gar nicht schnell genug durch den Burggraben und den Zwinger der Heldenburg galoppieren, bis er endlich vor dem Burgtor stand.

Der am offenen Torflügel lehnende und vor sich hin dösende Wachmann erschrak und brachte reflexartig seine Hellebarde in Position.

»Habt Ihr mich erschreckt!«, kam es ihm über die Lippen.

Der Soldat drehte sich um und brüllte mit rauer Stimme ins Tunnelgewölbe des Torhauses.

»Kommt schnell raus, unser Burgschreiber ist zurück!«

Konrad war kaum vom Pferd gesprungen, da wurde er auch schon vom heranstürmenden Wachführer Feldwebel Meyer umarmt.

»Na das wurde ja auch Zeit. Herzlich willkommen auf der Heldenburg. Wir haben schon gedacht, dass Euch etwas zugestoßen ist. Wo um alles in der Welt habt Ihr denn so lange gesteckt?«

Konrad nahm seinen Schnappsack vom Pferd und gab einem Wachsoldaten die Zügel in die Hand.

»Ich freue mich auch Euch wiederzusehen, aber darf ich vielleicht erst einmal reinkommen?«

Laut auflachend machte ihm Feldwebel Meyer den Weg frei.

»Oh verzeiht, kommt schnell in die warme Wachstube, Ihr müsst ja nach dem langen Ritt total durchgefroren sein. Ich lasse gleich Euren Kachelofen anheizen und Euch eine heiße Suppe aus der Küche holen.«

Während Konrad seine eiskalten Hände über den gusseisernen Ofen hielt, schenkte ihm Feldwebel Meyer einen Becher mit dampfendem Punsch ein.

»Ihr lasst es Euch ja wirklich gut gehen«, lächelte ihn Konrad an, »Ihr glaubt gar nicht, wie froh ich bin, endlich wieder in Salzderhelden zu sein.«

»Das glaube ich schon, denn bei dem Winterwetter ist es ja auch da draußen kein Vergnügen durch die Gegend zu reiten. Aber nun nehmt erst mal einen kräftigen Schluck, Ihr werdet sehen, der wird Euch gut tun.«

Plötzlich riss jemand die Tür auf. Heiner, der alte Turmausguck, stampfte herein. Er schüttelte und klopfte sich die Schneeflocken von seinem Gewand.

»Es fängt schon wieder an zu schneien, bei dem Wetter jagd man ja keinen Hund vor die Tür und du – du Teufelskerl hast dich trotzdem zu uns in den Norden gewagt? Ich wusste ja, dass du wiederkommst, lass dich umarmen.«

Mit ausgebreiteten Armen drückte er Konrad an seinen dicken Bauch.

»Du hast doch nicht etwa schon wieder zugenommen?«, witzelte Konrad und lachte ihn an.

»Na der Humor ist dir ja auf deiner Reise nicht verloren gegangen. Kann ich daraus schließen, dass die Suche nach deinem Vater erfolgreich war?«

»Und ob, aber darüber später mehr.«

Konrad, Heiner und der Feldwebel setzten sich an den warmen Ofen und prosteten sich mit vollen Punschbechern zu.

»Was für ein edles Gesöff«, schwärmte Feldwebel Meyer.

Heiner nickte ihm bejahend zu und hielt ihm den Becher hin.

»Komm, schenk gleich noch einmal voll, das ist genau die richtige Medizin gegen meine Knochenschmerzen.«

Laut lachend prosteten sie sich erneut zu.
»Übrigens, was sollte vorhin deine Bemerkung „ich wusste ja, dass du wiederkommst". Hat hier etwa jemand daran gezweifelt?«, wollte Konrad wissen.
»Also ich auf keinen Fall«, sagte Heiner, »obwohl du ja schon einige Wochen länger als geplant unterwegs warst.«

Der Feldwebel ergriff das Wort.
»Na ja und Eure Johanna, die war in den letzten zwei Wochen fast jeden Tag bei uns auf der Burg und hat gefragt, ob wir denn nicht eine Nachricht von Euch bekommen hätten.«

Dann mischte sich Heiner ein.
»Ja mein lieber Konrad, ich befürchte, dass da gerade was aus dem Ruder läuft, denn ihr Vater versucht sie anscheinend in Einbeck an den Mann zu bringen.«

Konrad ließ vor Schreck fast den Becher fallen und sprang auf.
»Was soll das heißen?«

Empört schüttelte er seinen Kopf.
»Das kann nicht sein, schließlich haben wir uns die Ehe versprochen und ihr Vater hat zugestimmt.«

Heiner zog ihn am Arm herunter.
»Nun setze dich erstmal wieder hin. Ich wollte es auch nicht glauben, als mir Johanna unter Tränen davon er-

zählt hat. Also wenn du mich fragst, ich halte das Ganze für absurdes Wunschdenken. Dieser alte Gierschlund hat mal wieder nur die Silbertaler im Kopf. Du musst nämlich wissen, der auserwählte Gemahl gehört zu Einbecks reichster Patrizierfamilie. Aber wie ich schon sagte, ich halte es für Hirngespinste, denn ein Raven wird keine Wirtstochter heiraten. So viel Mitgift kann Johannas Vater nie aufbringen.«

Feldwebel Meyer winkte ab.

»Unseren Wirt in allen Ehren, aber eine Tochter, die einen Raven heiraten will, muss schon aus gutem Hause kommen, ich meine, die heiraten doch in den Patrizierfamilien nur unter einander. Also macht Euch da mal nicht zu viele Gedanken. Das wird so oder so nichts.«

»Ja aber wie ist ihr alter Herr denn überhaupt darauf gekommen für seine Johanna einen neuen Gemahl zu suchen?«, wollte Konrad wissen.

Heiner antwortete ihm.

»So weit ich von Johanna gehört habe, lungert seit geraumer Zeit genau dieser junge Raven immer wieder im Gasthaus herum und versucht Johanna den Kopf zu verdrehen. Also beim Alten hat er das ja bereits geschafft.«

Konrad beschloss Johannas Vater sofort zur Rede zu stellen, trank seinen Becher aus und wollte schon losstürmen, als ihn Heiner festhielt.

»Langsam langsam, mein junger Heißsporn. Ich würde an deiner Stelle zunächst einmal mit Johanna darüber sprechen. Dazu brauchst du gar nicht erst zum Gasthaus runterlaufen, denn die kommt heute garantiert noch zu mir und dann kannst du sie hier oben auf der Burg überraschen. Na was hältst du davon?«

Konrad sah ihn mit nickender Kopfbewegung an. »Es ist sicherlich besser so, sonst würde ich mich vielleicht noch vergessen, wenn ich den alten Gierschlund vor mir habe.«

Die Dämmerung hatte den Burghof schon verdunkelt, als Johanna mit einem Korb gefüllt mit einem Stück leckeren Räucherschinken und einen Trinksack Wein das Torhaus erreichte.

»Ach die Wirtstochter will mal wieder ihren Oheim verwöhnen«, sagte der Wachmann und blickte dabei neugierig in den Korb.

Johanna lächelte ihn an und schritt zielstrebig über den Burghof auf den hinteren Treppenturm zu. Von hier aus gelangte sie in den ersten Stock des Junkerhauses und weiter über einen Holzübergang in den Bergfried.

Konrad hatte mit der Wache ausgemacht, dass man ihm Johannas Eintreffen sofort meldet und so machte auch er sich gleich, nachdem sie im Turm verschwunden war, auf den Weg. Leise schlich er die 150 Stufen der steinernen Treppe hoch, bis er durchschnaufend vor Heiners Turmkammer stehen blieb.

Johanna stand mit dem Rücken zu ihm und wollte gerade Heiner den Korb übergeben, als Konrad sich ihr von hinten näherte und ihr die Augen zuhielt. Erschrocken zuckte sie zusammen.

»Hast du etwa diese Leckereien extra zu meiner Begrüßung hier hoch geschleppt?«, flüsterte Konrad ihr ins Ohr.

Johanna ließ den Korb fallen, drehte sich ruckartig um und fiel ihm mit einem Aufschrei um den Hals. »Konrad – endlich bist du wieder da!«
Überglücklich seine Johanna wieder in den Armen zu halten, hob er sie vom Boden hoch und drehte sich mit ihr im Kreis herum.

Freudentränen purzelten über ihre Wangen. Ihren Schatz an den Händen haltend machte sie einen Schritt zurück.

»Komm, lass dich anschauen - wie konntest du mich nur so lange warten lassen? Ich habe mir schon solche Sorgen gemacht.«

Konrad zog sie an sich, drückte ihr einen Kuss auf die Wange und presste sie fest an seine Brust. Dann sah er Johanna tief in die Augen.

»Ich weiß, dass ich schon längst wieder bei dir sein sollte, aber die Suche war schwirig und ich wollte auf keinen Fall aufgeben. Doch stell dir vor, ich habe meinen Vater tatsächlich wiedergefunden.«

Konrad setzte sich mit Johanna händehaltend zum in sich hinein schmunzelnden Heiner an den Tisch und erzählte jede Einzelheit von seiner abenteuerlichen Suche. Mit einer Ausnahme – die Begegnung mit seiner Jugendfreundin erwähnte er vorsichtshalber nicht.

»So, nun habe ich aber genug erzählt und was hast du so in den vergangenen Wochen so erlebt?«, fragte Konrad mit aufforderndem Unterton.

Johanna sah ihren Onkel an – dann senkte sie ihren Kopf.

»Es ist etwas Schreckliches passiert. Stell dir vor«, sie unterbrach ihren Satz und holte tief Luft, »mein Vater will uns wieder auseinanderbringen und mich mit so einem reichen Kaufmannssohn aus Einbeck verheiraten.«

Johanna fiel Konrad schluchzend um den Hals.

»Aber ich will nur dich – dich und nur dich und nicht so einen verwöhnten Schnösel aus der Stadt.«

Konrad gab ihr einen Kuss und redete ihr ermutigend zu.

»Johanna, auch ich kann mir ein Leben ohne dich nicht mehr vorstellen und ich werde alles tun, um deinen Vater umzustimmen.«

Johanna sah ihn fragend an.

»Aber wie willst du das anstellen? Mein Vater hat dem jungen Herren sogar schon eine Mitgiftanzahlung in die Hand gedrückt und in der kommenden Woche will mich der Raven mit der Kutsche abholen und seinen Eltern verstellen.«

Heiner mischte sich ein und legte Johanna tröstend seine Hand auf die Schulter.

»Wenn ich das so höre, dann bleibt uns nicht mehr viel Zeit zu handeln. Ich schlage vor, dass ich mich gleich Morgen zum Gasthof auf den Weg mache und deinem Vater mal so richtig ins Gewissen rede. Er scheint wohl ganz vergessen zu haben, dass Konrad dich erst vor wenigen Wochen aus den Händen von Entführern gerettet hat und dass er euch beiden darüber hinaus schon längst seinen Segen gegeben hat. Sollte er dann immer noch nicht einlenken, dann, meine liebe Johanna, werden wir für dich hier oben auf der Burg ein Plätzchen finden und halten für den lieben Herrn Raven das Tor geschlossen.«

Nachdenklich sah Konrad erst seine Johanna und dann Heiner an.

»Ich weiß deine Fürsprache durchaus zu schätzen, aber ich denke, dass unser Amtmann einem Mitglied der Ravenfamilie den Zutritt auf die Burg nicht verwehren wird, also schlagen wir uns das Letztere mal lieber aus dem Kopf.«

»Aber wir müssen einen zweiten Plan haben, wenn ich bei Johannas Vater auf Granit beiße.«

»Ich habe da so eine Idee«, sagte Konrad, stand auf, ging zum südwestlichen Turmfenster und schaute nach Einbeck.

»An was denkst du?«, fragte Johanna.

Konrad drehte sich um, zog seinen langen Dolch, den er immer bei sich trug, und wiegte die scharfe im Kerzenlicht aufblitzende Klinge in seinen Händen. »Nein!«, entfuhr es Johanna, die mit bleichem Gesicht auf die Blankwaffe blickte.

»Du willst doch nicht etwa diesen Raven...«

Konrad ließ sie nicht ausreden.

»Umbringen – du meinst, ich will ihn umbringen?«

Konrad nahm sie lächelnd in seine Arme.

»Das habe ich nicht vor – obwohl, der Gedanke ist durchaus reizvoll, denn wer mir die Braut wegnehmen will, muss mit allem rechnen.«

Noch einmal lächelte er seinen Schatz an.

»Nein nein, keine Angst, das könnte wirklich nur passieren, wenn er übermütig wird und mich angreift.«

Dann sah er Heiner an.

»Aber ich habe mir gedacht, dass ich morgen, wenn du Heiner zu Johannas Vater gehst, die Zeit nutze und mich in Einbeck mal ein bisschen umsehe und nach dem jungen Herrn Raven Ausschau halte.«

Konrad hatte sich noch lange in seinem Bett hin- und hergewälzt und über den kommenden Tag nachgedacht, bevor ihm allmählich die Augen zufielen.

Wie in jeder Nacht herrschte Totenstille auf der Heldenburg, bis er am frühen Morgen durch das durchdringende Quieschen und Rumpeln des Haupttores unsanft aus dem Schlaf gerissen wurde. Die Wache hatte den mächtigen mit Eisenbändern beschlagene Durchlass zum Innenhof mit vereinten Kräften geöffnet.

Das Erste, was Konrad sah, war das ihm vertraute freundlich schüchterne Lächeln der Küchenmagd, die ihm wie gewohnt sein Morgenmahl auf die Kammer brachte. Schnell schlang Konrad die Speisen herunter und machte sich auf den Weg zum Amtshaus, das direkt unterhalb der Ringmauer der Burg nur ein paar Schritte entfernt lag. Er musste sich noch beim Amtmann zurückmelden und wollte dabei die Gelegenheit nutzen, gleich ein paar Erkundigungen über die Familie Raven einzuholen.

Der Amtsdiener empfing ihn an der Tür.

»Ah Herr Gassner, gut dass Ihr wieder im Lande seid. Unser Amtmann hat schon sehnsüchtig auf Euch gewartet. Er will Euch dringend sprechen. Wir müssen allerdings zum Badehaus, ich darf Euch bitten mir zu folgen.«

Konrad wusste, dass der Amtmann großen Wert auf Reinlichkeit und gesunde Ernährung legte, und so hatte er sich nur ein kleines Stück den Hang hinauf direkt an der Ringmauer der Burg ein Bade- und Küchenhaus bauen lassen.

Konrad blieb zögernd vor dem Haus stehen und sah den Amtsdiener verunsichert an.

»Ihr meint ich soll den Herrn Amtmann bei seinem Bade stören?«

»Nur zu, habt keine Scheu, der gnädige Herr wollte Euch sofort nach Eurer Ankunft sprechen.«

Als Konrad die Tür öffnete, schlug ihm eine feuchtwarme Dunstwolke entgegen. Er hatte das Gefühl, als ob er im frühmorgendlichen Nebel des Leinetals stand, nur diesmal sah er keine herausragenden Rinderköpfe, sondern die Umrisse eines großen, dampfenden Holzbottichs und mittendrin die imposante Erscheinung des Amtmanns, der sich von einer Magd den Rücken schruppen ließ.

»Was sehen meine alten Augen – der Herr Burgschreiber ist endlich zurückgekehrt.«

Sofort wies er die Magd an das Badehaus zu verlassen und winkte Konrad zu sich.

»Ich melde mich und das ausgeliehene Pferd unbeschadet zurück und darüber hinaus konnte ich die Exkursion erfolgreich beenden und habe letztendlich meinen Vater wohlbehalten in seine Heimat zurückbegleitet«, kam es Konrad etwas peinlich berührt ob der Tatsache, dass er seinen Vorgesetzten im Adamskostüm vor sich sah, über die Lippen.

Der Amtmann schlug begeistert mit der flachen Hand aufs Wasser.

»Ihr seid wirklich ein wahrer Teufelskerl, Gassner – aber was sage ich – Ihr seid der verlässliche Mann für alle Fälle und auch wenn es gar aussichtslos erscheint, Ihr findet immer, was Ihr sucht.«

Konrad wusste gar nicht wie ihm geschah. So viel Lob hatte er lange nicht gehört, doch es sollte sich sehr schnell zeigen, dass der Amtmann ihm nicht umsonst geschmeichelt hatte.

»Seht Ihr, und genau aus diesem Grund habe ich schon ungeduldig auf Euch gewartet, denn es ist in Eurer Abwesenheit etwas Schreckliches vorgefallen.«

Der Amtmann fasste Konrad mit seiner wassertriefenden Hand am Arm und zog ihn fast zu sich in den Bottich.

»Ihr werdet es nicht glauben, aber...«, seine Stimme geriet ins Stocken, »stellt Euch vor, unsere gesamten Rücklagen, die Kassette mit allen Silbertalern der Salzsiedergemeinschaft und auch meinen Reserven, sind seit genau einer Woche spurlos verschwunden.«

Konrad sah ihn mit erstauntem Gesicht an.

»Das tu mir wirklich leid, aber ich erinnere Euch nur ungern an den Augenblick, an dem Ihr sie aus meinem Arbeitszimmer genommen habt und die Münzen unbedingt selbst aufbewahren wolltet.«

Der Amtmann schlug erregt ins Badewasser.

»Ja ja und nochmal ja, Ihr habt ja recht, wie konnte ich Euch gegenüber nur so misstrauisch sein. Ihr hättet die Taler bestimmt sicherer aufbewahrt.«

»Na dann verratet mir doch mal, wo Ihr die Silberlinge versteckt hattet.«

»Zunächst in meinem Amtshaus, aber nach ein paar schlaflosen Nächten war der kleine Schatz mir dann dort doch nicht sicher genug, also bin ich an einem Abend mit der Kassette in die Burgkapelle gegangen.«
»Wie seid Ihr denn auf diesen geweihten Ort gekommen?«, wollte Konrad wissen.
»Nun ja, als wir vor Jahren ein neues Kreuz für den Altar angeschafft und aufgestellt hatten, sah ich, dass ein Stein im Altar fehlte. Wahrscheinlich war hier ursprünglich einmal ein Kreuz eingelassen, doch das neue wurde auf einer Sockelplatte befestigt und die verdeckt seitdem das Loch.«
»Und dann habt Ihr die Kassette dort...« »...ja verdammt nochmal, ich habe sie dort versteckt, sie passte genau hinein und nur der Kaplan und ich wissen von dem Loch unter dem Kreuz.«

Ruckartig erhob sich der Amtmann und stand splitternackt, die Hände gefaltet zum Gebet gen Himmel reckend, im Bottich.
»Wer um alles in der Welt ist denn so dreist und vergreift sich unter den Augen des Herrn an unserem Eigentum?«

Dann nahm er die Arme herunter, ballte seine Hände zu Fäusten, kniff vor Wut die Augen zusammen und fluchte wild drauf los.
»Möge dieser Unhold, der uns das angetan hat, auf der Stelle zur Hölle fahren!«

Sofort schlug er ein Kreuz und ließ sich zurück in den Bottich fallen, so dass Konrad vom aufspritzenden Wasserschwall von oben bis unten durchnässt dastand.

»Ihr müsst schon entschuldigen Herr Gassner, aber Ihr versteht hoffentlich meine Erregung. Ich muss die Silbertaler so schnell wie möglich wiederhaben, sonst komme ich in Teufelsküche und habe bald die gesamte Salzsiedergemeinschaft am Hals.«

Konrad nickte ihm bejahend zu.

»Natürlich werde ich Euch helfen, nur wo setzen wir an? Habt Ihr denn einen Verdacht, wer Euch bestohlen hat?«

»Ich denke, dass wir innerhalb unserer Burgmauern fündig werden, denn ansonsten hat ja kein Mensch zur Kapelle zutritt. Das Merkwürdige ist nur, dass außer mir und dem Kaplan keiner von dem Loch im Altar gewusst hat.«

»Moment mal, Ihr meint doch nicht etwa, dass sich der Kaplan an Euren Silbertalern vergriffen hat.«

Der Amtmann raufte sich die Haare.

»Das ist ja das Verflixte, ich mag es mir eigentlich nicht so recht vorstellen – Herr Gassner ich bitte Euch in diesem Fall um höchste Diskretion und Feingefühl. Wir wollen ja unseren geistlichen Beistand nicht unnötig verschrecken.«

»Bestünde nicht auch die Möglichkeit, dass sich jemand von der Burgbesatzung gefragt hat, was wohl der Herr Amtmann zu später Stunde noch in der Kapelle sucht, und Euch belauscht hat.«

Der Amtmann erhob sich erneut und stieg mit Konrads Hilfe aus dem Holzbottich. Triefend nahm er sich ein großes Leinentuch und wickelte sich darin ein. Sein grimmiger Gesichtsausdruck zeigte abermals seine ganze Wut.

»Alles möglich, Herr Gassner, und um genau das herauszubekommen, gebe ich Euch hiermit den Auftrag, jeden auf der Burg zu verhören. Knüpft Euch so schnell wie möglich einen nach dem anderen vor. Seid nicht zimperlich und wenn es sein muss, droht mit unseren alten angerosteten Folterwerkzeugen, die noch immer in der Waffenkammer nutzlos herumliegen.«

Konrad versicherte ihm sein Bestes zu geben, doch auch sein eigenes Problem war dringlich und duldete keinen Aufschub. Er nahm sich ein Herz und trug sein Anliegen dem Amtmann vor.

»So, so Johannas Vater will also nicht zu seinem Heiratsversprechen stehen und er hat sich den jungen Herrn Raven als neuen Schwiegersohn ausgeguckt.«

Der Amtmann lachte laut darauf los.

»Der meint doch nicht im Ernst, dass das eine standesgemäße Heirat wäre.«

Der Amtmann schüttelte seinen Kopf.

»Ihr müsst wissen, die Ravens sind weit und breit die reichste Familie. Der Handel, die vielen Häuser und

Ländereien, die sie ihr Eigen nennen, haben ihnen ein Vermögen eingebracht. Darüber hinaus sind sie gottesfürchtige Leute und spenden regelmäßig für die Kirchgemeinden und Armen in Einbeck nennenswerte Summen und da meint dieser Einfaltspinsel von Wirt, dass seine Tochter gut genug wäre und er die nötigen Mittel hätte, um in so eine Patrizierfamilie einzuheiraten.«

Schon im Weggehen begriffen drehte sich der Amtmann noch einmal um.

»Übrigens, ich kenne den alten Raven recht gut und ich weiß, dass er mit dem umtriebigen Leben seines Juniors gar nicht einverstanden ist. Der kümmert sich nämlich herzlich wenig ums Geschäft und soll sich in gewissen Etablissements herumtreiben. Vielleicht hilft es Euch in dieser Richtung mal nach dem feinen Herrn zu schauen. Aber beeilt Euch, ich erwarte von Euch in Sachen Silbertaler eine baldige Erfolgsmeldung.«

Mit diesen letzten Worten ließ er Konrad stehen und eilte aus dem Badehaus.

Glücksspiel

Konrad wollte so wenig wie möglich Aufsehen erregen und machte sich zu Fuß auf den Weg nach Einbeck. Die Stadt war nur eine knappe halbe Meile entfernt und so kam dann auch bald die Stadtmauer in Sicht. Es war fast genau ein halbes Jahr her, als er das letzte Mal auf seiner Flucht aus Tillys Heerlager sich der Stadt genähert hatte. Damals machte er einen großen Bogen um die Mauern, denn die Pestglocke hielt jeden davon ab auch nur einen Fuß in die Stadt zu setzen. Inzwischen hatte sich die Lage deutlich entspannt. Beruhigend war auch, dass er keine einzige Pestfahne entdecken konnte und dass mit ihm wieder Menschen auf das Osttor der Stadt zuströmten.

Während ein paar Stadtsoldaten ein Fuhrwerk kontrollierten, versperrte ein Wachmann Konrad mit seiner Hellebarde den Weg.

»Was führt Euch zu uns nach Einbeck?«

Der Amtmann hatte Konrad vorsichtshalber ein Beglaubigungsschreiben, das ihn als Burgschreiber der Heldenburg auswies, mit auf den Weg gegeben, denn er wusste, dass die kleine Stadt übervoll mit Menschen aus den Dörfern der Umgebung war. Landvolk, das ihr Hab und Gut verloren hatte und in Einbeck Unterschlupf suchte. Außer Händlern wurde kein Fremder mehr hineingelassen.

Konrad griff unter seinen Umhang und gab dem Wachmann sein Schreiben.

»Ich bin Konrad Gassner, der Burgschreiber der Heldenburg, und ich habe dem ehrenwerten Herrn Raven von unserem Amtmann eine Nachricht zu überbringen.«

Es war zwar nicht die Wahrheit, aber es klang zumindest glaubwürdig, obwohl Konrad das Gefühl hatte, dass der Wachmann mit dem Schreiben nicht viel anfangen konnte. Er wirkte etwas hilflos. Lesen war ganz offensichtlich nicht seine Stärke. »Zum Raven wollt ihr also.«

Er musterte Konrad von oben bis unten, dann widmete er sich wieder dem Dokument.

»Ah ja – und das hier, das ist sicherlich die Nachricht, die Ihr ihm überbringen wollt.«

Während der Wachmann das Blatt drehte und wendete, bemühte sich Konrad ernst zu bleiben und nickte bejahend mit dem Kopf. Der Wachmann räusperte sich und erhob ganz wichtig seine Stimme.

»Nun gut, das schein mir ja alles seine Ordnung zu haben, dann seht mal zu, dass Ihr das Schreiben abliefert.«

Mit diesen Worten drückte er das Blatt Konrad wieder in die Hand und machte den Weg frei. »Entschuldigt Herr Wachmann, aber ich kenne mich nicht in eurer Stadt aus. Wie finde ich denn den Herrn Raven?«

»Das ist ganz einfach. Ihr geht gleich hinter dem Stadttor rechter Hand die Gasse bis zum Ende und dann linker Hand Richtung Marktplatz. Ihr findet das Haus der Familie Raven an der linken Seite, und zwar kommt da noch so eine schmale Gasse und gleich dahinter ist es das zweite Haus.«

Er schloss kurz die Augen und schien nachzudenken.

»Ja ich bin mir sicher, es ist das Zweite. Ihr werdet es auf jeden Fall an den prachtvollen Schnitzereien erkennen.«

Bald merkte Konrad, warum kein Fremder mehr in die Stadt gelassen wurde. Einbeck schien aus allen Nähten zu platzen. Überall hatten sich ganze Familien in den ohnehin schon engen Gassen einen Platz zum Überleben gesucht. Es herrschte ein furchtbares Durcheinander von Menschenleibern, quiekenden Schweinen, blökenden Schafen, meckernden Ziegen und allerlei Federvieh. Offenbar hatte die Landbevölkerung alles, was noch vor den Söldnern zu retten war, mit in die Stadt gebracht. Um den frostigen Temperaturen des Winters zu widerstehen, hatten die Menschen sich aus alten Brettern, Tüchern, Laken und Planen notdürftig einen Wetterschutz zusammengezimmert. Immer wieder streckten vor allem Kinder Konrad ihre Hände entgegen und versuchten so ein paar Mariengroschen oder wenigstens ein paar Pfennige zu ergattern. Stadtsoldaten patrouillierten mit langen Weidenruten bewaffnet in den Gassen und versuchten wenigstens einen Weg für die durchfahrenden Händler freizuhalten, was nur schwer gelang. Richtig voll wurde es auf dem Marktplatz. Er war die größte freie Fläche innerhalb der sicheren Stadtmauern und auf ihm waren eine ganze Reihe von Buden aufgebaut. Wohl dem – dachte Konrad – der hier einen Platz gefunden hatte, denn gemessen an den Schlafplätzen in den Gassen, war hier das Leben doch schon etwas behaglicher und dem aufsteigenden Rauch nach zu urteilen schien es sogar in einigen Behausungen einen kleinen Ofen zu geben.

Konrad wurde einmal mehr deutlich vor Augen geführt, was dieser unmenschliche Krieg für die unschuldige Landbevölkerung für Folgen hatte und er war erneut froh, dass er den Söldnerheeren abgeschworen hatte.

Das reich verzierte Haus der Familie Raven hatte Konrad schnell gefunden, doch was nun? Einfach so hineingehen und den Sohn zur Rede stellen wäre nicht angebracht gewesen. Er erinnerte sich an die Worte des Amtmanns, dass der Junior sich öfter in gewissen Etablissements herumtreiben soll. Diese Spur galt es aufzunehmen, aber dazu musste er zunächst einmal diesen Ort finden. Suchend schlenderte er durch die

Gassen, bis er gleich mehrere edel gekleidete Herren bemerkte, wie sie in der Marktstraße in ein Haus gingen, das allem Anschein nach kein normales Wohnhaus war.

Neben dem Eingang stand sogar eine Türwache, die immer wieder bettelnde Kinder vertrieb, die sich den feinen Herren zu sehr näherten. Konrad blieb stehen und beobachtete noch eine Weile das Treiben.

Immer wieder kamen Männer in aufwendiger Robe, die vom Wachposten hineingelassen worden. Konrad faste Mut und ging auf den Mann an der Tür zu.
»Halt – keinen Schritt weiter!«, fuhr er Konrad an und versperrte ihm den Weg.

Konrad zog seinen Hut vom Kopf und machte eine tiefe Verbeugung.
»Verzeiht meine Aufdringlichkeit, mein Herr. Ich bin fremd hier in der Stadt und suche ein gutes Gasthaus. Da ich soeben immer wieder Gäste beobachtet habe, die zu Euch hereinspaziert sind, habe ich gedacht, dass ich vor eben so einem Gasthaus stehe.«

Der Wachposten lachte auf.
»Wo denkt Ihr hin, dieses Haus ist die sogenannte Hohe Börse und hier haben nur Mitglieder Zutritt.«
»Das hört sich ja interessant an«, bemerkte Konrad, »könnte ich denn auch Mitglied werden?«

Und wieder lachte der Wachposten.
»Mit Verlaub mein Herr, ich will Euch nicht zu nahe treten, aber wenn ich Euer Gewand so anschaue, so

glaube ich nicht, dass Ihr zur feinen Gesellschaft gehört oder gar einen Adelstitel tragt, denn nur diese Personen haben hier Zutritt. Um es genau zu sagen, hier kann man nur Mitglied werden, wenn man zu den reichen Einbecker Patrizierfamilien oder zum Einbecker Adel gehört.«

Konrad wurde hellhörig. Hier konnte er weiter ansetzten.

»Ihr habt recht, dazu wird es bei mir nicht ganz reichen, aber sagt – dann gehen doch bestimmt der edle Herr Raven und sein Sohn hier ebenfalls ein und aus.«

»Aber natürlich, es sind die wohlhabendsten Einbecker Kaufleute und sie sind große Förderer der Hohen Börse.«

Der Wachmann kam einen Schritt auf Konrad zu und sprach im Flüsterton weiter.

»Obwohl...«, er drehte sich nach allen Seiten um.

»Den jungen Jobst Raven, den habe ich hier schon länger nicht mehr gesehen. Der treibt sich zum Ärger seiner Familie lieber in irgendwelchen Hinterzimmern herum. Aber wie ich hörte, hält sein Vater ihn jetzt an der kurzen Leine und die Taler sprudeln nicht mehr so in seinen Beutel.«

Noch einmal dreht er sich nervös in alle Richtungen.

»Wenn ihr mich fragt, das nimmt bestimmt kein gutes Ende, zumal er Spielschulden haben soll.«

Konrad war sprachlos. Was für ein Glücksfall, dass er ausgerechet diesem mitteilungsbedürftigen Wachmann begegnet war.

»Ihr sagt Spielschulden – aber kann man denn hier in Einbeck...«

»Ich merke schon, Ihr seid wirklich nicht von hier.« Er fasste Konrad am Arm und zog ihn ein Stück von der Hohen Börse weg.

»Da vorn, hinter der Marktkirche an der Hausecke, da geht es links herum zum Tiedexer Tor. Wenn Ihr da hinuntergeht, kommt Ihr nach 100 Schritten zu einem Gasthaus, in dem es die besagten Hinterzimmer gibt, in denen sich auch ein paar Huren schadfrei halten. Wenn Euch das Würfelspiel und die Damen reizen, dann solltet Ihr da mal vorbeischauen.«

Konrad machte sich auf den Weg und nur einen Augenblick später stand er vor dem Gasthaus. Sollte er hier Jobst Raven, der ihm versuchte die Braut auszuspannen, begegnen? Gespannt, was ihn erwartete, öffnete er die Tür und trat ein. Obwohl erst früher Nachmittag war, herrschte im vom Pfeifenrauch vernebelten Gastraum schon reger Betrieb. Von allen Seiten beäugt setzte sich Konrad zu zwei Männern, die im angeregten Gespräch vertieft auf ihrer Bank noch einen Platz frei hatten.

»Ich hoffe die Herren haben nichts dagegen, wenn ich mich dazugeselle«, unterbrach Konrad das Gespräch.

»Keines Wegs, nur zu, setzt Euch, wenn Ihr ein wenig zur Unterhaltung betragen könnt.«

»Ich habe Euer Gesicht hier noch nie gesehen«, bemerkte der Eine, »woher kommt Ihr und was führt Euch nach Einbeck?«, fragte der Zweite neugierig.

Konrad legte sich schnell eine Antwort parat. Er hielt es für richtig seine wahre Identität für sich zu behalten und schlüpfte erneut in die schon mehrfach mit Erfolg ausprobierte Rolle des Merian Zeichners Edmund Mengeler.

»Ich bin ein Zeichner auf der Durchreise und suche neben schönen Motiven ein wenig Abwechselung, wenn Ihr versteht, was ich meine.«

»So so, ein Mann der Kunst also – wo habt Ihr denn Eure Malutensilien?«, kam prompt die Frage.

Konrad war erstaunt, wie misstrauisch man ihm begegnete.

»Ihr meint meine Staffelei, Zeichenfedern, Tinte und Papier«, Konrad musste sich räuspern, »nun die habe ich in Eurem Rathaus abgestellt. Eigentlich dürfte ich es Euch gar nicht erzählen.«

Konrad rückte etwas näher an die beiden heran und tat nun sehr geheimnisvoll.

»Es soll nämlich noch keiner wissen, dass Euer Herr Bürgermeister von seinem imposanten Rathaus unbedingt eine Zeichnung haben möchte, die er dann anschließend dem ehrenwerten Herrn Raven als

Dankeschön für seine großzügigen Spenden überreichen will.«

»Ja ja, der gute Herr Raven, ein wohltätiger Mann, der ist wirklich ein Segen für unsere kleine Stadt.«

»Genau das hat Euer Bürgermeister auch zu mir gesagt und er hat mir erzählt, dass man sich hier in diesem Gasthaus in vielerlei Hinsicht amüsieren kann.«

Die beiden Männer sahen sich an und wie auf Kommando prusteten sie darauf los.

»Das hat Euch unser Bürgermeister wirklich erzählt? Wusste ich es doch, dieser Schwerenöter war also auch schonmal hier bei unseren Damen.«

Die beiden Männer erhoben ihre Becher und prosteten Konrad zu.

»Na dann viel Spaß, aber wenn Ihr Euch auch ein wenig verwöhnen lassen wollt, solltet Ihr Euch beeilen, denn sobald die Dämmerung einsetzt, herrscht in den Hinterzimmern reger Betrieb und Ihr müsst Euch womöglich noch anstellen.«

Und wieder lachten die beiden lauthals und klopften Konrad auf die Schulter.

»Danke für den Rat, aber so eilig habe ich es nun auch wieder nicht. Aber ein flottes Spielchen, danach steht mir schon eher der Sinn«, unterbrach Konrad die Belustigung seiner Gesprächspartner.

»Ihr seid ein wahrer Glückspilz, oder sollte ich besser sagen, Ihr könntet vielleicht einer werden, vorausgesetzt Ihr habt genug Taler in Eurem Beutel, denn die Herren, die in diesem Haus die Würfel werfen, lassen Euch nur mitspielen, wenn Ihr mindestens 50 Taler nachweisen könnt und das bei Einsätzen von einem Taler und mehr je Spiel.«

»Donnerwetter, Ihr kennt Euch ja wirklich gut aus«, antwortete Konrad.

»Wir sind schließlich seit vielen Jahren Stammgäste und da bekommt man schon so einiges mit. Ich kann Euch nur warnen, denn wir haben da hinten aus der Tür schon so mach einen arm wie eine Kirchenmaus herauskommen sehen.«

»Das stimmt«, mischte sich der Zweite ein und zeigte auf einen Mann, der neben besagter Tür regungslos auf einem Stuhl saß, »seht Ihr den großen kräftigen Mann? Das ist Wilhelm, der Wachhund. An dem muss jeder vorbei und der lässt Euch nur durch, wenn Ihr ihm zeigt, dass Ihr ausreichend Barschaft dabei habt.«

Und wieder meldete sich der Erste zu Wort.

»Und der sorgt auch dafür, dass die, die nicht mehr zahlungsfähig sind, das Gasthaus auf dem schnellsten Wege verlassen und glaubt mir, der hat bisher noch jeden vor die Tür gesetzt.«

Konrad wurde nachdenklich, denn in seinem Beutel befanden sich nicht mehr als drei Taler und ein paar Mariengroschen, zwar genug um zu speisen und zu trinken und auch um, wenn es sein muss, in Einbeck ein Quartier für die Nacht zu beziehen, aber damit würde er nie und nimmer ins Hinterzimmer gelangen, um mehr über den jungen Herrn Raven zu erfahren.

Da fiel Konrad der wertvolle Ring ein, den er vom Gutsherrn im Rittergut Riemerode als Dankeschön bekam und den er immer noch zusammen mit seinem Heidenportalamulett am Lederband um den Hals trug. Kurzerhand beschloss er, den Ring für seine große Liebe Johanna zu opfern. Allerdings musste er noch sicher gehen, dass er das Schmuckstück nicht umsonst verpfändete und im Hinterzimmer auch wirklich auf Jobst Raven traf.

»Ich sehe schon, jetzt seid Ihr wohl ins Grübeln gekommen oder habt ihr gar die nötigen Taler?«
»Nicht direkt, aber letztendlich sollte es daran nicht scheitern. Wann beginnt denn die Spielrunde?«
»Da der Wilhelm schon neben der Tür Platz genommen hat, kann es nicht mehr lange dauern bis die feinen Herren zur Tür hereinkommen.«

Konrad hakte nach.

»Die feinen Herren – heißt das etwa, dass vielleicht auch ein Herr Raven hier sein Glück sucht.«
»Wie ich schon sagte, es geht da hinten um viele, viele Taler, das kann sich unsereins nicht leisten, doch gerade Ravens Junior kommt fast jeden Tag. Ob er allerdings immer am Würfeltisch sitzt oder sich mehr mit unseren Damen vergnügt, wissen wir nicht so genau.«

Die beiden Männer fanden das offenbar sehr witzig und krümmten sich erneut vor Lachen, jedoch schienen sie auch dem Einbecker Bier ordentlich zugesprochen zu haben.

Konrad musste sie noch eine ganze Weile ertragen, doch wie von seinen Gegenübern vorausgesagt öffnete sich nach Einsetzen der Dämmerung die Tür und vier junge Herren in edler Robe betraten den Gastraum. Der Wachposten erhob sich von seinem Stuhl, begrüßte sie freundlich und gab den Durchgang zu den Hinterzimmern frei. Sofort setzte sich auch der Wirt mit einem großen Krug gefüllt mit Wein in Bewegung und verschwand ebenfalls durch die Tür.

»Da seht Ihr, da sind sie eben durchmarschiert, der feine Jobst Raven und seine feinen Freunde, alles samt Söhne der angesehensten Patrizierfamilien, die hier die schwer verdienten Taler ihrer Väter durchbringen.«

Konrads Anspannung stieg merklich. Gleich würde er dem Mann gegenüberstehen, der versuchte ihm seine Liebste auszuspannen. Obwohl er schon jetzt innerlich kochte, musste er sich beherrschen und versuchen den wahren Grund für seine Besuche in Salzderhelden herauszubekommen.

Er konnte es kaum erwarten, doch erstmal musste er seinen Ring in Taler umwandeln, damit er überhaupt eine Chance hatte von der Spielrunde akzeptiert zu werden.

»Sagt meine Herren, wo kann ich denn hier bei euch in Einbeck ein Schmuckstück verpfänden, um den jungen Herren Gesellschaft zu leisten?«, fragte Konrad seine beiden Gegenüber.

»Wollt Ihr damit sagen Ihr besitzt einen so wertvollen Ring, dass ihr am Spieltisch mithalten könntet? Das hätte ich Euch gar nicht zugetraut.«

Mit misstrauischen Blicken sahen die Männer Konrad an.

»Seid Ihr am Ende gar kein Zeichner – na wie auch immer, uns soll es egal sein. Wenn Ihr unbedingt Eure Taler verspielen wollt, braucht Ihr bloß dem Wilhelm Euren Ring zeigen, der wird Euch dann schon weiterhelfen.«

Konrad atmete noch einmal tief durch, streifte den Ring von seinem Lederband und schritt auf die Türwache zu. Der sprang sofort auf und stellte sich Konrad in den Weg.

»Halt, hier ist für Euch kein Zutritt«, kam es mit markigem Ton aus seinem vom Bart überwucherten Mund, »oder habt Ihr etwa einen Beutel voller Taler vorzuweisen?«

»Was wäre denn, wenn ich einen anderen Türöffner bei mir hätte?«

Mit diesen Worten hielt Konrad ihm den Ring unter die Nase. Der kräftige Wachposten nahm ihn in seine groben Pranken und betrachtete ihn ausgiebig von allen Seiten.

»Nun ja, das ist wirklich ein bemerkenswertes Stück. Schauen wir mal, was unser Karl dazu sagt.«

Mit einer Kopfbewegung forderte er Konrad auf ihm zu folgen. Nur ein paar Schritte entfernt drückte die Türwache dem Wirt den Ring in die Hand.
»Der hier will zu den jungen Herren und braucht ein paar Taler.«

Dann begab er sich wieder auf seinen Stuhl neben der Tür, während der Wirt Konrad am Arm griff und ihn in einen kleinen Raum hinter den Schanktisch zog.
»Hier sind wir ungestörter und ich kann in aller Ruhe schauen, was Ihr mitgebracht habt.«

Er wischte mit seinem Ärmel über den dunkelroten Rubin, hielt den Ring in den Lichtschein einer flackernden Kerze und biss, um das Gold zu prüfen, auf die Ringschiene. Noch einmal wiegte er den Ring in seiner offenen Hand und sah Konrad dabei mit zusammengekniffenen Augen an.
»Wisst Ihr, man kann nicht vorsichtig genug sein, denn Ihr glaubt gar nicht, was man mir schon alles unterschieben wollte. Aber hier haben wir wahrhaftig ein auserlesenes Stück.«

Konrad unterstrich den Wert seines Rings.
»Das kann man wohl sagen. Ich hätte ihn mir nie leisten können, aber sein Besitzer hat ihn mir geschenkt, weil ich seiner Familie das Leben gerettet habe und nun brauche ich Spielgeld.«

»So, Ihr wollt Euch also mit unseren jungen Herren messen, dann schaut mal kurz weg.«

Konrad hörte ein paar undefinierbare Geräusche hinter seinem Rücken und als er sich wieder umdrehte, hatte der Wirt eine eiserne Kassette auf einen kleinen Tisch neben die Kerze gestellt. Er entriegelte das Vorhängeschloss und öffnete den Deckel.

»Hier habt Ihr einen Beutel mit dem Mindesteinstieg von 50 Talern. Mehr kann ich Euch nicht geben. Wenn Euch das Glück holt ist und Ihr gewinnen solltet, dann könnt Ihr Euren Ring für 60 Taler wieder auslösen. Die 10 Taler, die ich draufgeschlagen habe, sind die Beleihungsgebühr.«

Der Wirt versuchte ihm den Beutel gleich in die Hand zu drücken, doch Konrad verschränkte seine Arme vor der Brust. Konrad wollte zwar unbedingt dem Jobst Raven auf die Finger schauen, aber er hatte das Gefühl, dass der Wirt ihn über den Tisch ziehen wollte.

»Guter Mann, das soll wohl ein Witz sein. Der Ring ist mindestens das vier- bis fünffache wert.«

Und wieder kniff der Mann seine Augen zu Sehschlitzen zusammen, warf erzürnt den Geldbeutel zurück in die Kassette und brüllte los.

»Ihr unverschämter dahergelaufener Hornochse, Ihr solltet froh sein, wenn Ihr überhaupt etwas bekommt, oder besser gesagt, wenn Ihr Euren Ring überhaupt wieder zurückbekommt.«

In dem Moment betrat plötzlich die kräftige Türwache den Raum.

»Gibt es Ärger, Karl?«

»Du kommst genau richtig – ich glaube, der Herr möchte nach draußen begleitet werden.«

Noch bevor der behäbige Klotz Konrad fassen konnte, machte der eine schnelle Drehung hinter den Wirt, zog seinen Dolch unter dem Gewand hervor und setzte dem Schreihals die scharfe Klinge an die Gurgel. Wilhelm hielt abrupt inne und sah mit entsetztem Gesicht auf die Blankwaffe.

»So, meine Herren, haben wir nicht gewettet«, erhob Konrad seine Stimme.

»Es hätte Euch eigentlich schon längst klar sein müssen, dass Ihr hier keinen Bauerntölpel vor Euch habt und glaubt mir«, Konrad erhöhte kurz den Druck und ritzte schon ganz leicht in die Haut des Wirts, »ich kann mit dem Dolch verdammt gut umgehen und wenn Ihr mir nicht ein faires Angebot macht oder meinen Ring zurückgebt, mache ich mit Euch kurzen Prozess. Also schickt erstmal Euren Wilhelm wieder auf seinen Platz, der stört nur unsere Geschäfte.«

Zögerlich zog sich die Türwache zurück. Konrad drehte den Wirt zu sich um und nahm ihm den Ring wieder ab. Schon im Gehen begriffen reagierte der gerade sprachlos gewordene Wirt.

»Nun wartet doch – nehmt doch nicht gleich alles so persönlich – unsereins muss ja schließlich auch sehen, wo er bleibt.«

Er griff nochmals in seine Eisenkassette und holte nun zwei Beutel heraus.

»Also mehr geht wirklich nicht. 100 Taler das ist alles, was ich hier habe, und mein Angebot steht natürlich, dass Ihr den Ring jederzeit wieder auslösen könnt.«

Konrad warf noch einen Blick in die leere Kassette und willigte ein. 100 Taler sollten selbst bei höheren Einsätzen eine Zeit reichen. Er hatte zwar nie während seiner Soldatenzeit mit den Kameraden gewürfelt, aber ihnen oft über die Schulter geschaut und nicht selten aufbrausenden Streit geschlichtet. Er wusste also wie es funktionierte und was auf ihn zukommen würde.

Mit großen Augen wurde Konrad begutachtet, als der Wirt ihn den jungen Herren vorstellte. Nach seiner Liquidität gefragt, zeigte Konrad den ersten Geldbeutel. Sofort sprang einer der Männer auf und rückte ihm einen Stuhl an den Tisch.

Die Herren stellten sich brav vor und nach kurzem Plausch zur Person durfte Konrad in das Würfelspiel einsteigen. Zum ersten Mal hatte er den jungen Herrn Raven, Auge in Auge vor sich. Er war fast einen Kopf kleiner, kam etwas pausbäckig daher und machte vom ersten Moment an einen hochnäsigen Eindruck.

Konrad hatte das Gefühl, als ob er ihn sofort als willkommenes Opfer getrachtete.

Die Einsätze waren wie angekündigt wahrhaftig gesalzen. Hatten seine Kameraden am Lagerfeuer um ein bis zwei Mariengroschen gespielt, wurden hier mindestens zwei Taler mit nach oben offener Grenze je Durchgang eingesetzt.

Neben dem eigentlichen Spiel sprachen die jungen Männer, von denen keiner älter als 25 Jahre war, auch dem Wein zügellos zu und so herrschte bald eine ausgelassene Stimmung, wie Konrad sie lange nicht erlebt hatte.

Die Zungen lockerten sich und Konrad begann nach und nach seine Mitspieler auszufragen.

»Purzeln bei Euch die Taler immer so reichlich über den Tisch?«

»Das will ich wohl meinen«, antwortete der Erste, »da können schonmal zusammengerechnet 100 Silberlinge und mehr ihren Besitzer wechseln.«

Der Abend war schon ein ganzes Stück fortgeschritten und zum wiederholten Mal war die Glücksfee Konrad nicht besonders hold. Er hatte bereits 48 Taler verloren.

Was für eine Verschwendung – dachte er – als Burgschreiber verdiente Konrad gerade mal 12 Taler im Monat, doch auch Jobst Raven war vom Pech verfolgt und sein Beutel schien sich allmählich zu

leeren. Noch musste Konrad durchhalten, noch hatte er nicht genug über seinen Kontrahenten erfahren.
»Ich fürchte, mein lieber Raven, du und der nette Herr Zeichner müsst wohl erst einmal ein Stoßgebet zum Himmel schicken«, kam es hämisch aus der Spielrunde.
Erbost sprang Jobst Raven auf, leerte seinen Becher in einem Zug, um ihn gleich noch einmal vollzuschenken.
»Da macht euch mal keine Sorgen, so lange ich meinen Einsatz zahle, solltet ihr schön eure schaden-frohen Mäuler halten, bevor ich sie euch stopfe.« »Hört hört, der Herr versteht wohl keinen Spaß mehr«, kam es von seinem Tischnachbarn zurück. »Na Herr Zeichner, habt Ihr denn wenigstens noch genug Silberlinge?«, wollte er dann von Konrad wissen.
Konrad holte seinen zweiten Beutel hervor und ließ ihn mit einem Lächeln auf den Tisch fallen.
»Da schau dir das an Jobst, daran kannst du dir ein Beispiel nehmen«, lachte ihn sein Spielkumpan an.
Außer sich vor Wut fasste ihn Jobst am Gewand und zog ihn vom Stuhl hoch. Auge in Auge brüllte er los.
»Ich sollte dir Lästermaul den Hals umdrehen!«
Ein zweiter Freund sprang ebenfalls auf und ging dazwischen.

»Nun beruhigt euch mal wieder, was soll denn unser Gast von uns denken?«

Die beiden ließen voneinander ab, richteten ihre Gewänder und setzten sich wieder an den Tisch. Konrad hatte sich die ganze Aufregung in aller Ruhe angeschaut und versuchte Jobst Raven endgültig aus der Fassung zu bringen.

»Wie sieht es denn nun aus, habt Ihr wenigstens noch genug für zwei, drei Spielrunden?«

Ein stechender Blick durchbohrte Konrad.

»Was maßt Ihr Euch an, ich komme schließlich aus der reichsten Familie in ganz Einbeck und Umgebung.«

Konrad wich seinem Blick nicht aus. Er war bereit auf einen sich zuspitzenden Wutausbruch sofort zu reagieren, aber einer seiner Freunde legte beschwichtigend seine Hand auf Jobst Ravens geballte Fäuste.

»Nun rege dich mal nicht so auf. Eigentlich müsstest du doch noch etwas von deinem neuen Gönner aus Salzderhelden im Beutel haben. Deine Ehrenschuld hast du bei uns ja schon beglichen und von den 500 Talern müsste doch noch etwas übrig geblieben sein, oder?«

Konrad wurde hellhörig und fasste sofort nach. »Was höre ich da? In Salzderhelden gibt es einen Gönner, der Geld verleiht?«

Konrad blickte in die schweigende Runde.

»Das hört sich ja interessant an. Was muss ich denn machen, damit ich mir dort ebenfalls ein wenig Spielgeld holen kann?«

Mit einem lauten Auflachen prustete einer der Freunde die Antwort über den Tisch.

»Was man machen muss? Erstens müsst Ihr Raven heißen und zweitens müsst Ihr die Tochter des Hauses als Braut erwählen – oder zumindest so tun. Dann könnt Ihr dem Schwiegervater in speh in den Geldbeutel fassen und die Mitgift sprudelt nur so hervor.«

»Halt dein dummes Lästermaul!«, brüllte ihn Jobst Raven an und drohte ihm erneut mit der Faust.

»Ihr habt also gar keine festen Absichten Euch mit der Tochter des Wirts zu vermählen. Dann müsst Ihr ja ein guter Komödiant sein, wenn Euch der Vater der Armen eine so große Summe in die Hand gedrückt hat«, lobte ihn Konrad herausfordernd.

»Komödiant hin, Komödiant her, dieser einfältige Dorftrottel hat nur den Namen Raven gehört und schon war seine Gier geweckt.«

Konrad sah ihn nachdenklich an und wäre ihm am liebsten für sein hinterhältiges Spiel an die Gurgel gegangen.

»Ihr braucht mich gar nicht so blöd anglotzen«, geiferte Jobst Raven ihn an.

»Der Zweck heiligt in diesem Fall die Mittel und seit-dem mein alter Herr mir meine monatliche

Barschaft gekürzt hat, muss ich halt sehen, wo ich bleibe.«

»Vielleicht sollte der feine Herr Jobst seinem Vater mehr zur Hand gehen und ihn bei den Geschäften ein wenig entlasten, dann würde er dich bestimmt auch entsprechend entlohnen«, warf ihm sein Freund zur Rechten mit vor Lachen erstickter Stimme an den Kopf.

»Arbeiten? – wirklich sehr witzig, da gibt es wahrlich amüsantere Dinge im Leben und nun könnt ihr mich mal. Meine letzten Taler werde ich nun sinnvoller einsetzen.«

Mit diesen Worten sprang er auf, füllte sich erneut seinen Becher mit Wein und verschwand durch einen rückwärtigen Ausgang.

»Hey Raven, was ist mit unserem Spiel?«, brüllte ihm einer seiner Freunde hinterher.

Schon fast durch die Tür verschwunden drehte er sich nochmals um und antwortete mit einem breiten Grinsen.

»Geduld, Geduld meine Herren, spätestens morgen Abend, wenn ich von meinem „Schwiegervater" zurück bin und die Taler auf dem Tisch staple, werde ich euch zeigen, wer hier der wahre Würfelmeister ist. Nun müsst ihr mich wirklich entschuldigen, Anna und Elsa wollen verwöhnt werden.«

Mit lautem Lachen verließ er endgültig den Raum. Konrad hatte genug erfahren und die Auskunft, die ihm der Amtmann und die Türwache der Hohen Börse mit auf den Weg gegeben hatten, fand er in allen Punkten bestätigt. Konrad fiel ein Stein vom Herzen, dass Jobst Raven keine ernsten Absichten hatte ihm seine Johanna auszuspannen. In hasserfüllten Gedanken hatte er sich schon ausgemalt den Nebenbuhler umzubringen und mit Johanna nach Wetzlar zu fliehen.

Konrad schnaufte durch. Um seine Spielpartner nicht misstrauisch zu machen, würfelte er noch einige Runden weiter mit. Doch es gelang ihm kaum noch sich auf das Spiel zu konzentrieren. Mit verklärtem Blick grübelte er darüber nach, wie er Jobst Raven den erneuten Besuch bei Johannas Vater durchkreuzen konnte. Konrad wollte den selbstgefälligen Betrüger unbedingt auffliegen lassen, um sich letztendlich bei Johannas Vater noch einmal ins rechte Licht zu rücken und um ihm eine weitere Schwiegersohnsuche ein für alle Mal auszutreiben.

Am nächsten Morgen schlug die Stunde der Wahrheit. Konrad schreckte hoch. Er war irgendwann eingeschlafen und hatte sein Nachtlager auf einer harten Holzbank im Gasthaus gefunden. Es waren wohl doch ein Paar Becher zu viel und sein Kopf schmerzte genauso wie seine steifen Glieder. Von den jungen feinen Herren war weit und breit nichts mehr zu sehen. Konrad war irritiert, er hatte jedes Gefühl für die Zeit verloren.

Sich den Kopf haltend stolperte er zur Hintertür, durch die Jobst Raven am Abend verschwunden war. Hoffentlich gehört der junge Herr zu den Langschläfern – dachte Konrad – denn er wollte ihn natürlich gebührend im Gasthaus in Salzderhelden empfangen.

Konrad blieb in einem schmalen, dunklen Flur stehen und lauschte. Stille – Totenstille, doch dann – ein lauter Seufzer. Vorsichtig tastete er sich dem Geräusch entgegen, bis er an einen mit einem Vorhang verdeckten Durchgang kam.

Behutsam zog er den Stofffetzen einen kleinen Spalt zur Seite. Vor ihm stand ein Bett, auf dem sich zwei nackte, nur spärlich mit Leinentüchern bedeckte Frauen rekelten. Aber vom jungen Raven war nichts zu sehen.

Sofort drehte Konrad sich um und eilte mit knurrendem Magen im strammen Schritt zum östlichen Stadttor.

»Seid mir gegrüßt, Herr Wachmann. Sagt, hat der gnädige Herr Jobst Raven heute Morgen die Stadt schon verlassen?«, fragte Konrad den sich an seiner Hellebarde abstützenden Stadtsoldaten.

Der blickte Konrad aus müden Augen an und aus einem groß aufgerissenen, gähnenden Mund kam die Antwort.

»Der Raven, der junge Raven – ach wo denkt Ihr hin? Für den feinen Herrn ist es doch noch viel zu früh. Nur unsereins muss sich hier schon zu dieser unchristlichen Zeit herumtreiben.«

Konrad atmete tief durch.

»Also habe ich noch genug Zeit alles vorzubereiten«, kam es ihm kaum vernehmlich über die Lippen. »Wie meinen der Herr?«, fragte die Torwache nach.

»Ach, nichts Besonderes«, entgegnete im Konrad mit lächelndem Gesicht und marschierte beschwingt Richtung Salzderhelden davon.

Aufklärung

Konrad hatte sich schon einen Plan, wie er dem Sohn der reichen Patrizierfamilie eine Lektion erteilen konnte, ausgedacht. Doch dabei hatte er auch dem Amtmann eine Rolle zugedacht, den er bei seiner Ankunft sofort aufsuchte.

»Herr Amtmann, Ihr hattet recht. Jobst Raven ist ein Nichtsnutz, ein Spieler und treibt sich mit den Stadthuren herum. Sein Vater hat ihn tatsächlich auf schmale Kost gesetzt und so wird er heute erneut versuchen unseren Wirt vom Gasthaus "Zum Salze" zur Ader zu lassen.«

Der Amtmann hörte sich Konrads Erlebnisse vom vorherigen Abend in aller Ruhe an und lauschte aufmerksam seinem Plan.

»So sei es, mein lieber Herr Gassner. Es wird Zeit, dass ich dem jungen Herrn mal seine Grenzen aufzeige. Sein Vater wird mir dafür dankbar sein.«

Der Amtmann gab einem Burgsoldaten den Befehl das Gasthaus nicht mehr aus den Augen zu lassen und sofort Bescheid zu geben, wenn der junge Herr eintrifft.

Am frühen Nachmittag war es soweit. Zusammen mit zwei Burgsoldaten machten sie sich auf den Weg.

Während die Soldaten als Wache den Haupteingang des Gasthauses sicherten, benutzten Konrad und der Amtmann den Hintereingang. Sie schlichen über einen kleinen Flur und öffneten die rückwärtige Tür zum Gastraum nur eben so viel, dass sie alles mithören konnten.

Jobst Raven war nicht allein gekommen. Er hatte zwei seiner Spielgefährten mitgebracht, um mit ihrer Unterstützung dem Besuch noch mehr Glaubwürdigkeit zu verleihen.

»Ihr seid also der glückliche Vater, dessen Tochter schon bald in die angesehene, wohlhabende Familie Raven aufgenommen werden soll«, posaunte einer seiner Begleiter.

»Ganz recht, gnädiger Herr, so soll es sein. Mein Fräulein Tochter kann es kaum erwarten dem Herrn Jobst ein treues und fleißiges Weib zu sein«, kam es mit unterwürfigem Tonfall vom Wirt zurück.

Konrad platzte fast der Kragen. Am liebsten wäre er gleich hinter der Tür hervorgesprungen und dazwischengegangen, aber noch war die Zeit nicht gekommen.

Der zweite Begleiter meldete sich zu Wort.

»Weiß Eure Tochter überhaupt, welche blendende Zukunft ihr beschert wird? Also wenn ich der Vater wäre, würde ich vor Dankbarkeit alles für diese einmalige Gelegenheit geben. Stellt Euch vor, in ganz Einbeck ist die anstehende Hochzeit schon Stadtgespräch und in der Hohen Börse wartet man nur darauf Euch, Herr Wirt, in den Kreis der edlen Herren aufzunehmen.«

Johannas Vater wusste nicht wie ihm geschah. Verlegen und stolz zugleich schoss ihm die Röte ins Gesicht und vor Erregung begann er zu stammeln.
»Welche Ehre, welche Ehre. Glaubt mir, ich werde alles in meiner Macht stehende tun Euch nicht zu enttäuschen. Gestattet mir eine Frage – wann ist es denn soweit? Wann wollt Ihr denn meine Johanna mitnehmen und Euren Eltern vorstellen? Oder kommt der edle Herr Raven gar mit seiner Familie hier zu mir ins Gasthaus? Sagt, wann ist es soweit – meine Johanna kann es kaum mehr erwarten.«

Konrad ertrug die Dummheit des Wirts nur noch mit knirschenden Zähnen und konnte sich kaum noch zurückhalten, doch der Amtmann hielt ihn mit beschwichtigender Geste zum Ruhigbleiben an.
»Gemach«, flüsterte er Konrad zu, »die feinen Herren versinken gerade immer tiefer im Sumpf der Lügen.«

Nun meldete sich Jobst Raven zu Wort.
»Mein lieber Schwiegervater, wisst Ihr, es ist in unseren Kreisen nicht so einfach. Mein verehrter Herr Vater hat mir mit auf den Weg gegeben, dass Ihr, also der Brautvater, Euren festen Willen noch einmal unterstreichen müsst, ansonsten würde er mich nämlich mit dem Töchterchen der ehrenwerten Familie des Herrn von Dassel vermählen.«

Der Wirt stand mit offenem Mund da und schlug die Hände vor Entsetzen vor den Mund.

»Nein nein, um Gottes Willen, wie kann er nur so etwas wollen, wo ich doch schon eine Mitgiftanzahlung von immerhin 500 Talern geleistet habe.«

»Nun, wie ich schon sagte, in unseren Kreisen müssen da noch ein wenig mehr überzeugende Barmittel fließen, denn 500 Taler sind für einen Patrizier wahrhaftig nicht die Welt.«

Johannas Vater fing an zu stottern und ließ sich auf den nächsten Stuhl fallen.

»An welche Summe habt Ihr da gedacht?« Ravens Begleiter sahen sich schmunzelnd an.

»Ich denke weitere 500 Taler sollten meinen Herrn Vater gnädig stimmen.«

Nun reichte es dem Amtmann. Während Konrad noch im Verborgenen blieb, stieß er die Tür auf und trat den jungen Herren entgegen.

Sichtlich erschrocken sahen sie ihn an.

»Herr Amtmann, was macht Ihr denn hier?«, fragte Jobst Raven mit erstauntem Gesichtsausdruck.

»Ja mein lieber Jobst, mich habt Ihr hier wohl nicht erwartet.«

Jobst Raven fing sich allerdings sofort wieder und machte mit einem gekünstelten Lächeln gute Mine zum bösen Spiel.

»Es muss ja schon eine halbe Ewigkeit her sein, dass wir Euch in unserem Haus in Einbeck begrüßen konnten. Ich hoffe, Ihr seid wohlauf und beehrt uns mal wieder. Mein Vater würde sich bestimmt freuen.«

Der Amtmann trat noch einen Schritt näher an ihn heran und sah ihn mit zusammengekniffenen Augen an.

»Da bin ich mir nicht so sicher, ob Euer Herr Vater wirklich erfreut wäre, wenn ich ihm von Eurem Auftritt hier erzähle oder wenn ich ihm seinen Sohn gar mit gebundenen Händen übergeben würde.«

Bevor Jobst Raven ein Wort sagen konnte, stieß ihn der Amtmann erbost auf einen Stuhl neben Johannas Vater.

Um ihrem Freund zu helfen, zogen seine beiden Gefährten reflexartig ihre Degen. Doch der Amtmann ließ sich nicht einschüchtern, machte einen Schritt auf die jungen Herren zu und brüllte aus Leibeskräften nach den wartenden Burgsoldaten.

Durch den Haupteingang stürmten die beiden Soldaten mit vorausgestreckten Hellebarden herein, während Konrad die Hintertür aufstieß und mit gezogenem Degen schützend vor den Amtmann sprang.

Irritiert wichen Jobsts Begleiter ein paar Schritte zurück, bis sie unvermittelt die scharfen Spitzen der Hellebarden in ihren Rücken spürten.

Helfend suchten ihre Blicke Unterstützung bei Jobst Raven, der wie ein ertapptes kleines verwöhntes Kind aufsprang.

»Habe ich es mir doch gedacht«, ging er entrüstet auf Konrad los, »der Herr Zeichner ist gar kein

Zeichner, sondern vielmehr ein Spion meines Herrn Vaters.«

Ungläubig um sich schauend meldete sich der Wirt zu Wort.

»Was geht hier eigentlich vor sich? Was hat das alles zu bedeuten? Und überhaupt – wo kommt denn der Konrad plötzlich her und wieso wusstet Ihr, Herr Amtmann, vom Besuch meines zukünftigen Schwiegersohnes?«

»Habt Ihr es immer noch nicht begriffen«, machte sich Konrad Luft, »es gibt keinen Schwiegersohn aus Einbeck. Der gnädige Herr hat Euch über den Tisch gezogen.«

»Was redet Ihr für einen Schwachsinn«, entgegnete ihm der Wirt mit breitem Lächeln, »wir sind uns längst einig, schließlich habe ich ja schon eine stattliche Mitgiftanzahlung geleistet.«

Johannas Vater sah Jobst Raven an und griff ihn bei den Oberarmen.

»Nun sagt schon, dass Ihr mein Fräulein Tochter als Weib auserwählt habt.«

Der allerdings fuhr nun endgültig aus der Haut.

»Nehmt gefälligst Eure dreckigen Finger von meinem edlen Gewand und schert Euch mit Eurer Tochter zum Teufel!«, brüllte er den fassungslos dastehenden Wirt an.

Johannas Vater holte kurz Luft, ballte seine Hände zu Fäusten und ging auf Jobst Raven los.

»Was fällt Euch ein unbescholtene Bürger so hinters Licht zu führen! Gebt mir sofort meine schwerverdienten Taler zurück, sonst, sonst...«

Bei den letzten Worten, als er Jobst Raven tobend vor Wut seine Hände um den Hals legte, griff der Amtmann ein und zog ihn vom erbleichten Betrüger zurück.

»Gemach mein lieber Gustav Peters, sonst kommt Ihr am Ende noch selbst in den Kerker. Und was Eure leichtfertig hergeschenkte Mitgiftanzahlung angeht, so habe ich schon eine Idee, wie der junge Herr Taler für Taler zurückzahlt.«

In diesem Moment kam Johanna aus der Küche, die das ganze Spektakel hinter der Tür belauscht hatte. Freudestrahlend warf sie sich Konrad um den Hals.

»Siehst du Vater, er ist doch noch zurückgekehrt und er hat diesen feinen Herrn als Betrüger entlarvt.«

Dann nahm sie auch ihren Vater in ihre Arme, der mit gesenktem Kopf seine Fassung verloren hatte und bereits anfing zu schluchzen.

»Ich bin ein solches Rindviech, wie konnte mir das nur passieren und was wird nur aus meinen Talern?«

»Es wird Euch hoffentlich eine Lehre sein«, erhob der Amtmann seine Stimme.

»Und nun zu Euch, mein lieber Jobst. Wenn Ihr nicht wollt, dass wir Euch und Eure feinen Freunde mit gebundenen Händen in Einbeck Eurem verehrten

Vater übergeben, habt Ihr jetzt die Gelegenheit alles wieder gut zu machen.«

Er wies Konrad an sich an den Tisch zu setzen und ein Schriftstück zu verfassen.

»Schreibt: Hiermit versichere ich, Jobst Raven aus Einbeck, dass ich bei allem, was mir heilig ist, dem Wirt vom Gasthaus „Zum Salze", Gustav Peters, die mir geliehenen 500 Taler plus einem Zins von 50 Talern in zehn Monatsraten zu je 55 Talern zurückzahle. Im Falle einer Nichtbefolgung wird der Säumer dem Richter übergeben und einer gerechten Kerkerstrafe überführt.«

Der Amtmann sah in ein bleiches, entsetztes Gesicht.

»Aber Herr Amtmann, wie soll ich – ich meine, woher soll ich...«

»An Eurer Stelle würde ich dieses – nennen wir es gut gemeintes Angebot – sehr schnell annehmen und vor allem einhalten. Wie ich von Eurem Vater weiß, würde der sich freuen, wenn Ihr Euch, wie es sich für einen Sohn gehört, mehr für das Handelsgeschäft interessieren und ihm regelmäßig zur Hand gehen würdet. Dann wird er auch Euren Beutel wieder füllen und so sollte es kein Problem sein, die Schulden zu begleichen. Wenn Ihr Euch an die Vereinbarung haltet, wird Euer Herr Vater von mir kein Wort über Euren Fehltritt erfahren.«

Der Amtmann zog Jobst Raven vom Stuhl hoch. »Haben wir uns verstanden? Glaubt mir, ich mache das nur, weil ich Eure Familie schon seit vielen Jahren gut kenne. Und nun unterzeichnet den Vertrag.«

Mit gesenktem Kopf nahm er wieder Platz, nahm die Feder und schrieb seinen Namen auf das Dokument.

Es wurde ein langer Abend. Der Wirt hatte kurzerhand aus Dankbarkeit ein richtiges Festmahl auf den Tisch gestellt und den besten Wein aus dem Keller geholt. Er hatte es sogar fertig gebracht, sich bei Konrad und seiner Tochter zu entschuldigen, und er gelobte, dass er alles tun würde, damit das Paar schon im kommenden Sommer Hochzeit halten könne.

Verhör

Aufgewühlt und überglücklich hatte Konrad in seiner Kammer über dem Reisigenstall der Heldenburg noch lange wach gelegen, als er am nächsten Morgen vom Poltern auf der Treppe unsanft aufgeweckt wurde.

Nur einen Augenblick später stand der Amtmann bei ihm im Zimmer.

»Wünsche wohl geruht zu haben, Herr Burgschreiber. Gestern konnte ich Euch ein wenig unter die Arme greifen, doch nun wird es höchste Zeit, dass Ihr mir helft, die verschwundenen Taler wiederzufinden.«

Konrad richtete sich mit einem ausgedehnten Gähnen auf und streckte seine Arme gen Himmel.

»Ihr müsst entschuldigen, Herr Amtmann, aber ich habe erst spät in den Schlaf gefunden. Ich musste das Erlebte erst einmal verarbeiten, doch nun, wo sich alles zum Guten gewandt hat, ist mir eine große Last genommen und ich stehe ganz und gar zu Eurer Verfügung.«

»Gut so, mein lieber Gassner, und denkt daran, ich muss die Rücklagen der Salzsiedergemeinschaft und natürlich auch meine Taler so schnell wie möglich zurückhaben. Also nehmt Euch die gesamte Burgbesatzung vor und liefert mir den Burschen, der so dreist war sich an unseren Silberlingen zu vergreifen.«

Ergänzend fügte der Amtmann hinzu.

»Im Übrigen habe ich Feldwebel Meyer angewiesen, dass keiner die Burg verlassen darf, bis Ihr den Täter gefunden habt. Das heißt allerdings nicht, dass Ihr den Feldwebel verschonen sollt, denn wie alle, die hier oben hinter den dicken Mauern wohnen, kommt auch er als Täter in Frage – wobei ich es mir von unserem altgedienten, treuen Wachhabenden nicht so recht vorstellen kann. Na wie auch immer, ich setze großes Vertrauen in Euch, dass Ihr es herausbekommt, also enttäuscht mich nicht.«

Der Amtmann hatte Konrads Kammer kaum verlassen, da servierte ihm wie jeden Morgen die Küchenmagd sein Morgenmahl. Konrad hatte die junge Frau viele Wochen nicht gesehen, aber ihr schüchternes Wesen hatte sich nicht geändert, und doch war irgendetwas anders.

Konrad glaubte es an ihrem Lächeln und am Glanz ihrer Augen auszumachen.

»Minna – schön dich wiederzusehen. Schau mich mal an.«

Konrad ging auf sie zu, fasste ihr Kinn und blickte ihr in die Augen.

»Minna, sollte es möglich sein, dass du dich etwa verliebt hast?«

Verlegen senkte sie ihren Blick und die Röte schoss ihr ins Gesicht.

»Du kannst mir glauben, dass ich weiß, wie es sich anfühlt, wenn man verliebt ist, denn wie du sicherlich weißt, hat auch mich die Liebe erst vor kurzem mitten ins Herz getroffen.«
»Ich, ich...«, mehr Wörter kamen nicht über ihre Lippen und blitzschnell verschwand sie aus Konrads Kammer und stürmte die Treppe zum Hof hinunter.

Konrad musste sofort an Johanna denken. In sich hinein lächelnd machte er vor Glück einen Freudensprung, der in seinem Übermut mit dem Kopf an der niedrigen Kammerdecke endete und ihn schmerzhaft in den Alttag zurückholte.

Konrad hatte sich überlegt, dass er sich zunächst mit dem erfahrenen Heiner, dem Ausguck im Turm, besprechen wollte, um dann erst mit den Verhören der Burgbesatzung zu beginnen. Der älteste Soldat auf der Heldenburg hatte ihm schon öfter helfen können, denn seinen Augen und Ohren entging so leicht nichts.

»Ich sehe mit Freuden, dass du meine kleinen Schwächen nicht vergessen hast, mein lieber Burgschreiber.« Konrad hatte ihm aus dem Gewölbekeller des großen steinernen Speicherhauses einen randvoll gefüllten Krug Einbecker Bockbier hinauf in die Turmstube gebracht.

»Wenn ich mir schon die Mühe mache, die vielen Stufen zu dir hinaufzusteigen, haben wir uns doch beide einen leckeren Tropfen verdient, oder?«

Heiner hielt ihm sogleich zwei Becher entgegen.
»Komm, nicht lange mit der Vorrede aufhalten, schenk lieber ein und lass uns anstoßen.«

Heiner wirkte förmlich wie ausgetrocknet und griff gleich nochmals zum Krug. Auch den zweiten Becher trank er mit einem Zug aus, wischte sich den Schaum aus dem Bart und machte sich mit einem lauten Rülpser Luft.

»Aber mir schwant, dass du das Bockbier, nicht nur weil du mit mir anstoßen wolltest, hier nach oben geschleppt hast.«

»Also manchmal habe ich das Gefühl, dass du hellsehen kannst.«

»Ein Hellseher bin ich ganz gewiss nicht, aber du weißt ja, dass mir von hier oben so leicht nichts entgeht. Heute Morgen zum Beispiel habe ich deinen Besuch gesehen. Ja und wenn sich der Herr Amtmann die Mühe macht zur Burg hinaufzusteigen, muss das schon einen triftigen Grund haben.«

Heiner blies Konrad seinen Pfeifenrauch ins Gesicht und brachte ihn zum Husten.

»Also, wo drückt der Schuh, wie kann ich dem Herrn Burgschreiber, oder sollte ich lieber dem Herrn Abenteurer sagen, helfen?«

Konrad wedelte mit seinen Händen die Rauchfahne beiseite, räusperte sich und spülte den Rest mit einem kräftigen Schluck Bier herunter.

»Schatzsucher wäre wohl eher der richtige Titel. Stell dir vor, die von uns gerade vor einigen Wochen geborgenen Münzen der Salzsiedergemeinschaft sind schon wieder verschwunden.«

Konrad erzählte Heiner den Sachverhalt, und dass der Amtmann ihn inständig gebeten hatte, herauszufinden wer wohl der Übeltäter sei und vor allem wo sich die fast 5000 Taler jetzt befänden.

»Dieser törichte Amtmann, was denkt der sich eigentlich einen solchen Schatz einfach so in unserer Burgkapelle zu verstecken. Wenn er ihn dir damals, als du ihm und dem Salzgrafen die Silberlinge präsentiert hattest, gleich wieder zur sicheren Verwahrung gelassen hätte, dann ....«

»Ja, mag seien«, unterbrach ihn Konrad, »aber es ist nun mal passiert und deswegen bin ich hier. Hast du denn Garnichts mitbekommen oder ist dir in den letzten Tagen irgendetwas Besonderes aufgefallen?«

Heiners machte ein grübelndes Gesicht. Er stand auf und ging zum kleinen Ausguck, von dem er den Burghof überblicken konnte.

»Ich verstehe es nicht«, sagte Heiner und dreht sich wieder zu Konrad um.

»Ich habe noch nicht einmal mitbekommen, dass unser Amtmann in der letzten Zeit zur Abendstunde in der Burg geschweige denn in der Kapelle war.«

Er setzte sich wieder zu Konrad und füllte seinen Becher erneut mit Einbecker Bockbier.

»Wie willst du vorgehen? Was hast du geplant?«, fragte Heiner.

»Ich werde mir heute Nachmittag jeden Mann einzeln vorknöpfen und jedem unserer Burgsoldaten kräftig ins Gewissen reden. Der Amtmann hat mich sogar angehalten auch mit unseren alten Foltergeräten zu drohen, aber ich denke, soweit brauch ich es nicht kommen lassen. Vielmehr würde ich mir wünschen, dass du mir dabei Gesellschaft leistest und mich tatkräftig unterstützt, denn vor dir Heiner haben alle Männer noch am meisten Respekt.«

Heiner schlug mit der Faust auf den Tisch.

»So soll es sein. Es wäre ja gelacht, wenn wir den Schurken nicht entlarven würden.«

Es dauerte drei ganze Tage. Konrad ließ jeden der 17 Soldaten der Burgbesatzung den 70 Fuß hohen Bergfried erklimmen, um sie dann mit ernster und nachdrücklicher Stimme zu verhören. Er hatte sich extra das Turmzimmer dafür ausgesucht, denn über die vielen Treppenstufen endlich oben angekommen und außer Atem nach Luft schnappend waren die Männer schon das erste Mal beeindruckt. Sahen sie dann noch die von Konrad aus der Waffenkammer geholten und bereitgelegten Folterwerkzeuge, war die moralische Wirkung ausnahmslos jedem ins Gesicht geschrieben.

Es wurde ein zähes Unterfangen, auch wenn Heiner seinen durchdringenden Bass erklingen ließ und des Öfteren mit der Faust auf den Tisch schlagend seinen Worten Nachdruck verlieh, keinem der Männer konnten sie auch nur den gerinsten Hinweis entlocken, geschweige denn etwas nachweisen.

Nun blieben nur noch der Pferdeknecht Wilhelm und Feldwebel Meyer übrig. Der Knecht war so eingeschüchtert, dass er vor sich hin stotternd kein verständliches Wort herausbekam und wohl auch der letzte der Burgbesatzung war, der für eine solch dreiste Tat in Frage kommen würde.

Vom bisherigen Ergebnis ernüchtert schauten sich Konrad und Heiner an, als sie schwere Schritte auf den letzten Stufen wahrnahmen und mit feuerrotem Gesicht, keuchend und sich den Schweiß von der Stirn wischend Feldwebel Meyer vor ihnen stand.

»Wer verdammt noch mal hat sich diesen Ort für ein Verhör einfallen lassen?«, brachte er gerade noch heraus, bis er sich erschöpft auf einen Hocker fallen ließ.

»Ich glaube Heiner, wir sollten dem Feldwebel erst einmal mit einem Becher Bockbier für seinen Aufstieg belohnen«, schlug Konrad mit schadenfrohem Unterton vor.

»Ja ja, spottet nur – kommt Ihr Herr Burgschreiber erstmal in mein Alter, dann wird Euch auch die Puste wegbleiben. Und überhaupt, dass Ihr meine Männer verhört kann ich noch verstehen, aber dass Ihr sogar mich verdächtigt, ist schon allerhand.«

»Nun, Herr Feldwebel, vielleicht betrachtet Ihr es eher als ein Hilfsgesuch, denn Ihr seid schließlich der Wachführer und an Euch – so habt Ihr selbst einmal gesagt – kommt keiner vorbei, der nicht in die Burg gehört.«

Feldwebel Meyer nahm einen kräftigen Schluck Bier.

»Ihr müsst also an besagtem Abend vor zwei Wochen dem Amtmann die kleine Pforte im großen Tor aufgeschlossen und ihn hereingelassen haben.«

»Das ist wohl war, ich erinnere mich noch genau, denn ansonsten hat keiner mehr am Abend Zutritt zum Innenhof. Und wenn es nicht der Herr Amtmann gewesen wäre, hätten wir auch kaum geöffnet.«

Heiner meldete sich zu Wort.

»Ist Euch das nicht merkwürdig vorgekommen, dass er zu später Stunde noch um Einlass gebeten hat? Und ist es Euch denn nicht aufgefallen, dass er etwas Schweres bei sich trug?«

Konrad hakte nach.

»Und wäre es da nicht normal, wenn Ihr vielleicht aus Neugier mal nachgeschaut habt, was der Herr Amtmann denn da so in der Kapelle treibt?«

»Also merkwürdig war das schon, aber ihm nachspionieren – nein, auf keinen Fall – schließlich ist der Herr Amtmann unser Vorgesetzter und ich habe mir gedacht, dass er schon wissen wird, was er da macht.«

»Und könntet Ihr Eure Hand dafür ins Feuer legen, dass ihn auch nicht einer Eurer Männer aus der Wachstube heimlich belauscht hat?«, wollte Konrad wissen.

»Von denen hat sich keiner gerührt, ich bin schließlich den ganzen Abend ebenfalls in der Wachstube gewesen. Übrigens, unser Amtmann hat sich auch nur kurz in der Burg aufgehalten. Wenn ich ihn richtig verstanden habe, drückte ihn eine schwere Last, von der er sich durch ein Gebet in der Kapelle befreien wollte. Ich konnte noch nicht mal meine frisch gestopfte Pfeife zu Ende rauchen, da ist er schon wieder durchs Tor zum Amtshaus runtermarschiert.«

Ratlos sah Konrad Heiner an, der nur mit einem Achselzucken und einem Kopfschütteln reagierte und seinem Frust Luft machte.

»Nun sind wir genau so schlau wie vorher, kein einziger Anhaltspunkt, der uns weiterbringt. Und wenn ihr mich fragt, scheint es wirklich so, dass nicht einer der Männer etwas damit zu tun hat.«

Konrad stand auf und wanderte grübelnd im Zimmer hin und her.

»Habt Ihr denn auch unsere Köchin Ernestine und Minna unsere Küchenmagd verhört? Nicht dass ich den beiden so eine Tat zutrauen würde«, sagte

Feldwebel Meyer, »aber wer weiß, vielleicht haben sie ja etwas an besagtem Abend mitbekommen.«

Konrad blieb stehen und sah den Wachführer nachdenklich an.

»Ich werde gleich anschließend die beiden in der Küche besuchen und sie zur Rede stellen, aber mir ist da noch eine andere Idee gekommen.«

Er setzte sich zum Feldwebel an den Tisch. »Nehmen wir mal an, dass unsere Verhöre doch nicht geschickt genug waren, die Folterwerkzeuge ihre Wirkung verfehlt haben und doch einer unserer Männer Dreck am Stecken hat. Wie wäre es, wenn wir dem Dieb eine Brücke bauen, über die er gehen kann, und zwar, ohne dass er mit einer Bestrafung rechnen muss, ja sogar anonym bleibt.«

Heiner und der Feldwebel sahen Konrad zweifelnd an.

»Wie wollt Ihr das denn fertigbringen?«, fragte der Wachführer.

»Nun, Ihr Feldwebel Meyer verkündet Euren Männern, dass wir zwar einen Verdacht haben, aber Gnade vor Recht walten lassen, wenn der Dieb die Taler bis morgen zur einsetzenden Dunkelheit im Treppenturm zum Junkerhaus auf die oberste Stufe legt. Da er das ungesehen machen kann, muss er seine Person nicht preisgeben und wird auch nicht bestraft.«

»Er brauchte praktisch nur von seiner Kammer im Junkerhaus den Flur entlang gehen, schon wäre er im

Treppenturm und wir würden ihn tatsächlich nicht zu Gesicht bekommen«, antwortete der Wachführer begeistert.

Heiner nickte zustimmend mit dem Kopf und ergänzte Konrads Idee.

»Sollte hingegen der Missetäter diese großzügige Geste nicht annehmen, werden wir das Verhör mit Hilfe eines Folterknechts, also der sogenannten "Peinlichen Befragung", bei allen Männern bis aufs Blut wiederholen.«

»Sehr gut, sehr gut«, tönte der Feldwebel lautstark, »mit dieser Aussicht werden wir den Dieb kriegen, da bin ich mir sicher.«

Während der Wachhabende seine Männer zusammentrommelte und die verabredete Nachricht verkündete, machte Konrad sich auf den Weg in die Burgküche, die gleich neben dem nördlichen Treppenturm im Erdgeschoss des Palas lag.

Heiner hatte ihn noch gewarnt, denn mit der Köchin war nicht gut Kirschen essen und auch Konrad hatte schon einen Wutanfall überstehen müssen. So öffnete er vorsichtig die Tür zu ihrem "Allerheiligsten".

Ernestine sah es gar nicht gern, wenn man unaufgefordert ihre Küche oder gar die Speisekammer betrat.

Konrad machte sich schon innerlich auf das erste Donnerwetter gefasst. Doch als er eintrat, entdeckte er nur Minna die Küchenmagd, die dabei war den großen

Herd zu beschicken und ein paar Holzscheite nachzulegen.

»Oh, der Herr Burgschreiber – habt Ihr mich erschreckt. Was führt Euch zu uns in die Küche?«

»Entschuldige, dass ich hier so hereinplatze, aber ich komme in einer dringlichen Angelegenheit.«

Konrad dreht sich suchend um.

»Aber sag, wo ist denn die Köchin?«

Minna wollte antworten, als plötzlich die Tür aufsprang. Konrad drehte sich um und nur zwei Schritte entfernt stand Ernestine vor ihm.

»Na da komme ich ja wohl gerade richtig«, polterte sie mit erhobener Stimme los.

»Herr Burgschreiber, ich muss schon sagen, sowas Dreistes habe ich lange nicht mehr gesehen.«

Die Köchin hängte einen dicken geräucherten Schinken, den sie aus dem Vorratskeller geholt hatte, an einen Haken und machte einen Schritt auf Konrad zu. Mit in die Hüften gestützten Händen und zusammengekniffenen Augen keifte sie los.

»Erst wieder ein paar Tage im Lande und schon verdreht Ihr dem armen Ding den Kopf. Nun könnt Ihr es schon nicht mehr abwarten und kommt zum Stelldichein sogar in meine Küche.«

Ernestine hatte sich regelrecht in Rage geredet, machte einen Schritt zur Seite und zeigte mit ausgestrecktem Arm zur Tür.

»Raus aus meiner Küche, bevor ich mich vergesse. Ihr solltet Euch schämen und mir tut jetzt schon Eure Johanna leid.«

Konrad war fast sprachlos. Mit Gezeter hatte er zwar gerechnet, aber nicht mit solchen eigenartigen Anschuldigungen. Er nahm sich ein Herz und ging zum Gegenangriff über.

»So jetzt reicht es. Was sollen diese haltlosen Behauptungen? Wie kommt Ihr denn überhaupt dazu, mir etwas mit der Minna anzudichten? Habt Ihr etwa schlecht geträumt?«

Die Köchin packte die Küchenmagd, schob sie vor sich her und das Gebrülle nahm weiter seinen Lauf. »Von wegen schlecht geträumt. Seht sie Euch an. Sie kann sich kaum noch auf ihre Arbeit konzentrieren und läuft hier nur noch mit verklärtem Blick durch die Gegend und das besonders, seitdem Ihr wieder auf der Burg weilt. Sie konnte es die letzten Tage gar nicht abwarten, Euch Euer Morgenmahl zu bringen. Und sobald es dunkel wird, schleicht sie sich heimlich aus ihrer Kammer. Ich möchte nicht wissen, wo sich das kopflose dumme Ding die halbe Nacht herumtreibt.«

Konrad schüttelte seinen Kopf.

»Wo sich Minna nachts herumtreibt, kann ich Euch auch nicht verraten. Nur dass Ihr es ein für alle Mal wisst, ich habe jeden Abend Besuch von meiner Johanna und ganz bestimmt keine Augen für ein anderes Weib.«

Konrad machte einen Schritt auf Minna zu, die die ganze Zeit verschämt ihren Blick gesenkt hatte.

»Ich habe ja schon am Morgen nach meiner Ankunft gemerkt, dass mit unserer Minna etwas nicht stimmt, ich will sagen, dass sie ganz offensichtlich Amors Pfeil getroffen hat. Aber sie mochte mir nicht verraten, wer der Glückliche ist.«

»Schau unseren Herrn Burgschreiber gefälligst an, wenn er mit dir redet«, blaffte die Köchin ihre Magd an.

»Also – was ist nun? Willst du uns nicht sagen, wer der Glückliche ist?«

Doch Minna schüttelte nur den Kopf und schwieg.
»Du verstocktes Ding, mach den Mund auf!«, rief Ernestine erbost und holte zu einer Ohrfeige aus.

Doch Konrad hielt ihr den Arm fest und drückte die Köchin zur Seite. Ernestine spürte schmerzhaft die Kraft, die auf sie einwirkte, und wich erschrocken zurück.

»Was fällt Euch ein? Geht Ihr immer so grob mit Weibern um?«, warf sie Konrad empört an den Kopf.
»Nur wenn Ihr mich wie eben dazu zwingt. Doch nun lasst Ihr mich mal ausreden, ich möchte nämlich endlich zum eigentlichen Grund meines Besuchs kommen.«

Als Konrad von dem Ereignis in der Burgkapelle berichtete, hörte selbst die erregte Köchin gebannt zu.
»Also ich kann Euch da nicht weiterhelfen, aber

womöglich hat die junge Dame hier etwas bemerkt, denn wie ich schon sagte, treibt die sich ja nachts auf unserer Burg herum.«

Doch so sehr sich Konrad auch bemühte Minna etwas zu entlocken, gelang es ihm nicht ihr verschlossenes und schüchternes Wesen zu öffnen. Er beließ es bei der Aufforderung sich sofort bei ihm zu melden, wenn ihr noch etwas einfallen sollte.

Wenig später saß Konrad wieder bei Heiner im Turmzimmer. Seinen Kopf auf beide Hände gestützt holte er tief Luft.

»Es ist wahrhaftig nicht einfach aus den Menschen die Wahrheit herauszubekommen und obendrein frustrierend, wenn man nach drei Tagen keinen Schritt weitergekommen ist.«

Auch Heiner war mit seinem Latein am Ende. Er, der altgediente Soldat, der auf der Heldenburg jeden Winkel kannte und der von seiner hohen Warte aus alles sah und hörte, war dieses Mal ratlos.

»Jetzt bleibt uns nur noch die Hoffnung, dass durch Feldwebel Meyers Ansprache einem der Männer doch noch das Gewissen plagt und die verschwundenen Taler bis morgen Abend wieder auftauchen.«

»Weißt du Heiner, ich habe schon überlegt, ob ich nicht bis dahin die Burg nach den Münzen absuchen sollte. Aber wo soll ich bloß anfangen? Im Brunnen, wie beim letzten Mal, können sie nicht sein. Das hättest du doch sicherlich sofort mitbekommen und das Loch in der Wand vom Vorratskeller habe ich damals nach der Suche gleich wieder mit Steinen zugestopft und das schwere Regal vorgeschoben.«

Hilfesuchend und ratlos sah er Heiner an.

»Ja Konrad, da hat dir der Amtmann wahrhaftig eine harte Nuss zu knacken gegeben. Wenn ich so unsere Burg in Gedanken durchgehe, könnte ich dir hundert Stellen nennen, die sich als Versteck anbieten würden, vorausgesetzt die Münzen sind überhaupt noch auf dem Burggelände.«

»Du meinst, der Dieb hat den Schatz inzwischen schon beiseite geschafft?«

Konrad sprang auf.

»Nein, das glaube ich nicht. Die Gefahr vom Wachhabenden dabei erwischt zu werden, wenn er mit 5000 Talern schwer bepackt durch das Tor schlüpfen wollte, wäre viel zu groß.«

Dann blieb Konrad direkt vor Heiner stehen und sah ihn an.

»Es sei denn – der Feldwebel weiß mehr als er vorgibt. Am Ende steckt er selbst noch mit dem Dieb unter einer Decke und hat ihn mit den Talern passieren lassen.«

»Auf keinen Fall, das traue ich dem Meyer dann doch nicht zu. Und überhaupt hätte der Dieb die Kassette ja auch aus einem Fenster nach draußen abseilen können, um mit ihr dann später durchzubrennen. Ich denke wir sollten jetzt wirklich den morgigen Abend abwarten und hoffen, dass du die Taler dann im Treppenturm findest.«

Und wieder fand Konrad nur schwer in den Schlaf. In Gedanken ging er nochmals alle Möglichkeiten durch. Er versuchte sich in die Lage des Diebes zu versetzen und grübelte darüber nach, wo er an seiner Stelle den Schatz versteckt hätte.

Der nächste Tag begann wie immer. Konrad wurde durch die Morgenglocke geweckt und bald darauf brachte ihm Minna sein Morgenmahl.

Als die Magd die Kammer über dem Reisigenstall betrat und den Korb abstellte, verharrte sie noch einen Augenblick und Konrad hatte das Gefühl, als ob sie ihm noch etwas sagen wollte. Doch bevor er nachhaken konnte, folgte nur ein scheuer, kurzer Blick und schon drehte sie sich um und eilte die Treppe zum Burghof hinunter.

Es begann die Zeit des Wartens, denn wie abgemacht hatte der Dieb bis zum Dunkelwerden die Gelegenheit, die Kassette heimlich im hinteren Treppenturm abzustellen.

Zunächst verbrachte Konrad den Tag damit sich nicht aus seiner Kammer fortzubewegen. Er begnügte sich damit den Innenhof der Burg aus den kleinen Fenstern zu beobachten. Von hier aus dem ersten Stock konnte er alles genau einsehen. Den Palas, mit der im Erdgeschoss liegenden Burgküche, den Treppenturm, das gegenüberliegende Junkerhaus, in dem die Quartiere der Burgsoldaten lagen und auch den Vorratskeller, der in früheren Jahren schon mal als Kerker herhalten musste. Auch das große Speicherhaus, in dem nicht nur der Biervorrat lagerte, sondern in dem Ernestine, Minna und der Knecht ihre Kammern hatten, konnte er gut überblicken.

Konrad lauschte der friedfertigen Stille, die ihn vom ersten Tag an, als er die Heldenburg betrat, eingenommen hatte. Er genoss es umgeben von dicken, hohen Burgmauern nach all den schrecklichen Erlebnissen seiner Kriegsjahre einen Ort gefunden zu haben, der ihn zur Ruhe kommen ließ.

Inzwischen war es Spätnachmittag. Die Strahlen der tiefstehenden Dezembersonne erreichten kaum noch den engen quadratischen Innenhof der Burg. Die hohen, den Hof umgebenden Gebäude verdunkelten zunehmend die Szenerie. An den Eingängen zu den Treppentürmen wurden bereits die Fackeln angezündet. Nun war der Augenblick der Wahrheit nahe. Der Moment, in dem sich zeigen würde, ob es der Feldwebel mit seinen markigen Worten geschafft hatte, den Männern klarzumachen, was sie erwartet, wenn die 5000 Taler nicht wieder auftauchen.

Konrad mochte gar nicht daran denken, welche Qualen auf die Burgsoldaten zukamen, denn der Amtmann würde ohne Frage darauf bestehen das bisherige ergebnislose Verhör durch eine „Peinliche Befragung" fortzusetzen. Zuviel stand für ihn auf dem

Spiel, wenn die Rücklagen der Salzderheldener Salzsiedergemeinschaft nicht wieder auftauchten. Wie sollte der Amtmann das dem Salzgrafen erklären, denn der hatte ihm die Taler anvertraut. Auch er würde somit einen schweren Stand in Salzderhelden haben.

Die Sonne war an diesem klaren Wintertag glutrot untergegangen und der eben noch blaue Himmel machte einem funkelnden Sternenkleid Platz. Konrad hielt es nicht mehr aus. Die Erwartungsspannung trieb ihn förmlich im Eilschritt über den Hof zum hinteren Treppenturm. Er entzündete die Kerze in seiner Blendlaterne, öffnete die schwere Tür und stieg die Wendeltreppe hinauf in den zweiten Stock. Hier sollte die Kassette, wie verabredet, auf der obersten Stufe abgestellt werden. Nur noch ein paar Schritte, dann hatte Konrad den höchsten Punkt im Turm erreicht.

»Verdammt nochmal«, kam es ihm über seine Lippen. So sehr er auch die Laterne schwenkte, es war weit und breit keine Kassette zu sehen. Enttäuscht darüber, dass sein Plan nicht funktioniert hatte, stieg Konrad zum Hof hinab, wo er schon von Feldwebel Meyer erwartet wurde.

»Sagt bloß der Hornochse hat die Gelegenheit nicht genutzt.«

Kopfschüttelnd stand Konrad da.

»Keine Kassette, keine Taler, meine letzte Hoffnung hat sich leider in Luft aufgelöst.«

»Herr Burgschreiber, Ihr seht mich ebenfalls fassungslos, doch je mehr ich darüber nachdenke, kann ich mir nun nicht mehr vorstellen, dass der Dieb noch unter unseren Burgsoldaten zu finden ist. Ich habe durchweg in erschrockene Gesichter geschaut, als ich die Androhung der Folter verkündete. So bin ich mir sicher, wenn einer der Männer der Dieb gewesen wäre, hätte er auch die Kassette im Treppenturm abgestellt.«

Um Heiner Bericht zu erstatten, stieg Konrad hinauf in den Bergfried und auch der erfahrene Soldat war sich nun sicher, dass der Dieb nicht unter der Burgmannschaft zu finden war. An diesem Abend saßen beide nach einer Lösung rätselnd noch lange zusammen, bis Konrad schon fast die Augen zufielen und er sich auf den Weg in seine Kammer machte.

Kurz vor dem Reisigenstall hielt er inne und blickte zum Eingang der Kapelle, die nur ein paar Schritte entfernt zwischen Palas und Torhaus lag. Er drehte seinen Kopf und sah sich um. Jeder – dachte er – hätte den Amtmann an besagtem Abend von den angrenzenden Gebäuden auf seinem Weg in die Kapelle beobachten können.

Auf einen Geistesblitz hoffend beschloss Konrad sich doch noch einmal den Ort genauer anzuschauen, an dem der Amtmann die Kassette mit den 5000 Münzen versteckt hatte. Er entzündete die beiden, links und rechts neben dem Altar auf Ständern stehenden Kerzen, stellte seine Blendlaterne auf den Fußboden und schob vorsichtig das auf dem Altar mittig stehende vier Fuß hohe Kreuz zur Seite. Auf einem Steinsockel befestigt verdeckte es das Loch, in dem der Amtmann die Kassette versenkt hatte.

Wahrhaftig ein ideales Versteck – dachte Konrad – wer würde schon darauf kommen, dass sich an diesem heiligen Ort ein Schatz in einen Hohlraum befindet.

Als Konrad die Blendlaterne aufnahm und die Vertiefung ausleuchtete, hatte er plötzlich das Gefühl, dass er beobachtet wurde. Er konnte es sich gar nicht erklären, aber es fühlte sich so an, als ob jemand hinter ihm stand und der Blick sich in seinen Nacken bohrte. Er nahm es fast wie ein Brennen wahr, gegen das er sich nicht wehren konnte.

Langsam hob er seinen Kopf und sah vorsichtig über die Schulter. Konrad hatte die Tür zur Kapelle nur angelehnt, doch es war nichts Ungewöhnliches auszumachen.

Er konzentrierte sich wieder auf das Versteck und versuchte sich genau den Moment vorzustellen, als der Amtmann an jenem Abend den sakralen Raum betrat. Noch einmal ging er das Geschehene Stück für Stück in seinen Gedanken durch. Als er dabei den Blick durch die Burgkapelle schweifen ließ, fiel ihm die herrschaftliche Empore auf, von der aus ein direkter Zugang in die fürstlichen Gemächer führte.

Weilte der Herzog auf der Heldenburg, wohnten er und seine Gemahlin von dort oben den Andachten bei.

Als Konrad die Blendlaterne hob und einen Schritt auf die Empore zuging, nahm er einen Schatten wahr, der sich bewegte.

Er schwenkte nochmals das Licht, der Schatten bewegte sich erneut und verschwand. Konrad stutzte, bestimmt nur eine Täuschung – dachte er – doch auf der anderen Seite war die Empore auch ein Ort, von dem man die Kapelle heimlich beobachten könnte.

Sollte der Schatten doch mehr als nur eine Täuschung gewesen sein? Konrad beschloss der Sache sofort auf den Grund zu gehen. Er rückte sich eine Kirchenbank unter die Empore, sodass er dank seiner Körpergröße von stattlichen sechs Fuß ohne Probleme an die reich verzierten Holzstäbe der Balustrade reichte. Er schob die Blendlaterne hindurch und zog sich hinauf.

Oben angekommen blieb er regungslos stehen, leuchtete und lauschte in den angrenzenden Flur, der zu den fürstlichen Gemächern führte.

Wenn kein Mitglied der herzoglichen Familie auf der Burg weilte, blieben normalerweise die Türen zu den einzelnen Stockwerken des Palas verschlossen und nur der Amtmann hatte die Schlüssel. Doch was Konrad nun sah, machte ihn stutzig.

Nicht nur die weiterführende Tür von der Empore in den ersten Stock stand auf, sondern auch gleich die folgende Tür, die in die Gemächer der Herzogin führte, war nur angelehnt.

Behutsam, eine Hand an seinem langen Dolch, drückte er die Tür auf. Mit der Blendlaterne voran betrat er den Raum. Es war der Salon der Herzogin, von dem aus eine weitere Tür in die Schlafkammer der edlen Dame führte. Konrad schwenkte das Licht und sah sich um. Nichts kam ihm verdächtig vor. Alle Dinge standen aufgeräumt an ihren Plätzen. Vorsichtig und auf Zehenspitzen schlich er weiter, denn auch die Kammertür war nur angelehnt. Dort angekommen verharrte er einen Augenblick und lauschte erneut. Ein leichtes Ächzen einer Holzdiele drang an sein Ohr. Gespannt hielt Konrad die Luft an. Seine Muskeln waren angespannt, der Dolch kampfbereit in seiner Hand.

Ihm war so, als ob er jemanden schwer atmen hörte. Konrad holte tief Luft, stieß mit dem Fuß die Tür auf und streckte seine Blankwaffe und die Blendlaterne in die Kammer.

Im selben Moment stürzte eine mit einem Kapuzenumhang gekleidete Gestalt gebückt auf Konrad zu und schlüpfte gewand wie eine Katze unter dem Arm, mit dem er die Laterne hielt, hindurch in den Salon.

Ruckartig drehte er sich um, machte einen Ausfallschritt und stellte dem Flüchtenden ein Bein. Der verlor das Gleichgewicht, geriet ins Straucheln und stürzte der Länge nach zu Boden. Mit einem Satz war Konrad über ihm und drückte der Gestalt seinen Dolch in den Rücken.

»Habe ich mich doch nicht getäuscht, der Schatten lebt.«

Konrad stellte das Licht neben sich auf den Boden, zog den Unbekannten hoch und drückte ihn gegen die Tür.

»Runter mit der Kapuze, zeig endlich dein Gesicht!«, brüllte Konrad mit vorgehaltenem Dolch.

Als die Kopfbedeckung fiel, wich er vor Schreck einen Schritt zurück.

»Minna – unsere Küchenmagd Minna, was um alles in der Welt treibst du hier zu dieser späten Stunde und vor allem, wo hast du den Schlüssel zu den Gemächern her?«

Unvermittelt, wie bei einem kleinen Kind, das man bei etwas Verbotenem erwischt hatte, schossen der jungen Frau die Tränen in die Augen und sie stotterte schluchzend los.

»Ich – ich habe den Schlüssel von – von der Zofe der Herzogin, oder besser gesagt, hat sie mir, als sie beim letzten Mal mit der fürstlichen Familie bei uns auf der Heldenburg weilte mir einen geheimen Ort gezeigt, an dem sie einen Ersatzschlüssel aufbewahrt.«

»So, dann haben deine nächtlichen Wanderungen, von denen die Köchin gesprochen hatte, also hier im Palas stattgefunden.«

Wie es ihre Art war, nickte Minna schüchtern und senkte verschämt ihre Augen.

»Ich war nie allein, denn ich habe mich hier oben mit meinem Liebsten getroffen, doch seit fast einer Woche warte ich vergebens. Hoffentlich ist ihm nichts Stoßen, denn er will mich bald seinem Vater als sein Weib vorstellen.«

»Daher also deine glänzenden Augen. Ich habe doch gleich gemerkt, dass dich die Liebe geküsst hat. Aber wie ist denn dein Liebster zur späten Stunde überhaupt in die Burg gekommen? Durch das Haupttor doch auf keinen Fall, oder?«

»Nein nein, da hätten sie ihn ja nicht mehr hereingelassen. Deshalb habe ich ihm vom Fluchttunnel erzählt. Durch den ist er dann jeden Abend zu mir hochgekrochen.«

»Minna, Minna«, Konrad schüttelte den Kopf, »ich dachte das Loch in der Wand des Vorratskellers hatte unser Wilhelm wieder verstopft?«

»Ja eigentlich schon, aber so richtig fest saßen die Steine nicht und so konnten wir sie gemeinsam herausreißen.«

Konrad nahm die Blendlaterne auf und stellte sie auf einen Tisch.

»Komm, wir setzten uns jetzt hier in den Salon und dann erzählst du mir mal die ganze Geschichte. Wer weiß, vielleicht kann ich dir ja helfen.«

Und dann sprudelte es nur so aus Minna heraus.

Konrad hatte das Gefühl, dass sie froh war ihre Sorgen endlich loszuwerden.

»Kennengelernt habe ich ihn, schon vor längerer Zeit, denn er bringt uns regelmäßig mit dem Wagen Speisevorräte vom Vorwerk herauf.«

Mit einem verschämten Blick sah sie Konrad an. »Es ist nämlich der Karl, der Sohn vom Verwalter.«

»Ich will dich zwar nicht entmutigen, aber der Verwalter des Vorwerks möchte für seinen Sohn sicherlich keine Magd, sondern vielmehr ein Weib mit einer entsprechenden Mitgift.«

»Genau, das hat Karl auch gesagt. Da meine Eltern nicht mehr leben, sie mir nichts hinterlassen haben und ich mir so sehr wünsche, dass Karls Vater mich akzeptiert...«, Minna machte eine Pause, fing an zu zittern und holte tief Luft.

»Da – da habe ich die Kassette mit den Talern an mich genommen.«

Sichtlich erleichtert, dass sie diese schwere Last los war, sackte sie schluchzend in sich zusammen.

»Du willst sagen, du hast die Münzen gestohlen?«

Konrad saß einen Augenblick wie versteinert mit offenem Mund da und starrte Minna an.

»Ich kann es nicht glauben. Gerade bei dir war ich mir sicher, dass du als Letzte in Frage kommen würdest. Wie hast du das nur fertiggebracht?«

»Als ich an dem Abend auf meinen Schatz gewartet hatte, habe ich gesehen, wie der Amtmann in der

Kapelle verschwand und bin neugierig geworden. Ich bin über den hinteren Treppenturm in den ersten Stock gestiegen, habe ihn von der Balustrade beobachtet und als er weg war, sah ich nach, was er da wohl versteckt hatte.«

»Ja und dann? Erzähl schon, wo hast du die Kassette gelassen?«

»Ich habe sie erstmal in meine Kammer gebracht und unters Bett geschoben. Später, nachdem Karl gegangen war, habe ich erst gesehen, was für einen Schatz ich da in meinem Zimmer hatte. Mir ist fast schwindelig geworden, als ich die vielen, vielen Taler gesehen hatte.«

»Das kann ich mir vorstellen, aber war sie denn nicht verschlossen?«

»Doch schon, ich habe aus der Küche einen Speckhaken geholt und damit das Vorhängeschloss aufgebrochen.«

»Du bringst mich wirklich zum Staunen, unsere kleine Küchenmagd entpuppt sich hier so langsam als eine ausgewachsene Diebin.«

Minna sank auf die Knie und griff nach Konrads Händen.

»Bitte Herr Burgschreiber, ich bin keine Diebin und ich wollte ja auch die Kassette sofort zurückbringen. Aber es fielen mir Karls Worte von der Mitgift ein und da habe ich nicht widerstehen können.«

Konrad zog die ängstlich zitternde Magd vom Boden hoch.

»Was hast du mit den Talern gemacht?«, herrschte Konrad sie an.

»Ich habe sie am nächsten Abend Karl gegeben.«

»Du hast die gesamten 5000 Taler deinem Liebhaber in die Hand gedrückt?«

Konrad schüttelte die heulende Minna durch.

»Rede und sag, dass das nicht wahr ist!«

»Karl hatte mir gesagt, dass sein Vater auf mindestens 500, wenn nicht sogar 1000 Taler als Mitgift bestehen würde, sonst bräuchte er mich erst gar nicht vorstellen.«

Minna unterbrach kurz ihre Antwort und schnappte nach Luft.

»Ich habe ihm dann – ich glaube 1000 Taler gegeben.«

»Was heißt hier ich glaube? Waren es nun 1000 Taler oder nicht?«

»Herr Burgschreiber, Ihr seid ein gebildeter Mann, aber ich habe nie gelernt bis 1000 zu zählen, also habe ich hineingegriffen und grob abgeschätzt. Ich wusste ja gar nicht, wie viele Taler in der Kassette waren.«

Konrad ließ ihre Arme wieder los, stand auf, ging zum Fenster und sah zum Vorwerk hinunter.

»Und seitdem hat sich dein Karl nicht mehr bei dir blicken lassen.«

»Ja Herr Burgschreiber, ich weiß auch nicht, was ich davon halten soll. Aber die restlichen Taler liegen immer noch unter meinem Bett.«

Konrad setzte sich wieder zur Magd und legte tröstend seinen Arm um ihre Schultern.

»Wenn es nicht so traurig wäre, müsste ich jetzt lachen. Meine liebe Minna, es tut mir leid, aber es sieht so aus, als ob der Karl mit dir nur seinen Spaß haben wollte, nun mit den Talern da unten im Vorwerk sitzt und sich über deine Dummheit köstlich amüsiert.«

Minna wurde schlagartig so blass wie eine gekalkte Wand.

»Ihr meint, der Karl liebt mich gar nicht und will mich überhaupt nicht zum Weib?«

»Hat er sich denn nicht gewundert, wo du so viele Taler her hast?«, fragte Konrad.

»Doch schon, aber ich habe mir schnell eine Lüge ausgedacht, ich konnte ihm doch nicht die Wahrheit sagen. Ich habe ihm erzählt, dass ich die Silbermünzen damals nach dem Tod vom alten Burgschreiber, Otto Berlin, beim Aufräumen in seinem Arbeitszimmer gefunden hätte. Er hat nur gegrinst und ist damit im Fluchttunnel verschwunden.«

Minna schossen erneut die Tränen in die Augen.

»Werde ich jetzt in den Kerker geworfen?«, brachte sie soeben noch heraus, bevor ihre Stimme erstickte.

»Nun Minna, du weißt selbst, dass das was du gemacht

hast, nicht rechtens war. Da ich aber davon ausgehe, dass du keine gemeine Diebin bist und der größte Teil der Taler noch vorhanden ist, wird es unser kleines Geheimnis bleiben, dass heißt, vorausgesetzt wir bekommen vom Karl den Rest wieder zurück und wir können so die Kassette gefüllt dem Amtmann übergeben.«

Konrad überlegte, wie er ohne großes Aufsehen zu erregen Karl die Münzen wieder abnehmen konnte. Einfach so zum Vorwerk runtermarschieren und ihn auf dem Hof zur Rede stellen, wäre sicherlich keine kluge Idee. Irgendjemand von den Mägden und Knechten bekäme es bestimmt mit, dann würde es sich wie ein Lauffeuer durch den ganzen Ort verbreiten und die Salzsieder würden dem Amtmann die Hölle heißmachen.

Nachdem Minna die Kassette mit den restlichen Talern Konrad zurückgegeben hatte, zählte er erst einmal nach.

»4124, 4125 und 4126 – das heißt, du hast ihm nicht 1000, sondern genau 874 Taler in die Hand gedrückt.«

Konrad sah Minna nachdenklich an.

»Mir ist da so eine Idee gekommen. Wir werden deinen Karl auf die Heldenburg locken und dann hast du auch nochmals die Gelegenheit seine Liebe zu dir zu überprüfen. Na, was hältst du davon?«

Minna sah Konrad mit funkelnden Augen an und ihren Tränen folgte nun ein breites Lächeln.

»Ja aber wie wollt Ihr ihn zu mir locken?« Nun musste auch Konrad grinsen.

»Dreimal darfst du raten – mit Silbertalern natürlich. Ich habe mir gedacht, wir schicken unseren Knecht, den Wilhelm, nach unten zum Vorwerk. Das ist unauffällig. Dann soll der Wilhelm ihm von dir einen Gruß bestellen und ihm von dir ausrichten, dass du, wenn die Mitgift noch nicht reicht, weitere 1000 Taler für ihn hättest.«

Am kommenden Tag machte sich Wilhelm auf den Weg zum Vorwerk und sprach mit Karl.

Bei einsetzender Dunkelheit begab sich Minna in den Speisekeller, um am Fluchttunnelaustritt Karl in Empfang zu nehmen. Konrad hatte sich indes die prachtvolle Offiziersuniform, die ihm schon einmal beim Anrücken einer Söldnerbande gute Dienste geleistet hatte, übergestreift und dazu Dolch und Degen angelegt. Er erhoffte sich dadurch genau wie damals eine erhöhte moralische Wirkung. Konrad wollte nicht zuletzt so dem Sohn des Vorwerkverwalters eine bleibende Lektion erteilen.

Karl ließ sich Zeit und so dauerte es bis zum späten Abend, doch dann hörte Minna Geräusche im Fluchttunnel. Es war ein enger Gang, kaum mehr als vier Fuß hoch und drei Fuß breit und dazu führte er im steilen Anstieg durch den Kalksteinfelsen des Berges.

Man konnte sich in ihm nur langsam auf Knien bergan bewegen.

Die Geräusche kamen näher und näher, doch was war das? Minna hatte das Gefühl, als ob das Stöhnen und Ächzen nicht nur von einem Mann kam. Und dann hörte sie ein Fluchen, aber es war nicht Karls Stimme, die an ihre Ohren drang. Wieso ist Karl nicht allein – dachte sie – und nur wenige Augenblicke später, wurde ihre Vorahnung zur Gewissheit. Nacheinander krochen Karl und noch ein weiterer junger Mann aus dem Fluchttunnel.

»Karl – was hat das zu bedeuten?«, fragte Minna erstaunt.

»Ist das das Dummerchen?«, wollte sein Begleiter wissen.

»Karl, was soll das heißen? Wer ist dieser Mann?«

Doch Karl sah sie nur schweigend an und wieder antwortete der Andere.

»Das heißt, du dämliche Magd, dass du uns jetzt zu deinen Silbertalern führst. Ich glaube, dass da noch einiges mehr zu holen ist, also vorwärts und ja keinen Mucks, sonst schneide ich dir die Kehle durch.«

Der Mann zog ein Messer aus seinem Gewand und stieß Minna zur Tür, während Karl sich zurückhielt und mit hängendem Kopf hinterhermarschierte.

Minna führte die Männer durch den Treppenturm in den ersten Stock des Palas, wo Konrad schon am Ende des Flures in der Kammer der Herzogin wartete.

Die Stimme des zweiten Mannes war für Konrad nicht zu überhören. Er wunderte sich nur, wie rau der Ton war, und machte sich für seinen Auftritt bereit. Als Minna den Salon betrat, schubste Karls Begleiter sie so kräftig in den Raum, dass sie das Gleichgewicht verlor und auf den Fußboden fiel.

»Donnerwetter – hier haltet ihr also immer euer Schäferstündchen ab und spielt heimlich Prinz und Prinzessin.«

Laut lachend sah er Karl dabei an und stolzierte durch den Salon, während Karl immer noch schwieg.

»So und nun her mit den Talern, die du deinem Geliebten versprochen hast.«

Konrad hatte durch den Türspalt zur Kammer alles mit angehört. Während sich Minna hochrappelte, stieß Konrad die Tür auf.

»Im Namen des Herzogs, was geht hier vor?« Sichtlich erschrocken starrten ihn die beiden Männer an.

»Wer ist das denn - hast du mir nicht erzählt, dass hier oben im Palas keiner mehr wohnt?«, wollte der Begleiter von Karl wissen.

»Ich bin selbst sprachlos, Minna und ich waren hier die ganzen letzten Wochen immer ungestört.«

Nun wusste Konrad auch, wer von den beiden der Sohn des Vorwerkverwalters war.

»Ja meine Herren, da staunt ihr wohl. Mein Name ist Hauptmann Wolf Eberhard Baron von Dohrenberg, Kommandeur der herzoglichen Leibgarde.«

Die Männer sahen sich nur kurz ratlos an, doch dann sprang Karls Begleiter auf Minna zu, packte sie von hinten und hielt ihr sein Messer an die Kehle. Konrad zog zwar instinktiv seinen Degen, aber er erkannte, dass ein Eingreifen im Moment für die vor Angst wimmernde Magd zu gefährlich gewesen wäre. Konrad bemühte sich gelassen zu bleiben.

»Das ist keine gute Idee, junger Freund, du solltest lieber dein Messer herunternehmen, bevor noch ein Unglück geschieht«, riet im Konrad zu.

Nervös von einem Fuß auf den anderen tänzelnd standen dem jungen Mann erste Schweißperlen auf der Stirn.

»Ihr habt mir Garnichts zu sagen, ich bin nicht einer Eurer Gardisten. Ihr solltet lieber Euren Degen wegstecken und sehen, dass Ihr hier verschwindet, oder wollt Ihr, dass die Magd mit ihrem Leben bezahlt?«

Ohnmächtig vor Wut versuchte Konrad kühlen Kopf zu bewahren, schob die scharfe Klinge in die Scheide und ging, den Mann nicht aus den Augen lassend, langsam Richtung Ausgang. Dieser drehte sich, sein Opfer fest im Griff, misstrauisch mit Konrad mit, während Karl wie versteinert dastand.

Konrad hatte kaum den Salon verlassen, da schrie Karl los.

»Bist du wahnsinnig, so war das nicht abgesprochen und überhaupt – der Minna tust du nichts an – sonst...«

»Was sonst, du Armleuchter. Wollen wir nun die Taler oder nicht? Also sei nicht so zimperlich und pass lieber an der Tür auf, ob der Offizier zurückkommt.«

Konrad war nur ein paar Schritte laut und deutlich auftretend den Flur heruntermarschiert, um dann mit gezogenem Degen auf Zehenspitzen zur Tür zurückzuschleichen.

Kaum dort angekommen hörte er plötzlich ein wildes Geschrei und lautes Poltern.

»Ich habe die Schnauze voll, nimm sofort das Messer runter, wir sind doch keine Mörder!«, brüllte Karl seinen Kumpel an, griff nach Minnas Arm, riss sie von ihm weg und trat mit ausgestrecktem Bein seinen Begleiter in den Bauch, sodass dieser vor Schmerz das Messer fallen ließ und krachend zu Boden stürzte. Fluchend vor Wut sprang der junge Mann wieder auf und ging mit geballten Fäusten auf Karl los. Minna nutzte die Gelegenheit und rannte auf den Flur, auf dem sie Konrad schnell packte und hinter sich zog.

Dann stellte er sich in die Tür und sah dem Schauspiel zu. Die beiden Kontrahenten schenkten sich nichts und hatten sich wie prügelnde Dorfjungen regelrecht ineinander verkeilt. Konrad wartete noch einen Augenblick ab, doch dann schien beiden langsam die Luft auszugehen und er griff ein.

»War es das jetzt, meine Herren, oder wollt ihr von mir auch noch eine Tracht Prügel?«

Schnaufend und mit feuerroten Köpfen standen die beiden Kampfhähne da und rückten ihre Kleidung wieder zurecht, doch Karls Begleiter hatte den Ernst der Lage immer noch nicht verstanden.

»Nehmt Euer Maul mal nicht zu voll«, tönte er und griff erneut nach seinem am Boden liegenden Messer.

Konrad reagierte blitzschnell, machte einen Ausfallschritt nach vorn, schlug mit seinem Degen das Messer aus der Hand und setzte ihm die spitze Klinge auf die Kehle.

»Weg mit dem Messer!«, herrschte ihn Konrad an.

Sprachlos und mit angsterfüllten Augen öffnete er seine Hand und die Waffe fiel scheppernd auf den Boden.

»So ihr beiden Glücksritter und nun zurück mit euch, setzt euch auf die Bank an der Wand und keine Dummheiten mehr.«

Mit betroffenen Minen sahen sie Konrad an.

»Jetzt sag mir erstmal, wieso du Karl heute nicht allein gekommen bist und wer dieser streitsüchtige junge Herr da ist.«

Karl musste schlucken, dann legte er los.

»Als der Wilhelm mir die Nachricht von Minna überbracht hatte, war zufällig mein bester Freund, der

Martin, bei mir. Er ist der Sohn von unserem Braumeister und wohnt gleich neben dem Vorwerk.«

Karl sah seinen Freund an.

»Ihr müsst ihn entschuldigen, Herr Offizier, aber der Martin war schon immer ein Hitzkopf. Na ja und als er dann von den Talern hörte, wollte er mich unbedingt begleiten.«

»Ich habe ohnehin das Gefühl, dass die Silberlinge bei euch beiden euren Verstand ausgeschaltet haben, oder wie willst du Karl mir erklären, dass du dir vor einer Woche einen Batzen Taler eingesteckt und dann Minna im Stich gelassen hast.«

In diesem Moment kam Minna zur Tür herein.

»Genau das möchte ich auch wissen, du wolltest mich doch deinem Vater vorstellen.«

Karl blickte verschämt auf den Boden, er schnaufte durch und sah dann Minna an.

»Was soll ich sagen. Ich war überrascht, als du mir die vielen Taler in die Hand gedrückt hast. Ich habe überhaupt nicht damit gerechnet, denn das mit den 1000 Talern Mitgift habe ich doch nur so gesagt. Mein Vater hat doch schon längst eine Braut für mich ausgesucht. Es ist die Schwester von Martin.«

Minna schossen die Tränen in die Augen.

»Dann hast du von Anfang an nur dein Vergnügen gesucht und mich hinters Licht geführt?«

Konrad nahm Minna tröstend in seine Arme.

»Nun siehst du, was du angerichtet hast. Aber noch viel schlimmer ist die Tatsache, dass du die 874 Taler an dich genommen hast. Nun will ich für dich hoffen, dass die sogenannte Mitgift noch vorhanden ist und du sie unverzüglich zurückbringst.«

Karl sah wieder seinen Freund an.

»Der Martin und ich – also wir waren in Einbeck und da haben wir es uns einen Abend und eine Nacht gutgehen lassen.«

»Soll das etwa heißen, ihr wart im Hurenhaus und habt dort...«

»Nur ein paar«, unterbrach ihn Karl, »bis auf zwölf Taler habe ich alles noch in meinem Versteck.«

»Na ihr seid mir ja ein paar Früchtchen, zwölf Taler fehlen also – dann würde ich vorschlagen, dass ich erst einmal die fehlenden Münzen dazulege und dass du sofort durch den Tunnel nach unten kriechst und den Rest wieder heraufbringst. Die Taler, die ich euch beiden auslege, zahlt ihr natürlich in Raten zurück. Ihr werdet euch dazu jeden Monat hier oben auf der Burg einfinden, jeder dem Feldwebel der Torwache je zwei Taler übergeben und das so lange bis eure Schuld getilgt ist.«

»Aber wie soll das gehen? Wir arbeiten zwar bei unseren Vätern auf dem Vorwerk und im Brauhaus, aber wir bekommen kaum etwas dafür.«

»Keine faulen Ausreden, seid froh, dass ich so großzügig zu euch bin, euch nicht gleich in den

Kerker werfen lasse und euren Vätern Bericht erstatte. Vielleicht solltet ihr eure Kräfte zusätzlich den Salzsiedern anbieten, die können immer ein paar kräftige Hände gebrauchen. Du Karl beeilst dich jetzt und holst die Taler.«

Sofort sprang auch Martin mit auf, doch Konrad hielt ihm seinen Degen entgegen.

»Halt halt junger Mann, nicht so stürmisch, du bleibst da sitzen. Du leistest mir Gesellschaft, bis dein Freund zurück ist. Wenn er nicht wieder erscheint, werde ich schon morgen früh mit ein paar Soldaten eure Väter besuchen und jeden einzelnen Stein umdrehen und zwar so lange, bis wir die Taler gefunden haben.«

»Nein nein, um Gottes Willen, nur das nicht, unsere Väter schlagen uns tot.«

Es dauerte zwar eine ganze Weile, die für Martin augenscheinlich zur Folter wurde, doch dann war es so weit. Noch ganz außer Atem betrat Karl den Salon. Deutlich spürbare Erleichterung ließ Martin durchschnaufen. Karl leerte ein Knotentuch und schüttete alle Münzen auf den Tisch.

»So meine Herren, dann wollen wir mal schauen, ob alles vollzählig ist. Ihr schichtet die Taler jetzt in Zehnerstapeln nebeneinander – ich hoffe doch, ihr könnt bis zehn zählen?«

Ohne zu antworten fingen Karl und Martin an zu stapeln und nach kurzer Zeit stand fest, dass tatsächlich nur die schon erwähnten zwölf Taler fehlten.

»Na das ist ja nochmal gut ausgegangen. Aber denkt daran, dass ihr ab dem nächsten Monat eure Schulden begleicht. Und noch eins – in eurem eigenen Interesse würde ich euch empfehlen, kein Sterbenswörtchen über alles, was hier oben auf der Heldenburg stattgefunden hat, zu erzählen. Haben wir uns verstanden?«

Mit hängenden Köpfen verschwanden die beiden Freunde im Fluchttunnel, den Konrad gleich am nächsten Tag zumauern ließ.

Die Freude war riesengroß, als er am Vormittag dem Amtmann die Kassette in die Hände drückte.
Überschwängliche Dankesworte prasselten auf Konrad ein.

»Herr Gassner, Ihr seid wahrhaftig ein Teufelskerl. Seht mir bitte nach, dass ich am Anfang Eure Person betreffend noch etwas skeptisch war. Aber aus heutiger Sicht muss ich zum wiederholten Male feststellen, dass der Entschluss, Euch zum Burgschreiber zu ernennen, eine weise Entscheidung war.«

Der Amtmann öffnete die Kassette und fing an die Anzahl der Münzen zu kontrollieren.
»Nicht dass ich misstrauisch bin, aber Ihr müsst mich verstehen. Ich muss schließlich dem Salzgrafen,

gegenüber Rechenschaft ablegen, dass der Inhalt der kleinen Schatzkiste auch wirklich stimmt.«

Konrad ging ihm zur Hand und bald war klar, dass keine Münze fehlte.

»Dabei fällt mir ein, Ihr habt mir noch gar nicht berichtet, wer der Übeltäter nun war.«

Konrad hatte sich schon vorher eine Ausrede zurechtgelegt, denn er wollte Minna nicht für ihr unbedachtes Verhalten bestraft sehen.

»Wie soll ich sagen, Herr Amtmann, aber die Geschichte bleibt wirklich rätselhaft. Selbst nach drei langen Verhörtagen und unter Androhung der Folter, habe ich nicht herausgefunden, wer der Übeltäter war. Als ich dann gestern Abend in unsere Kapelle gegangen bin, um mir nochmals ein Bild über den Tatvorgang zu machen, stellte ich erstaunt fest, dass die Kassette mit ihrem wertvollen Inhalt wahrhaftig wieder in das Versteck zurückgestellt wurde.«

»Ja das ist wirklich merkwürdig – na wie auch immer, Herr Burgschreiber, Eure Verhöre haben ganz offensichtlich so viel Druck erzeugt, dass da wohl jemand kalte Füße bekommen hat. Die Hauptsache ist, dass die gesamten 5000 Taler wieder da sind.«

Hochzeit

Die Monate vergingen und nach den frostigen Temperaturen des Winters erwärmten die Sonnenstrahlen nun endlich wieder Mensch und Natur.

Fast jeden Abend hatte sich Johanna zu ihrem Konrad gesellt. Oft saßen sie bis tief in die Nacht am wärmenden Ofen in seinem Arbeitszimmer und schmiedeten Zukunftspläne. Johanna war eine gute Zuhörerin und Konrad hatte viel zu erzählen.

Er breitete sein ganzen Leben vor ihr aus. Wie viel hatte er nicht schon in seinen jungen Jahren erlebt und überlebt. Die verrückte Flucht aus Wetzlar an der Seite seines väterlichen Freundes Hauptmann Delgado, die vielen Schlachten und Scharmützel unter seinem Heerführer Graf Tilly und nicht zuletzt die Suche nach dem Mörder vom alten Burgschreiber Otto Berlein und die darauf folgende Schatzsuche auf der Burg. So reihte sich Abenteuer an Abenteuer.

Nicht zu vergessen die Flucht von Tillys Truppen, die ihn ja letztendlich nach Salzderhelden führte, oder Johannas Entführung und natürlich die erfolgreiche Suche nach seinem schon totgeglaubten Vater.

Den beiden Verliebten ging der Gesprächsstoff nicht aus und so genossen sie die langen Winterabende und stellten sich vor, wie es denn bald sein würde, wenn sie eine Familie gründeten und eine

Schar Kinder um sich hätten – wobei die Anzahl des Nachwuchses noch ein kleiner Streitpunkt war.

Schon vor Monaten hatte Konrad vom Amtmann aus Dankbarkeit ein kleines, altes, halb verfallenes Arbeiterhaus am Rande des Heldenberges kaufen dürfen und so wie es der eisige Winter zuließ, widmete sich Konrad den Renovierungsarbeiten.

Da die beiden Hitzköpfe Martin und Karl noch immer in seiner Schuld standen, hatte sie Konrad zu seinen Gehilfen gemacht. Anfang Mai war dann die letzte Wand gekalkt und das letzte Dielenbrett genagelt und Konrad und Johanna begannen es sich im kleinen Fachwerkhaus gemütlich zu machen. Auch wenn Johannas Vater ein paar alte Möbel aus dem Gasthaus "Zum Salze" hinzusteuerte, war es eine eher karge Einrichtung. Konrads ganzer Stolz hingegen war richtiges Fensterglas, das er sich von seinen letzten Talern, die noch von der Verpfändung des Rings übriggeblieben waren, gerade so leisten konnte. Als dann der Bürgermeister sogar noch einen gusseisernen Ofen ins Haus liefern ließ, war das Glück perfekt. Einmal mehr merkte Konrad, wie willkommen er in Salzderhelden war.

Was für ein herrlicher Tag – dachte Konrad – als er das Fenster der Schlafkammer auf der Burg öffnete und die Morgensonne zu sich hereinließ. Tief durchschnaufend füllten sich seine Lungen mit frischer

Luft. Von hier oben hatte er einen herrlichen Ausblick Richtung Süden. Das gesamte Leinetal und die Dächer von Salzderhelden lagen zu seinen Füßen.

Konrad beschlich ein merkwürdiges Gefühl, denn es war die letzte Nacht auf der Heldenburg. Hinter ihren hohen, dicken Mauern hatte er nach seiner Flucht von Tillys Truppen Geborgenheit gefunden, doch nun stand die Hochzeit an und schon heute Abend würde er sein Bett im eigenen Haus mit Johanna teilen.

Konrad hatte sein bestes Gewand übergestreift und eilte beschwingt die Holztreppe hinunter, um noch einmal auf dem Innenhof der Heldenburg nach dem Rechten zu sehen.

Der Amtmann hatte kurzerhand angeordnet, dass die Feierlichkeiten seines Burgschreibers nicht bei Konrads Schwiegervater im Gasthaus "Zum Salze", sondern auf der Heldenburg stattfinden sollen.

Den gesamten gestrigen Tag hatten Wilhelm der Knecht und einige Soldaten der Burgbesatzung damit verbracht den Innenhof der Burg herzurichten. Tische, Bänke und Stühle waren in Reihen aufgebaut und die Wände von Reisigenstall, Vorratsspeicher, Junkerhaus und Palas zierten Fähnchenbänder und frisches Maigrün vom nahegelegenen Dohrenberg. Für den Abend wurden zusätzlich zu den Fackeln an den Eingängen der Treppentürme noch weitere auf Ständern im gesamten Innenhof platziert.

Die Köchin Ernestine und die Küchenmagd Minna waren seit Tagen mit den Vorbereitungen des Hochzeitsmahls beschäftigt. Arbeiter aus dem Vorwerk der Burg bauten ein Gestell für einen Spießbraten auf. Schon am frühen Morgen hatten sie damit begonnen das Feuer zu entfachen, eine frisch geschlachtete Sau mit Kräutern einzureiben und sie langsam und gleichmäßig über der Glut zu drehen. Auf einem Holzbock wartete ein Fass Einbecker Urbock auf den Anstich.

Pünktlich zum Klang der Mittagsglocke war die komplette Burgbesatzung angetreten. Feldwebel Meyer kontrollierte noch einmal die Uniformen seiner Männer. An Konrads Seite standen Johannas Oheim Heiner und der Amtmann und nickten ihm aufmunternd zu. Die Anspannung war dem Bräutigam deutlich ins Gesicht geschrieben, doch dann wich sie einem breiten Lächeln. Am Arm ihres Vaters schritt die Braut gefolgt vom Salzgrafen und seiner Frau durch den Tunnel des Torhauses auf Konrad zu.

Vom steilen Anstieg tief schnaufend übergab Gustav Peters die Hand seiner Tochter dem Bräutigam.

Ihr langes rotblondes Haar zu Zöpfen geflochten zierte ein Frühlingsblumenkranz. Ihr betörendes Brautgewand war ein glockenförmiges, lang geschnittenes, weißes Leinenkleid. Die hochangesetzte Taille betonte ein bunt bestickter Gürtel und das grün gefärbte Oberteil rahmte eine glitzernde Bordüre ein und wurde von einer Kordelschnürung zusammengehalten.

Beinahe alle Bewohner des Ortes waren dem Wirt und seiner Tochter gefolgt. Mit reckenden Hälsen versuchten die Neugierigsten unter ihnen durch das offene Tor so viel wie möglich mitzubekommen.

Durch das Spalier der Burgsoldaten marschierte die Hochzeitsgesellschaft in die Burgkapelle und es dauerte gar nicht lange, da hauchten Johanna und Konrad ihr "ja" und die kleine Glocke verkündete mit ihrem hellen Klang allen Salzderheldenern die frohe Botschaft von der vor Gott vollzogenen Heirat.

»Was für ein Fest«, posaunte der Amtmann lautstark über den Innenhof und hob seinen Becher, randvoll gefüllt mit Einbecker Bier, »so eine Feier hat die Heldenburg schon lange nicht mehr erlebt. Hoch lebe das Brautpaar, auf dass sie auf immer glücklich werden und viele gesunde Kinder bekommen.«

In ausgelassener Stimmung wurde bis tief in die Nacht gefeiert und gesungen. Erst als der Amtmann das Kommando zum Aufbruch gab, nahm ein jeder eine Fackel in die Hand und die gesamte Hochzeitsgesellschaft begleitete das Brautpaar mit lallendem und grölendem Gesang den Heldenberg hinunter zu Johannas und Konrads neuem Heim.

Hochrufe gepaart mit gutgemeinten Ratschlägen zur bevorstehenden Hochzeitsnacht ertönten, bis Feldwebel Meyer seine Pistole abfeuerte und den Befehl zum Rückzug gab.

Noch ganz benommen von den vielen Eindrücken des aufregenden Tages, aber auch ein wenig erschöpft von der langen Feier, nahm Konrad seine Johanna in die Arme und winkte den davonstolpernden Gästen hinterher.

Das Licht des Vollmondes ließ Johannas Augen geheimnisvoll funkeln, als Konrad die Liebe seines Lebens ansah. So standen sie, sich an den Händen haltend, noch eine ganze Weile wortlos da, bis von der davonziehenden Hochzeitsgesellschaft kein Laut mehr an ihre Ohren drang. Dann zog er sein Amulett mit den gusseisernen Hörnern des Heidenportals aus seinem Gewand und hielt es hoch in den hellen Schein des Mondlichts.

»Dieser Glücksbringer hat mich in vielen Momenten vor dem Schlimmsten bewahrt, nun ist es an der Zeit, dass er auch unsere Liebe beschützt.«

Langsam beugte sich Konrad vor, nahm Johanna behutsam auf seine starken Arme, drückte ihr einen zärtlichen Kuss auf ihre Lippen und sie verschwanden im Haus.

Nachwort

Ich möchte mich bei Euch, liebe Leserinnen und Leser, herzlich bedanken, dass Ihr so lange durchgehalten und Johanna und Konrad bis in den „siebten Himmel" begleitet habt.

Bis hier war es hoffentlich für Euch ein aufregender Weg und wie im „richtigen Leben" ist für mich auch beim Schreiben dieser Weg das Ziel.

Was kann es Schöneres geben als sich immer wieder auszuprobieren und sich dabei immer wieder neu zu hinterfragen.

Auch für Euch, liebe Leserinnen und Leser, gäbe es sicherlich noch das eine oder andere zu entdecken.

Themen wie zum Beispiel: Was ist aus Johanna in Hirzenhain geworden, hat sie auch ihre große Liebe gefunden, oder wird sie nochmals auf Konrad treffen?

Oder ist Robert Gassner tatsächlich zusammen mit Georg im Handelswagen aufgebrochen und wenn ja, wie ist es den beiden in den Kriegswirren ergangen?

Wie kommt Konrad mit der Rolle als Ehemann zurecht und reicht ihm der Posten als Burgschreiber wirklich? Oder sucht er nach wie vor das Abenteuer und verfolgt gar die schon einmal geäußerte Idee sich als Schatzsucher zu beweisen?

Habt Ihr Lust Johanna und Konrad noch weiter zu

begleiten? Wenn dem so ist, lasst es mich bitte per E-Mail wissen: *vondohrenberg@kabelmail.de*

Wolf von Dohrenberg alias Eberhard Schmah